虹児

蕗谷虹儿 作

# 惜别

止庵 著

北京出版集团
北京十月文艺出版社

新经典文化股份有限公司
www.readinglife.com
出　品

徘徊将所爱，惜别在河梁。

——王融《萧谘议西上夜禁》

存者且偷生，死者长已矣。

——杜甫《石壕吏》

# 目录

# 新版序

《惜别》在我写的书中大概算是读者较多的一本了。不止一位素不相识的读者表示受到感动，还说要珍惜与亲人相聚的时光，我想或许本来就应该为这些虽不相识但却相知的人写作罢。当然也有不同意见，譬如不满意我的写法。对此我想说的是，《惜别》是一部探讨生死问题的作品，各章的内容，以及由此构成怎样一个整体，我足足考虑了一年多才动笔。如果是写传记或者回忆录，当然不会这么写了，但我并没打算写一本那样的书。

诚如古人所言："死生亦大矣。"无论对何时何地的人来说，生死都是一件大事。在中国有关这一问题的思考由来已久。我的探讨即根植于中国人固有的生死观。这也就是我在书中引用包括古人在内的那些话并逐一加以讨论的原由。对我来说，不先确认"存在与不存在"的区别，讲述"曾经存在"就没有意义；隔着生死之间的界线，摘录的母亲生前描绘自己晚年日常生活的文字才值得一看，甚至弥足珍贵。这一部分假如不用引文而是换作我的回忆，效果就差多了。

在生死问题上，中国曾多次受到外来思想的影响，其中最重要的是佛教的轮回观念，以及基督教的天堂观念。就像我在书中讲到的，这些观念使中国人在面对自己以及他人的死亡时得到很大的慰藉，直到现在仍然如此。而我感兴趣的是，在这些观念传入之前，中国人是如何看待生死问题的，具体有些什么想法。尽管诸如轮回和天堂的观念影响至深，我仍不相信中国人固有的生死观已经完全泯灭，它也许依旧活在我们的血液里。尤其重要的是，我上大学受的是系统的现代医学教育，是个唯物主义者，对于别人相信轮回，相信天堂，尽管很能理解，但却无法认同，需要另外寻找一种思想支持自己“向死而生”。

我在《惜别》中讨论了墨子、庄子、庄子后学等各家涉及这一问题的不同说法；但在我看来，最重要的还是原始儒家，特别是孔门师徒的相关说法。所谓中国人固有的生死观，主要指的是儒家的生死观。这一观念的根本，即如孔子、曾参等人所明确指出，一个人死了，就不复存在。人只能活一次，与可以活好几次，或者可以在不同的地方活下去，这是两种完全不同的生死观。相比之下，我们的先民对待死亡的态度，比后来的人好像要更坚强一些。而我写《惜别》，也是以此为前提来探讨生死问题的。忽略了这个前提，书中所有感慨与议论，就都成了无源之水，无本之木。

生死问题无疑是个相当沉重的话题。死是每个人都必将面对，但大多数人又都不愿意面对的事情。无论一个人有没有生死观，他都得面对自己的死，都得面对与自己有关或无关的其他人的死。所以我讲中国人固有的生死观，最终对我们来讲无非只是一种提醒而已。它可能使得我们在想法和做法上，都发生一点变化，出现些许调整。怎么看待死，其实就决定了怎么对待自己的生，怎样对待无论与自己有关还是无关的别人的生，而这就存在着很大差别。我在《惜别》里反复谈到死，落足点却在于生。所谓惜别，“惜”的当然是“别”——不是生离，而是死别；但所“惜”更多的是为“别”所终止的某个人的生活，或者说是为“别”所终止的那个人与他人相处的时光。这时光我现在知道它是短暂的，但在“别”之前并未意识到。所以这个“惜”是惋惜，而我更希望它是珍惜。就像一位朋友所说，“惜别”之外，还应该有个词，叫“惜聚”。这也是我将《惜别》这样一本很私人化的作品奉献给读者的一点愿望。

《惜别》里引用了一些文言文，虽然后面附上了我的解析与感悟，但好像还是给部分读者造成了阅读障碍。我的确想过将它们译成白话文，但最终还是放弃了，因为白话文虽然好读易懂，却往往丧失了文言文原本的意思。举个例子，《庄子·天道》：“昔者舜问于尧曰：‘天王之用心何如？’尧曰：‘吾不敖无告，不废穷民，苦死者，嘉孺子而哀妇人，此吾所以用心已。’”其中的“苦死者”一句，好像怎么翻译都不合适。原文将“死者”列在还活着的“无告”、“穷民”、“孺子”和“妇人”之间，“苦”字的含义和情感意味太深了，换成白话文简直无从表达。附带说一下，我一向的看法，第一，应该学会阅读文言文，如果工作稍微跟中文沾一点边的话；第二，学习阅读文言文并不特别困难，比学任何一门外语都要容易。中国文化有一部分确实是由文言文所承载，这是别的东西替代不了的。

二〇二〇年五月十五日

# 附　繁体字版序

许多年前读过契诃夫一篇题为“苦恼”的短篇小说，写一位老马车夫刚刚死了儿子，他一再向乘客提起这事，乘客却个个了无兴趣，最后他只能向自己的马诉说不幸。小说开头引用了一句俄罗斯宗教诗作为题词：“我向谁去诉说我的悲伤？……”对于要求别人分担自己丧失亲人痛苦的人来说，这无疑是一种劝诫。父亲去世后，我曾写过几篇文章，母亲去世后，又写了《惜别》，我始终没敢忘记契诃夫的劝诫。

我们的话由内而外可以分为几个层次：一，对自己也不能说的；二，只能对自己说的；三，可以对亲人——尤其是父母——说的；四，可以对朋友说的；五，可以对陌生朋友譬如读者说的；六，根本没有必要说的。我们写东西，只能在第五层次加上与此重合的第三、四层次来说话。以此衡量，则我关于母亲，关于母亲与我，并无太多可以告诉素不相识的读者的，所写的更多还是因母亲去世而产生的对于生死的一些感悟。我想通过写这本书，思考一下生死到底是怎么回事，梳理一下中国人固有的生死观。我写的不是传记或回忆录，而是人人都将面临的生死问题，母亲的事仅仅作为一个例证。我只希冀共鸣，而不索取同情。

我平时读书一向不喜欢个人情感过于夸张的写法。事实的夸张已经让人接受不了，情感的夸张尤其令人无法忍受。感情有七分，写出三四分就够了，如果非要写到十分，一切都给破坏了。我不爱读这样的书，当然也不会这样写了。

趁《惜别》出繁体字版的机会，将我的上述想法和态度重申一过。书中写到母亲过去的经历非常简略，原因即如后记所说明；但母亲晚年对于生活那么热爱，其实正是根植于此。好在关于那段年月别人已经写了很多，还是那句话：其间每个人的遭遇无非大同小异而已。

二〇一六年五月二十四日

第一部分

# 存在与不存在

我曾经在一篇文章里提到“生离死别”这句成语。汉无名氏《为焦仲卿妻作》：“生人作死别，恨恨那可论。”乃以“死别”形容“生离”，然而这也只是形容而已，二者不能混为一谈。

我在父亲去世后写过下面这段话：父亲去世给我的真实感觉并不是我送走了他，而是我们一起走了很长的一段路，他送我到一个地方——那也就是他在这世界上的最后时刻——然后他站住了，而我越走越远，渐渐看不见他了。

我的母亲也去世了。

父亲九十岁冥诞那天，我住在日本高野山一处“宿坊”里。夜晚寂寥，浮想联翩：父亲活到现在刚满九十岁，而他去世已经十八年了。十八年是多么漫长，这十八年里发生了多少事情，十八年前去世的父亲离我多么遥远——遥远到我已经接受了他去世的这个事实。父亲在我心中，已经与笼统的、一般的“死”联系起来。这也就意味着，对我来说父亲真的是一位故人了。虽然回忆起他，音容笑貌仍然浮现眼前。相比之下，母亲的死给我的感觉仍然是单独的“死”，是“这个人”的“死”，我仍然在体会已经不存在了的她的感受、想法和心境，我还没有离开“她的世界”。回过头去，我还看得见她。

有一次去看话剧，忽然悟到：父亲去世，我的人生第一幕结束了；母亲去世，我的人生第二幕结束了；那么现在是第三幕，也就是最后一幕了。父母都不在了，对我来说，我出生之前的岁月好像尽皆归诸虚无，很多历史的、背景的、亲缘的关系随之消失。当父母之一活着时，我还感觉不到这一点。

这念头使我悲哀——为父母，也为自己。

那个夜里，接着大哥报告母亲病危的电话，我和两个姐姐赶到医院。走进病房，看见母亲在病床上大声捯气，我想到《庄子》讲的“涸辙之鱼”：“吾失我常与，我无所处，吾得斗升之水然活耳”、“泉涸，鱼相与处于陆，相呴以湿，相濡以沫”——可是母亲得不到那个“相与”者了，她独自抵抗不了死亡。呼吸、血压、心跳相继衰竭。我一直握着她的手，她的体温倏忽丧失，手变凉了。我再也没有母亲了。

这是我平生唯一一次亲历一个人从生到死。后来我读内山完造作《临终前的鲁迅先生》，其中写道：“先生的额头摸上去还是温热的，手也是暖的，可是已经没有了呼吸，脉搏也停止了跳动。我一只手握着先生的手，另一只手轻轻地搭在了先生的额头上。渐渐地，我感觉到手下的温暖慢慢地退去了。”不知是否人各有异，但我母亲的确不是这样的死法。

母亲死在二〇一〇年十一月二十二日三点四十四分。11-22-3-44。像是一首素朴极了的曲子，飘逝而去。

两天之后，我们护送母亲的遗体去殡仪馆火化。

遗体火化之后有个“拣骨”仪式，每位亲属用夹子将一块骨灰放进骨灰盒的丝袋里。我的外甥没夹住，骨灰掉在不锈钢盘子里了，啪嗒一声。在白色的骨灰里，有一大块黑色的东西，那是个人工股骨头，是母亲一年前骨折做手术时植入的。不知道它原来就是这种颜色，还是被烧焦了。看见它，比看见母亲的骨灰更让我受到震撼。原本这是不可能看到的，看到它只能是在母亲死后，甚至是从这世界上消失之后。没有比这更让我确认母亲的死了。看见这个东西，还让人感到是暴露了死者非常隐讳的秘密。殡葬工边用铝勺将骨灰压碎，边说，这人工股骨头不要了罢，我们会深埋处理的。

葬礼——向死者告别。实际上所告别的那个对象已经走了。只要活着，就还是“我们”；死则是死者一个人的事。

世上什么事情都没有结论，唯独死亡是结论。然而死亡本身也许还需要一个结论。

母亲去世不久，圣诞节到了。家里收着一封寄给她的贺卡。信封带点淡淡的黄色，很温馨，上面写了寄信人的地址姓名，是她小时候的一位朋友。我把信封放在母亲的遗像前，没有拆开。几回想到应该去信通知一下，但一直没有写。虽然我也知道，这是很失礼的。

此其我想到阿尔贝·加缪的《局外人》，好像多少能理解主人公默尔索了。大家对他的印象总说是“冷漠无情”，也许并没有注意到，这是一篇默尔索的第一人称小说。作为不得不面对陌生听众的叙述者，也许他压根儿不愿意讲“今天，妈妈死了”这类事情。我是你们的“局外人”，因为你们不是我的“局内人”。强使之言，也只能如此。

刘义庆《世说新语·任诞》讲述的一个故事与此性质相当，虽然当事人的表现完全两样：

“阮籍遭母丧，在晋文王坐，进酒肉。司隶何曾亦在坐，曰：‘明公方以孝治天下，而阮籍以重丧显于公坐饮酒食肉，宜流之海外，以正风教。’文王曰：‘嗣宗毁顿如此，君不能共忧之，何谓？且有疾而饮酒食肉，固丧礼也。’籍饮啖不辍，神色自若。”

阮籍的举止有违理法，司马昭却不拘表象，看出他“毁顿如此”——也就是什么都顾不得了，理解自深。刘孝标注云：“《魏氏春秋》曰：'籍性至孝，居丧，虽不率常礼，而毁机灭性。'"

《礼记·檀弓》讲了不少死了母亲的儿子的故事，多强调为遵守礼而克制情，只有两则例外，一是：

"乐正子春之母死，五日而不食。曰：'吾悔之，自吾母而不得吾情，吾恶乎用吾情？'"

一是：

"孔子之故人曰原壤，其母死，夫子助之沐椁。原壤登木曰：'久矣予之不托于音也。'歌曰：'狸首之斑然，执女手之卷然。'夫子为弗闻也者而过之。从者曰：'子未可以已乎？'夫子曰：'丘闻之：亲者毋失其为亲也，故者毋失其为故也。'"

讲的都是容忍真情，但前一则说可以"不及"，后一则说"过"亦无妨，虽然"过"的表现看上去不仅"不及"，甚至"寡情"。孔子对原壤的态度尤可细细揣摩。孙希旦《礼记集解》："吴氏澄曰：'从者以壤无礼已甚，欲夫子绝之，夫子以为亲故之人虽有过失，未可遽失其为亲故，隐恶以全交也。'"孔子若认定原壤有"恶"，何必要"隐"要"全"呢。"或问朱子：'原壤登木而歌，夫子为弗闻而过之，及其夷俟，则以杖叩胫，莫大过否？'曰：'如壤之歌，乃是大恶，若要理会，不可但已，只得且休。至其夷俟，不可不教诲，故直责之，复叩其胫，自当如此。若如今说，则是不要管他，却非朋友之道矣。'"此话更无道理。孙氏自己说："然壤之心实非忘哀也，特以为哀痛在心而礼有所不必拘耳，故夫子原其心而略其迹，而姑以是全其交也。若朝死夕忘，曾鸟兽之不若者，圣人岂容之哉？”虽然稍得要领，但末了补充的几句却嫌多余。孔子“亲者”云云，系针对原壤与母亲的关系而言，“故者”云云，系针对自己与原壤的关系而言，即原壤并未“失其为亲”，我亦勿“失其为故”，这是人情味很重的话。原壤登木而歌，正是其表达悲哀的独特方式，与阮籍“毁机灭性”相仿；而孔子对此同样懂得，至于唱的什么则在所不计。

伊壁鸠鲁那句著名的话“死不是死者的不幸，而是生者的不幸”，我知道很多年了，但如今才真正有所体会。死是不是死者的不幸姑置勿论，但它并不一概是生者的不幸，而只是生者之中很少一部分，甚至是极个别人的不幸。

读《礼记·曲礼》，将“居丧之礼，毁瘠不形，视听不衰，升降不由阼阶，出入不当门隧。居丧之礼，头有创则沐，身有疡则浴，有疾则饮酒食肉，疾止复初。不胜丧，乃比于不慈不孝。五十不致毁；六十不毁；七十唯衰麻在身，饮酒食肉，处于内”，与“邻有丧，舂不相；里有殡，不巷歌。适墓不歌，哭日不歌。送丧不由径，送葬不辟涂潦。临丧则必有哀色，执绋不笑，临乐不叹，介胄则有不可犯之色”作一对比，可知自家有丧事，当节哀；别家有丧事，当尽礼。再看陶渊明作《拟挽歌辞》：“向来相送人，各自还其家。亲戚或余悲，他人亦已歌。”在这里，“他人”并非人情浇薄，实是相送时礼数已尽，还其家后则了无干系了。周作人在《读戒律》中论及陶诗有云：

“此并非单是旷达语，实乃善言世情，所谓亦已歌者即是哭日不歌的另一说法，盖送葬回去过了一二日，歌正亦已无妨了。陶公此语与‘日暮狐狸眠冢上，夜阑儿女笑灯前’的感情不大相同，他似没有什么对于人家的不满意，只是平实地说这一种情形，是自然的人情，却也稍感寥寂，此是其佳处也。”

无论如何，在这件事上，要求别人分担一己的感情不仅无法做到，而且根本不合情理。《诗经·秦风·黄鸟》：“彼苍者天，歼我良人，如可赎兮，人百其身。”其声甚哀；然而这样的话是不能代表别人去说的。

常常看到这类报道：或天灾，或人祸，致若干人无辜罹难。看过也就看过了，顶多引为谈资，发点无关痛痒的感慨议论而已。记得宫部美雪所著《无名之毒》有云：“人真是冷漠啊。一旦事情和自己无关，就会立刻忘记。”谁能真正体会世上什么地方，死者的亲人哀恸不已，生活就此改变，不复回头。假如罹难的仅止一人，遗属的这份悲痛就更增加一重了。

还是那封贺卡。收到后我的第一反应是：新的一年即将到来，而我的母亲已经不在了。她再也没有以后的日子了。

从前读亚历山大·索尔仁尼琴著《癌病房》，译后记写道：“索尔仁尼琴本人在流放地患过癌症，可是他申请到外地就医的报告隔了好几个月才获批准。当他勉强来到乌兹别克共和国的首都塔什干时，几乎已经奄奄一息。经过三个月的激素与深度爱克斯光治疗后，他才病愈出院。这次住院积累了《癌病房》的素材。”索尔仁尼琴后来又活了五十多年，假如他因癌症就此死去，《伊凡·杰尼索维奇的一天》、《癌病房》、《古拉格群岛》、《红轮》等等作品根本就不存在，——从某种意义上讲，“索尔仁尼琴”根本就不存在。

与此形成鲜明对比的是加缪。一九六〇年一月四日加缪死于车祸，终年四十七岁。在他的皮包里发现了未完成的《第一个人》手稿。该书中译本序说，加缪四十四岁时获诺贝尔文学奖，“他怕自己被过早地盖棺论定，怕别人误以为自己的创作生涯已到此结束，而实际上他的创作高峰还远未到来。他有一个庞大的计划，即被他自己称之为托尔斯泰《战争与和平》式的巨著，为此他已酝酿了二十多年，他深知那才是自己真正的作品。然而历史偏偏显得如此冷酷，不论作者也好，还是读者也好，不管你愿不愿意，没有结束的也不得不结束了，他只留下这部一百四十四页的残稿，题目叫‘第一个人’。”我读《第一个人》时感到正如译者所指出的那样，“书中有不少疏漏之处，小说的结构不完整，故事各部分之间的联系也显得松散”，而这些可以归结为一个词：“不幸”。

在此提到这两件事未免扯得远了。我的意思是，一个人的死与不死，死期的提前与推后，所导致人生内容的减少与增多，所有后果，最终完全由这个人自己来承担，犹云“活该”是也。

天地间之大不公平，恐怕莫逾于此。

《庄子》称之为“命”。“命”未必是先验的，而是对于存在中的某一部分的认识。如：

“死生存亡，穷达贫富，贤与不肖，毁誉，饥渴，寒暑，是事之变，命之行也；日夜相代乎前，而知不能规乎其始者也。”(《德充符》)

“死生，命也，其有夜旦之常，天也。人之有所不得与，皆物之情也。”(《大宗师》)

也就是说，人对此既不能预知，亦无从左右，那么只好作为前提接受下来。如果真能做到这一点，至少是得道的初步了。是以《德充符》云：

“知不可奈何而安之若命，唯有德者能之。”

《天运》更云：

“圣也者，达于情而遂于命也。”

我曾在《肖斯塔科维奇回忆录》里看到一段古代的祈祷文：

“主啊，请赐给我力量去改变能够改变的事物。主啊，请赐给我力量去忍受不能够改变的事物。主啊，请赐给我智慧去分辨这两者的差别。”

说来与《庄子》是同样意思，尽管表面看来，略有积极与消极之别。肖氏说：“对这段祈祷文，我有时候喜欢，有时候憎恨。虽然我的生活已临近结束，可是我既没有这种力量，又没有这种智慧。”我觉得那祈祷文始终只能心中默诵，及至开口，就是承认自己无法做到。孟德斯鸠临终说“帝力之大，正如吾力之为微”亦系此意，然止是陈述事实而已。我把这意思写进了我的《云集》的序，那是在母亲刚刚生病之际。

人无不死，所活的年岁却有长有短，这似乎影响着对于“死”的评估。有个“夭”字，与“寿”相对。《三国志·蜀书·先主传》裴松之注引刘备遗嘱云：

“人五十不称夭，年已六十有余，何所复恨。”

这番话略经修改写进《三国演义》，我小时候读书就留意了，至今一直记得。高寿甚至可以抵消死的意义。向有“喜丧”一说，也就是“活够本了”。平常谈及某人死亡，每说“享年”多少，仿佛是一种占有，一笔财富。细细想来，也的确如此。

母亲去世后的第二个圣诞节，她那位朋友没有再寄贺卡来。第三个圣诞节，也是如此。

又有一扇人间之门对已经不存在的母亲关上了。

《庄子》讲的“知不可奈何而安之若命，唯有德者能之”，乃是分成两个层次：低者是“认（可）命”，承认“不可奈何”；高者是“认（识）命”，如此方能“安之”。盖在作者看来，因为我们只是站在生的立场体会从生到死这一变化，关于生与死的认识难免带有局限性，我们并不知道假如站在死的立场对此会有什么看法。即如《齐物论》所云：

“予恶乎知说生之非惑邪？予恶乎知恶死之非弱丧而不知归者邪？……予恶乎知夫死者不悔其始之蕲生乎？”

知并不限于生之所知，应该立足于一个更大的一并包容了生与死的立场去看待这一问题，那样恐怕就不至于一味“说（悦）生”、“恶死”乃至“蕲生”了。《大宗师》所云“孰能以无为首，以生为脊，以死为尻，孰知死生存亡之一体”、“彼以生为附赘悬疣，以死为决疣溃痈，夫若然者，又恶知死生先后之所在”，都是把生与死分别看成属于一个总的过程或大的循环之中的两个阶段；从同为“阶段”这点而言，彼此也就没有差别，如《德充符》所云“自其异者视之，肝胆楚越也；自其同者视之，万物皆一也”，此即《秋水》讲的“以道观之，物无贵贱”。能够“以道观之”，就是得道。《大宗师》云：

“夫大块载我以形，劳我以生，佚我以老，息我以死，故善吾生者，乃所以善吾死也。”

死生都是我的“命”，把“命”当成一个整体来接受，对待它的任何一部分就应该是相同的态度。是以“古之真人，不知说生，不知恶死，其出不䜣，其入不距，翛然而往，翛然而来而已矣”。

我读《庄子》，总觉得作者将生死之事看得很重，如《德充符》所云“死生亦大矣”，乃至非要有种说法，非要从这种说法中得到解脱不可。“孰知死生存亡之一体”，既是减弱生的意义，更是减弱死的意义，是通过减弱生的意义来减弱死的意义。以此来看《列御寇》所载：

“庄子将死，弟子欲厚葬之。庄子曰：‘吾以天地为棺椁，以日月为连璧，星辰为珠玑，万物为赍送。吾葬具岂不备邪？何以加此。’弟子曰：‘吾恐乌鸢之食夫子也。’庄子曰：‘在上为乌鸢食，在下为蝼蚁食，夺彼与此，何其偏也。’”

既然能够超越生死，那么如何埋葬也就无所谓了。

《论语·先进》云：

“季路问事鬼神。子曰：‘未能事人，焉能事鬼？’曰：‘敢问死？’曰：‘未知生，焉知死？’”

一味寻思死的事儿令人绝望，故乍一看觉得，孔子未必不是以此等话搪塞一下。倒是弟子曾参对生死问题感受颇深。《泰伯》云：

“曾子有疾，召门弟子曰：‘启予足，启予手。诗云，战战兢兢，如临深渊，如履薄冰。而今而后，吾知免夫。小子。’”

“曾子有疾，孟敬子问之。曾子言曰：‘鸟之将死，其鸣也哀；人之将死，其言也善。君子所贵乎道者三：动容貌，斯远暴慢矣；正颜色，斯近信矣；出辞气，斯远鄙倍矣。笾豆之事，则有司存。’”

前一则是说，人活一生极其不易，但是死去便一了百了。后一则是说，因为自己将死，不再有说话的机会，所以要郑重其事地道出遗言。而所云“容貌”、“颜色”、“辞气”该当如何，正让人想到“战战兢兢”。《泰伯》又云：

“曾子曰：‘士不可以不弘毅，任重而道远。仁以为己任，不亦重乎？死而后已，不亦远乎？’”

死是终结，一个人的生命到此为止。孔门之“知死”，于此可见。《檀弓》中也有一个故事：

“曾子寝疾，病，乐正子春坐于床下，曾元、曾申坐于足，童子隅坐而执烛。童子曰：‘华而晥，大夫之箦与？’子春曰：‘止。’曾子闻之，瞿然曰：‘呼。’曰：‘华而晥，大夫之箦与？’曾子曰：‘然，斯季孙之赐也。我未之能易也，元，起易箦。’曾元曰：‘夫子之病革矣，不可以变，幸而至于旦，请敬易之。’曾子曰：‘尔之爱我也不如彼。君子之爱人也以德，细人之爱人也以姑息。吾何求哉？吾得正而毙焉，斯已矣。’举扶而易之，反席未安而没。”

曾子之死仿佛兹事体大，居然留下三段记载。最终归结到“斯已矣”，亦即“死而后已”：知道错了不立即纠正就来不及了，死将使得一切都无法弥补。

《檀弓》另有一个孔子的故事：

“孔子蚤作，负手曳杖，消摇于门，歌曰：‘泰山其颓乎？梁木其坏乎？哲人其萎乎？’既歌而入，当户而坐。子贡闻之，曰：“泰山其颓，则吾将安仰？梁木其坏，哲人其萎，则吾将安放？夫子殆将病也。’遂趋而入。夫子曰：‘赐，尔来何迟也。

夏后氏殡于东阶之上，则犹在阼也。殷人殡于两楹之间，则与宾主夹之也。周人殡于西阶之上，则犹宾之也。而丘也，殷人也。予畴昔之夜，梦坐奠于两楹之间。夫明王不兴，而天下其孰能宗予？予殆将死也。’盖寝疾七日而没。”

显然孔子与曾参同样“知死”，唯此节读来更有一种苍茫之感，真乃暮色四合，大限将至。回想《论语·子罕》所云：“子在川上曰：‘逝者如斯夫，不舍昼夜。’”他早已慨叹岁月与生命之去而不返了。孔门对这一问题的看法，归纳起来即如《荀子·礼论》所说：“生，人之始也；死，人之终也。”

回过头看孔子所说“未知生，焉知死”，应该联系《论语·里仁》“子曰：‘朝闻道，夕死可矣。’”来理解。死作为结局是确定的，必然的；但另一方面，生是可能的——在结局到来之前，人的一生可能具有不同的意义。孔子是以死为下限，反过来强调生。《泰伯》云：“子曰：‘笃信好学，守死善道。’”一部《论语》，讲的都是如何在有生之年使生具有最大意义，亦即“闻道”。这是具体的，不是抽象的，例如：“子曰：‘加我数年，五十以学易，可以无大过矣。’”（《述而》）孔门师徒同样将生死之事看得很重，却以一个比《庄子》所说消极的结论为前提，得出了另一个积极的结论。因此也就获得了解脱。

《论语·泰伯》“启予足，启予手”一句，注者多联系“身体发肤，受之父母，不敢毁伤”，解释为曾子叫小徒查看一下，是否因病致有毁伤。此说殊无意味。刘宝楠《论语正义》："揆《古论》之意，当谓身将死，恐手足有所拘挛，令展布之也。"曾子是要"小子"趁自己死之前，动动他的脚，动动他的手。其意若云：现在我还活着，还能知道，你所接触的也是一个对此还能知道的活人；等到我死了，你接触的就是一个死人，他不存在了，什么也不知道了。《檀弓》里乐正子春说"自吾母而不得吾情，吾恶乎用吾情"，正是明白了这一点。我想起张爱玲在《年青的时候》中所说："活人的太阳照不到死者的身上。"

孔子死前对子贡说，"尔来何迟也"，也是差不多的意思。子贡听到孔子的歌儿，"遂趋而入"，但孔子还是有所埋怨。他是希望能和这位深深理解自己的学生——读《论语》中子贡关于孔子的议论，当能体会这一点——多相处一会儿，然而他也知道，这已是不再可能的了。

前面提到孔门的积极，庄子的超脱，我都能懂得；但我更在意的却是孔门师徒话语里的这种"现实性"，——他们道出了人类无法逾越生死的永恒悲哀。

母亲从前写信对姐姐说：

"记得我'文革'后第一次去杭州，路上经过无锡，买了蜜汁的豆制品，自己舍不得吃，要回北京留给你们吃，车上又热，我总折腾这点豆制品，对过的八十老太说：'你自己吃了吧。孩子都年轻，有的是机会吃，你应该多考虑自己。'那时我还不理解她的话，是的，做母亲的只要能享受一点就想到孩子。"

在她身后读到这番话，我备感心酸。母亲去世之后，我一样接一样地想着我或她在她生前没有做的事情，心中多有遗憾。由此接着又想到，所有事情差不多都是那时可以做的。假如做了，也就不再是遗憾。没做，就没有再做的机会了。死亡断绝了死者的一切，也断绝了生者与死者之间的一切。她的所有现世的愿望再也不能实现，我们有关她的所有现世的愿望同样再也不能实现。

生死之间，与其说是界线，不如说是隔绝。无论“给予”，还是“接受”，都不再可能。无论已经去世的母亲，还是仍然活着的我，两方面的机会都被死亡剥夺了。

死不仅仅是停止，死是消亡。

周作人译《陀螺》一书收有《杂译希腊古诗二十一首》，其中无名氏所作云：

“人生都是如此，只是机运罢了：/ 你如先得了，这便是你的；/ 你如死了，都是别人的，你就没有分了。”

谷崎润一郎在《〈异端者的悲哀〉前言》中也说：

“死是 nothing，是无，而生总归是 something，是有。纵使磨难再大，something 肯定比 nothing 好得多。”

形容死亡的成语很多，还以“香消玉殒”最能体现死的本义，尽管它通常只用来比喻美丽女子的辞世。这四个字道尽了曾经如此鲜活、如此宝贵的生命丧失消逝的过程——那么迅速，可又那么漫长。终于不见踪影，无从追寻。

我说孔门师徒所言体现了人类永恒的悲哀，这话本身包含着一种自我解脱：既然人皆如此，古今无异，那就不是谁要独自面对的问题，从而减轻一点沉重之感。弗朗茨·卡夫卡说：

“死亡的残忍之处在于，它带来了终结时真正的痛苦，但却没带来终结。”（《第四本八开本笔记》）

在他眼中，人类有如一根前赴后继的链条，死亡只是连接它的一个个环节。他的感受当然更其沉重。然而事实就是如此：只有个体之死，而至少到现在还没有人类之死。无论如何，具体到某一个人的死，并不是“人类”、“永恒”之类的话所能给予劝慰——包括自我劝慰——的。《论语》里数次描述孔子对于他最喜欢的学生颜回之死的反应：

“哀公问：‘弟子孰为好学？’孔子对曰：‘有颜回者好学，不迁怒，不贰过。不幸短命死矣。今也则亡，未闻好学者也。’”（《雍也》）

“季康子问：‘弟子孰为好学？’孔子对曰：‘有颜回者好学，不幸短命死矣。今也则亡。’”（《先进》）

“颜渊死，子曰：‘噫，天丧予，天丧予。’”（《先进》）

“颜渊死，子哭之恸。从者曰：‘子恸矣。’曰：‘有恸乎，非夫人之为恸而谁为？’”（《先进》）

对比《檀弓》，孔子此时的悲哀程度，尤甚于他自己将死之时。也许自己的死是完结；他人之死则是丧失——具体这个人的丧失，我与这个人的关系的丧失。丧失甚可悲哀，完结则一了百了矣。我也曾经想到：母亲死了，她丧失了一切；而我丧失得更多。再来看《先进》："子畏于匡，颜渊后。子曰：'吾以女为死矣。'曰：'子在，回何敢死？'"孔子似乎早已为颜回担忧，惟恐他死了。

周作人在《喑辞》中说：

"死本是无善恶的，但是它加害于生人者却非浅鲜，也就不能不说它是恶的了。"

他所翻译的萨福诗作残片则径直说：

"死是恶，因为诸神是如此判断的，假如死是善，那么他们也当死了。"

这里所表达的是人类对于生死问题的困惑与恐惧。萨福去今两千六百年，今人对此的感受实际上仍然同她一样。这似乎动摇了萨福的价值观；对我们来说，也是如此。

所有关于生死问题的追问都指向虚无与沉重——死是虚无，生是沉重。而生本来的意义，是要抗拒这两点的。卡夫卡日记有云：

"不要绝望，甚至对你并不感到绝望这一点也不要绝望。在一切似乎已经结束的时候，还会有新的力量，这正好意味着，

你活着。如果他们不来，那么一切就到此结束，彻底完了。”（一九一三年七月二十一日）

据此，死才是真正的绝望。卡夫卡日记又云：

“人们从来不知道，是否人们感觉到的绝望是合理的绝望，或者是没有道理的绝望。”（一九一四年十二月十九日）

其间区别，也在死与生之间。然则既已死了，连绝望也没有了。所以卡夫卡所关注的是“绝望之前”。再来看“不要绝望，甚至对你并不感到绝望这一点也不要绝望”，其意若云：既然活着，就还没有到绝望的时候，姑且以希望鼓励自己，不管希望是否虚妄。向死而生，庶几近之。周作人在《寻路的人》中说：

“我是寻路的人。我日日走着路寻路，终于还未知道这路的方向。

“现在才知道了，在悲哀中挣扎着正是自然之路，这是与一切生物共同的路，不过我们单独意识着罢了。

“路的终点是死，我们便挣扎着往那里去，也便是到那里以前不得不挣扎着。”

此文写于周氏兄弟失和之际，过了三年，鲁迅在《写在〈坟〉的后面》中表达了与之几乎相同的意见：

“倘说为别人引路，那就更不容易了，因为连我自己还不明白应当怎么走。……我只很确切地知道一个终点，就是：坟。然而这是大家都知道的，无须谁指引。问题是在从此到那的道路。那当然不只一条，我可正不知那一条好，虽然至今有时也还在寻求。”

鲁迅在《希望》中引用裴多菲·山陀尔的话说：“绝望之为虚妄，正与希望相同。”可以概括兄弟俩的想法。

想到死亡，每每有一种幽深黑暗、不可企及的感觉。

死之为虚无，之为绝望，要在时间的向度上——准确地说，是在时间消失的向度上——才能真正体会。“永远”，这是我们经常挂在嘴边的，如今想来，未免讲得太轻易了。母亲去世了，我才体会到，“永远”是无底的深渊，有始无终。这个词实际上只有否定意义：当我们说“永远如何”，只是一种愿望；说“永远不能”，才是真的。直截了当地讲，除了死亡，什么也不能以此形容。

与“永远”相关的另一个词是“永别”。这似乎是实在的。然而“别”的一方——生者，本身也不能够“永远”。只有在两个死者之间，才真的是一种永远的关系。

以死为终结，则死之前的一切就其整体而言可能被视为虚无；但另一方面，一切又都因其不复存在、不复延续而具有意义。对于曾经活着的人来说，多活一天就是一天。

以孔门师徒的意见来看《庄子·齐物论》讲的“予恶乎知

夫死者不悔其始之蕲生乎”，当谓：否，死者无知，甚至根本就不存在这样一个“者”了。虽然庄子所假设的“死者之知”，所虚拟的存在于生之外的立场，确实可以给予我们很大的安慰、鼓励与支持。

庄子所说旨在超脱地对待生死，及至庄子后学，则进一步把“恶乎知”云云给坐实了。《至乐》讲了一个故事：

“庄子之楚，见空髑髅，髐然有形，撽以马捶，因而问之，曰：‘夫子贪生失理，而为此乎？将子有亡国之事，斧钺之诛，而为此乎？将子有不善之行，愧遗父母妻子之丑，而为此乎？将子有冻馁之患，而为此乎？将子之春秋故及此乎？’于是语卒，援髑髅，枕而卧。夜半，髑髅见梦曰：‘子之谈者似辩士。视子所言，皆生人之累也，死则无此矣。子欲闻死之说乎？’庄子曰：‘然。’髑髅曰：‘死，无君于上，无臣于下，亦无四时之事，从然以天地为春秋，虽南面王乐，不能过也。’庄子不信，曰：‘吾使司命复生子形，为子骨肉肌肤，反子父母妻子闾里知识，子欲之乎？’骷髅深矉蹙頞曰：‘吾安能弃南面王乐而复为人间之劳乎？’”

这里假托的“庄子”所云，正代表了《齐物论》讲的“说生”、“恶死”乃至“蕲生”，髑髅批评以“视子所言，皆生人之累也”；但进而由“死则无此矣”发展为宣扬“死之说”，则已非庄子而是庄子后学的看法了。庄子后学主厌世而推崇死，仿佛希望在这一问题上，求得比庄子更为彻底的解脱。

按照庄子及其后学之意，个人所不知道、不了解的，未必就不存在。这与明确肯定鬼神存在的墨子几乎出诸同一思路。《墨子·明鬼下》云：

“是与天下之所以察知有与无之道者，必以众之耳目之实知有与亡为仪者也，请惑闻之见之，则必以为有，莫闻莫见，则必以为无。若是，何不尝入一乡一里而问之，自古以及今，生民以来者，亦有尝见鬼神之物，闻鬼神之声，则鬼神何谓无乎？若莫闻莫见，则鬼神可谓有乎？”

也就是说，你虽然没有看见，可是据说有人看见了。

我想起天主教或基督教的临终祷告仪式，对于将死之人的确是最后的也是最好的一种慰藉。《新约·马太福音》云：

“你们要进窄门。因为引到灭亡，那门是宽的，路是大的，进去的人也多；引到永生，那门是窄的，路是小的，找着的人也少。”

如果生死之际只是一道门的话，那么不管宽窄，努力走过去就行了。假如真的存在另外一个时间，另外一个空间，那么这个时空里的一切遗憾——以及一切满足——都无所谓了。但是奥斯卡·王尔德却在《无足轻重的女人》中通过一个人物之口说：

“除了鬼门关，人什么关都能闯得过去。”

当然更大的慰藉，是“窄门”那边的“天国”或“天堂”。有人死了，亲朋之间说得最多的话，大概就是“他往天国去了”。“往生”之说虽然出于隔教，但亦相去不远。当然未必没有以此敷衍、应景者，但我相信，在某些人真是一种祈福，一种寄托。

不少文学作品都描绘了人死之后前往的这个世界。其中最有名的当属但丁所著《神曲》，我却以为亨利克·显克维奇的短篇小说《二草原》写得更美。在他笔下，生活在“生之国”的人们来到了“死之国”的彼岸：

“在那安静而且清澈，点缀着花朵的水面之后，横着死之原，湿缚的国土。

“那里没有日出，也没有日入；也没有昼，也没有夜。只有白百合色的单调的光，融浸着全空间。

“没有一物投出阴影，因为这光到处贯彻，——仿佛他充满了宇宙。

“这土地也并非不毛：凡目力所能到的地方，看见许多山谷，满生着美丽的大小树木，树上缠着常春藤；在岩石上垂下蒲陶的枝蔓。但是岩石和树干几乎全是透明，仿佛是用密集的光所造。

“常春藤的叶有一种微妙清明的光辉，有如朝霞；这很是神异，安静，清净，似乎在睡眠里做着幸福而且无间的好梦。

“在清明的空气中，没有一点微风，花也不动，叶也不颤。

“人们走向河边来，本来大声谈讲着，见了那白百合色的不动的空间，忽然静默了。过了一刻，他们低声说道，‘怎样的寂静与光明呵！’

“‘是呵，安静与永久的睡眠，……’

“那最困倦的人说道，‘让我们去寻永久的睡眠罢。’

“于是他们便走进水里去。蓝色的深水在他们面前自然分开，使过渡更为容易。留在岸上的人，忽然觉得惋惜，便叫唤他们；但没有一个人回过头来，大家都快活而且活泼的前行，被那神异的国土的奇美所牵引。

“大众站在生的岸上，这时看见去的人们的身体变成光明透彻，渐渐的轻了，有光辉了，仿佛与充满死之原的一般的光相合一了。

“渡过以后，他们便睡在那边的花树中间，或在岩石的旁边。他们的眼睛合着，但他们的面貌是不可言说的安静而且幸福。”

“生之国”的主宰毗湿奴遂向造物主梵天投诉：“死之原”被造得太美丽了，太幸福了。梵天用黑暗织了一张厚实的幕，命“苦痛”与“恐怖”把这幕挂在路口。于是，“生命又充满了生之原了，因为死之国虽然仍是那样的光明而且幸福，人们都怕这入口的路”。

这与庄子后学所说“吾安能弃南面王乐而复为人间之劳乎”几乎一致。

与此相类似的是人们常说的“地下有知”、“含笑九泉”、“已归道山”和“告慰于 × × 在天之灵”。——这里，死者尽管未必被安排去到一个美丽的、幸福的处所，但总归承认他的存在，而且有其居留之地。“含笑”、“告慰”云云，还体现了生者心目中的死者对于人世的一种牵挂。

相比之下，转世之说可能更其落到实处，因为至少是将属于死者的一部分以生命的形式留在了人间。这是一种更大范围或更大意义上的慰藉：这个生命进程中的遗憾，可以在下一个生命进程去弥补，而生命能够跨越而不止步于每一个进程。我们甚至可以将这一跨越视为一种升华。无论置身其中，还是置身其外，所看到的都将是大的圆满。

艾伯哈德·云格尔在《死论》中引用了A.冯·克罗顿的话：“人之所以消亡，乃是因为他不能将开端与终结合而为一。”

对此云格尔说：

“人活在开端与终结之间。但他不在开端（它总是已经在他身后）；也不在终结（此时他已不再存在）。”

转世，实际上就是“将开端与终结合而为一”，有如一年四季之周而复始。如果人生不是一次活完——如《庄子·人间世》所云“来世不可待，往世不可追也”——而是有往世可追，有来世可待的话，那么，我们就可以据此建立一种既不必过分消极，又无须过分积极的人生观。虽然，亦有如周作人在《鲁迅的故家》里所记述的其继祖母蒋老太太的意见："有一回近地基督教女教士来传道，劝她顾将来救灵魂，她答道，'我这一世还顾不周全，那有工夫去管来世呢。'"这倒与李商隐《马嵬》之"他生未卜此生休"颇为接近，不过一个是在途中所说，一个是在终点所说罢了。

不管怎样，转世说之于自己是一回事——我想起从前电影里英雄或强盗受死时常说的"二十年后又是一条好汉"；而我第一次听见这话时，一下还不明白由打哪儿算起——之于别人即死者则是另一回事。因为新的开端即使存在，它也已经属于另外一个完全不同的人了。而且人虽转世，他的"知"却消亡了，无法逾越"终结－开端"而得以延续。"我"只属于具体某一生命进程。所谓"前身的记忆"，例如白居易之"世说三生如不谬，共疑巢许是前身"（《赠张处士山人》），姜夔之"三生定是陆天随，又向吴松作客归"（《除夜自石湖归苕溪》），与这里所说毫无关系。与死者相关的生者乃是以"死者之知"作为死者仍然存在的征象的，丧失这一征象，他的情感也就无以投注。所以"转世"很难在更为具体和更为实在之处真正给予生者以帮助。

王充所著《论衡》，范缜所作《神灭论》，都不相信人死之后，鬼或神仍然存在。王充更云：

"夫死人不能为鬼，则亦无所知矣。"（《论死》）

范缜则云：

“死者有如木之质，而无异木之知；生者有异木之知，而无如木之质也。”

《搜神后记》里有个著名的故事：

“丁令威，本辽东人，学道于灵虚山，后化鹤归辽，集城门华表柱。时有少年，举弓欲射之。鹤乃飞，徘徊空中而言曰：‘有鸟有鸟丁令威，去家千年今始归，城郭如故人民非，何不学仙冢垒垒。’遂高上冲天。”

寥寥数十字，曲折地道尽了生者对死者“魂归故里”的企盼，而这是如何之不可能，但生者进而却又找到了一种更大的慰藉。

说来我偶尔也曾有过这样的念头：将来有一天我会与母亲见面，对她讲述分别之后的日子我是怎么过的。继而总是很自然地联想起从前母亲出外旅行离开或者返回时的情景。记忆较深的是有一次她从承德回来，下午，我到永定门火车站去接她，站台上空空荡荡，接人的只有我一个，下车的除母亲之外也没有几个人。还有一次她乘火车转道广州去香港，同车厢里有个穿白牛仔裤黑高筒靴的女孩。再就是她从香港回来，姐姐和我去机场接她，弄错时间去晚了，结果母亲自己拿着大包小包千辛万苦地回到家里，而那是她一生最后一次去旅游了。

戴维·里夫在《死海搏击：母亲桑塔格最后的岁月》中写道：

“以色列杰出诗人阿巴·科夫纳一九八七年躺在斯隆·凯特林纪念癌症中心奄奄一息，写下以下诗行的时候，表达的当然并非仅仅是诗人的感受：‘很快/很快我们就会知道/没有我们星球照转/我们是否接受得了。’”

我联想起吕碧城的绝命诗：“护首探花亦可哀，平生功绩忍重埋。匆匆说法谈经后，我到人间只此回。”曾子说“鸟之将死，其鸣也哀；人之将死，其言也善”，我想，也许还是人之将死，其言也哀罢。这里最让我悲哀的是，两位将死的人不约而同地为自己安排了一个超越人间之外的驻足之地——好比是圣经所说“窄门”之后的处所——而忽略了“我”实际上行将不复存在。但对于将死的人来说，这一事实未免太残酷了。

罗兰·巴尔特的《哀痛日记》写于他的母亲去世之后。其中有一则说：

“现在，确认之意识，有时意外地像一种正在破裂的气泡冲撞着我：她不在了，她不在了，她永远地和完全地不在了。这种情况是模糊的，无形容词的，即令人眩晕的，因为它是无意韵的（即无可能的解释而言的）。”

另一则说：

“下雪了，巴黎下了许多雪；这很怪。我自言自语，于是我又痛苦难忍：她永远不会再待在这儿看雪了，永远不会再让我给她讲下雪了。”

我的母亲去世后，其他想法渐渐褪去，经常出现的却是与巴尔特近乎一样的念头。好像我也需要这样一种“确认”——只是陈述“她不在了”这一事实，甚至不带什么感慨。

母亲去世后，我去日本旅游。遇到称心的小物，马上想到没法再买了送给她；看见人家门前窗外漂亮的装饰，以及各处好的景致，也想到不能再告诉她了。在白川乡，我站在跨越庄川的索桥上，望着脚下湍急的流水，忽然想起都江堰来，记得母亲不止一次说起那里留给她的印象，然而眼前这处风景她却永远见不到了，——实际上是这处风景永远见不到她了。彼此在两个遥不可及的时间点上。《南史·列传第二十二》中张融所说“不恨我不见古人，所恨古人又不见我”，讲的其实是这回事罢。

生是存在；死是不存在，而且连曾经的存在都不复存在。此犹不同于树之枯槁，花之萎谢，建筑之为废墟，而是没有了，无影无踪。

死亡，归根结底，就是一个人从世界上消失，而世界依然存在。是那么简单的一件事。

无常：佛教语，谓世间一切事物不能久住，都处于生灭变异之中，而又作人死的婉词。——这是让我感动的一个词，生意很重，自有深切体验在焉。

第二部分

# 曾经存在

母亲去世整一个月那天，我独自进城，“旧地重游”。——说实话，我也不知道我在追寻什么。我乘公共汽车到灯市东口。路口西南角上原来有家香依餐厅，现已改为北京蒙娜丽莎婚纱摄影东单旗舰店。母亲七十岁生日那天，我们曾经在此为她祝寿，当时拍的照片我还留着。沿东单北大街南行，协和医院对面，原是上海餐馆雪苑，现已改为红石头餐厅。母亲和我曾经多次来这里吃饭，常点的菜是响油鳝糊和油爆河虾，还记得有位倒茶的女服务员，人已不算年轻，上海口音，说话挺客气的。再向前走路过大华电影院，这是母亲和我常看电影的地方，如今装修改造，暂停营业。

我在东单乘公共汽车，到南池子下来。我曾在日记里写道：“二○○二年十月四日，陪母亲去王府井，沿皇城根、菖蒲河走到天安门，在起士林吃饭。”之前好几天，母亲就给姐姐写信说：

“方方准备在我们午睡后陪我乘车进城去王府井一带看看，那里有两个新修的公园，一是皇城根公园（就是小过曾住过的胡同，都拆了），一是南池子南河沿那里，原有河道，后被填上，盖了房子，现又把房子拆了，恢复了原有河道，叫菖蒲河公园。我们想去看看。下午去可以看见白天景，然后吃晚饭，再看夜景。乘出租回来。这是计划。”

待我们按计划去过了，她又写信说：

“原来的旧河道废了，上面盖了房子，都是那么又低又矮的平民住房，现在推了，重新开通河道，再建公园。配合那红墙，里面建了一排古建筑，这公园是值得一游的。”

此番我重访菖蒲河公园，南池子大街路西的一半已经关闭；路东的一半两头亦挡以铁栏，然错有缺口，可以穿行。里面人迹稀少，花草全无，景色萧疏。问环卫工人，则云冬天谁还会来，西边“十一”前就关了。

我一直走到东华门大街。路北中国银行楼上，当时开过一家老佛爷，母亲要我陪她去看，发现档次甚低，扫兴而出。后来这家店也关张了。母亲最喜欢逛金鱼胡同西口路北把角的绿屋百货，她曾在信中说：

“这个市场特别长，差不多到灯市口（包括过去的邮局），那么大的展厅都卖花，各种各样的花太多了，真是好啊。现在最时兴的花木是‘富贵竹’，从台湾来的，一根根绿的细竹长成一捆，上面还能开红花。还有蝴蝶兰、郁金香、风信子，等等。仙人掌上的花有多种颜色。我来了三次都只走了一半，中间隔了一个西堂子胡同，我以为到头了，其实二楼是通过去的。”

没过多久绿屋百货就拆了，很长时间工地都荒着，母亲念念不忘这商场，常说何必着急赶走它呢。

这天晚上，我和大哥一起在华龙街的起士林吃饭。此处亦已面目全非，北面的开放式走廊不见了，店门改了位置，店内也添设了洗手间。问服务员，说是前年春天改造的。母亲的信中记下了二〇〇二年十月四日那次点的菜：

“沙拉，奶油汤，方方吃炸鸡卷，我吃的罐焖牛肉，又吃了栗子粉。奶油栗子粉多年未吃了，栗子粉略嫌粗点，奶油是那种带点酸味的，很好吃。”

又说：

“我们在华龙街起士林吃的西餐，让人还想再去。”

大哥和我在那里坐了很久，回忆起母亲的许多往事。

几天后我又路过朝阳门北小街的楼外楼，正是吃饭时候，里面却黑灯瞎火。这也曾是母亲和我常来的地方。几年前换了招牌叫哨兵海鲜，现在干脆关张了。记忆最深的是第一次来，查母亲的信是二〇〇一年六月十五日，那天饭刚吃到一半，突然天色如墨，街上车辆、行人幢幢有如梦寐，继而雷电交加，大雨倾盆。母亲写道：

“我们点的油爆虾、家乡鳝丝（加绿豆芽和咸菜，是炒的）和火腿冬瓜球，两碗饭，两杯龙井茶。我们吃饭时，天阴下来了，后来就全黑了，就像夜里那样黑，然后打雷下大雨。我们慢慢吃，还送了一个果盘，西瓜与哈密瓜，西瓜不好吃，也许因先吃了哈密瓜的缘故。等大雨停了，我们又打的回家。”

当时母亲望着窗外的那种既惊异又忻幸的表情，此刻犹在我的眼前，鲜明真切极了。

汉语有个新词叫“地标”：“指某地方具有独特地理特色的建筑物或自然物，游客或其他一般人可以据此认出自己身在何方，有类似北斗星的作用，例如摩天大楼、教堂、寺庙、雕像、灯塔、桥梁等。”

也许可以说，还有一种属于个人的“记忆地标”或“情感地标”。

我发现，与母亲相关、与她和我那一段共同经历相关的这种“地标”，已经陆续不复存在。它们甚至先于母亲的不存在而不存在了。

我想起崔护的《题都城南庄》：“去年今日此门中，人面桃花相映红。人面只今何处去，桃花依旧笑春风。”所说的正是这种记忆或情感地标。这里“此门”以及“桃花”、“春风”，都相对恒定不变，都是维系对“人面”的回忆的证物。

曹丕《与朝歌令吴质书》：“节同时异，物是人非，我劳如何。”李清照《武陵春》：“物是人非事事休，欲语泪先流。”尽管惆怅乃至悲伤，情感上毕竟有所依托。

然而如今“人”固已“非”，连“物”都不再“是”了。

说得夸张一点就是，母亲虽然离开并不很久，但我感觉她曾经所属的那个世界已经分崩离析了。

有天傍晚我去小区门外的华润超市，发现货架空了不少，顾客也寥寥无几。又过了不到一个月，便见卷帘门紧锁，连牌子都摘下来了。这是母亲晚年去的次数最多、也是与她的生活关系最大的一个地方。超市就在母亲住处的马路对面，有时晚上她站在窗前，见超市灯还亮着，便说，啊，华润还没关门呢。她有那里的积分卡，每年都能换一点东西。

又一日，我去附近的另一家商场凯德MALL，原来这儿叫嘉茂购物中心，发现母亲和我一度常来吃饭的四楼大食代美食广场，已经改成电玩城了。母亲曾给姐姐写信说：

“中秋节那天晚上我和方方去华联四楼，叫‘大食代’，那里一柜台、一柜台什么吃的都有，风味小吃和正餐都有。方方叫的虾肉云吞（还真不错），我叫的日式牛肉饭，盘中有沙拉，有豆制品，有米饭，有煎的牛肉片，当然我吃不了，方方再吃点，化了四十元。是要买卡（五十元，一百元），拿卡到各摊去划，然后给张小票，吃完可去退钱，也可保留钱卡，下次消费。”

我再去一楼的面包新语，那里也被一家苹果手机经销店所取代。母亲在家的最后几个月，我常在这儿为她买名叫“家乡香肠”和“肠仔卷”的夹香肠的面包。那时她已很难进食，但在每晚睡觉之前，我还是要她坚持吃一两口。

像这样的事情，好像一桩接一桩似的。

其实母亲生前对此已有亲身体验了。她曾在日记里描述过我家附近宏泰市场的“末日”，那是她常去买菜的地方：

“快到宏泰的街上，就有想不到的热闹情景：街边都摆满了好几层的摊子，买菜的人也多，还有一辆接一辆的汽车、摩托车来回拥挤着，今天是星期五，为什么会这样热闹，摊子上的货都挂着‘甩卖三天’。阿姨好不容易把我推进市场，发现基本上都空了，原来要拆了。先买了两瓶麻酱，好多人在买，说是贱卖。一切都乱了。又把我推出街上，简直无法通行。买了小油菜、菜花、扁豆、弥猴桃，还多要了钱。阿姨都慌了，场面那样混乱，我也没看清，总之好不容易逃了出来。唉，卖菜的市场又要拆了，房地产老板又要在那里盖房子了，菜贩如何去处，那就无人知道了。真是一件接一件生活上不如意的事接踵而来。以后只能到超市去买了，芦笋也没见着，幸好还有的吃。”

母亲去世后，我还特地来这里探访，结果一点痕迹都没有了。

话说至此，我似乎很理解张岱《〈西湖梦寻〉序》所云：

“前甲午丁酉，两至西湖，如涌金门商氏之楼外楼、祁氏之偶居、钱氏余氏之别墅及余家之寄园，一带湖庄，仅存瓦砾，则是余梦中所有者，反为西湖所无。及至断桥一望，凡昔日之弱柳夭桃，歌楼舞榭，如洪水湮没，百不存一矣。余乃急急走避，谓余为西湖而来，今所见若此，反不若保吾梦中之西湖，尚得完全无恙也。”

虽然这与我现在讲的并不完全是一回事。

在崔护那首诗中，“桃花”、“春风”本是寻常得见，“此门”或有特别之处，但诗人亦未予描写。诗中所呈现的，实际上是个平凡极了的场景。唯其如此，才体现出诗人的独特感受——或许可以借用相传为刘禹锡所作的“司空见惯浑闲事，断尽江南刺史肠”来形容。记忆地标或情感地标，正是这样的罢。

对我来说，记忆之中最与母亲相关的，无非是华润超市这种并无特色的地方，还有她常去的东四环南路的燕莎奥特莱斯、四元桥的宜家家居和我家附近的沃尔玛，——这里标举出地名，大概正与崔护笔下的“此”字相当。

记得有一次去奥特莱斯，彼此走散了，但母亲很快就找到我，她说推理小说读得多了，稍加分析就知道我会去哪儿了。母亲去世前四个月，到小区的卫生服务站输白蛋白。末了一次输完后，她要阿姨推着她去沃尔玛逛逛。是个阴天，待到她们出来，果然下雨了。阿姨用雨披包裹着她，才没淋着。几天后母亲就去住院，再没回来。这是她一生中自己去的最后一个地方。我对友人马家辉讲起这事，他感叹道，真是热爱生活的人哪。母亲从前的日记写道：

“去了沃尔玛，进超市，先看花，真有好多花草，很吸引人。我现在屋里花已太多，以后若没人送花来了，我再买不迟。小金鱼也好看。买了牛奶、点心、香蕉、小油菜、冻柴鸡、鸡小胸、鸡翅根、花肥等，满载而归。”

“下午阿姨来后，就让她推我去沃尔玛。这两天暖和，下午出外特别舒适，院内南门外，只有几天，又开了几片红色的花（不知名），矮树上红似小喇叭的花，密密麻麻，真好看。在沃尔玛买了两盒三元牛奶（仅有的），结果奶酪忘买了，买了排骨、水果、蔬菜、豆制品回来。”

她最后一次来这儿，情景也许差不多罢。现在我去这些地方，当初她在哪个货架前停留，买了什么，简直历历在目。虽然买的都是普通家用物品；而所能唤起的关于她的回忆，大多也不成片段。往往只感受到一种氛围，母亲曾置身其中；这几乎说得上是因母亲而生的氛围仍然存在，她却被永远排除在外了。

有的地方，母亲平生从未到过。譬如后来我去日本，在新宫的丹鹤城公园逢着樱花“满开”。有人写文章以“轰轰烈烈”一语形容樱花开放，我倒觉得它开也是端庄的，落也是娴静的。不少家庭或伙伴，聚在樱树下野餐。都坐在塑料布上，穿着寻常衣服，脱了鞋放在背后。吃的是刺身、寿司、便当，甚至麦当劳食品，还有烧烤；喝的是啤酒、汽水，偶有清酒。这叫“花见”。看见这般情景，我忽然想起母亲，不禁黯然神伤。

最能将已经去世的母亲与此时当下联系在一起的，就是这种日常生活的氛围。她曾经享有的，或者她永远错过的。简单，平凡，然而强烈，持久。这种氛围比比皆是，母亲去世后我才真正留意，于是就更多引起关于她的回忆。

周作人翻译过一篇加太洁二所作《母亲的味道》，文中写道：作者有一次陪母亲到一家小餐馆歇息，“我问她吃些什么，她说道：‘什么叫做卡耳庇斯的，我想喝一回看。这名字我是知道的，却是没有喝过卡耳庇斯这东西。’我于是叫了一杯热的卡耳庇斯和咖啡。母亲一口一口的很珍重的喝着，并且喜欢的说：‘这样好吃的东西我是第一次喝着。过岁时，再给我喝一回吧。’……就在那年的秋天，有肺结核的母亲因为结核菌侵犯了喉头，什么也不能吃而死了。”（译注：“卡耳庇斯”即酸牛奶加钾，乃取钾与乳酸性饮料二字拼合而成。）

作者说：“广告宣传上有一句话，‘卡耳庇斯’是初恋的味道，我却说是母亲的味道。”

我关于母亲的回忆，也是这样。都很具体，很普通，也很琐碎，充满了各种细节，为我所感知——是那种无法脱离视觉、听觉、味觉、嗅觉和触觉的感知；回忆起来，却又微不足道，往往连件事儿都算不上。是以总有一种虚幻之感，觉得难以把握，稍纵即逝。

对我来说，母亲就是过去的一段生活；讲得夸张一点，是一种生活方式，一些生活习惯，或一份生活态度。然而这却是很难诉诸文字来表达的。

母亲是个普通的人。不像有的人生前有所建树，或有所创作，他们已经将自己生命的一部分转化为另外一种形式，在自己身后至少暂时保存下来；母亲去世了，什么都没有了。我所感到痛惜者正在于此：一个普通人的死，真的就是结束。

当然也可以说：普通人死一次，而创造者死后有可能再死一次——作品之死，乃至名声之死。所谓“创造物”，有可能与一个人留下的遗物一样，自己不扔，死后别人还得扔。历史上大概只有极少数人得以摆脱这一命运，不过也还不能就此断言，因为随着时间的推移，兴许有些我们现在以为不死的人会陆续死掉。一个已经不复存在的人，要想继续维持自己的作品与名声的存在，是非常不容易的。普通人反而没有这种危险。

母亲所曾经拥有的，只是她的生活。那种有意味，有品质，又是平平常常，日复一日的生活。我久久记忆，时时回想的，也是曾经如此生活着的母亲。我惋惜哀痛这种生活与母亲已经一并不复存在。

关于母亲最初的记忆，是我四岁左右，有一次在从前住的西颂年胡同三十号院子里，和对门住的万姓人家的小女孩一起玩耍，母亲与那孩子的母亲站在一旁聊天。时近黄昏，大人们担心我们着凉，要我们待在有太阳照着的地方，于是我们就随着阴影扩大而不断移动位置。那个情景，回想起来感觉特别美好。后来我读周作人摘译的柳田国男著《幼小者之声》，有一节文字就像是在描述我的这段记忆：

“假如有不朽这么一回事，我愿将人的生活里最真率的东西做成不朽。我站在傍晚的院子里想着这样的事情。与人的寿命共从世间消灭的东西之中，有像这黄昏的花似地美的感情。自己也因为生活太忙，已经几乎把这忘怀了。”

母亲去世后，我到深圳，进了旅馆房间，想起我上一次出门远行母亲还在，我到了所做的第一件事就是给她打电话，就像我每次外出时照例做的一样。我记得自己总是问，您好吗。她匆匆地回答了好之后，就开始讲谁给我来了电话，或寄了快件。而我常常打断她说，这都不要紧，等我回去再说。

如今我望着床头柜上那个电话机，觉得一切都那么近，又那么远。

这以后我经历了不知多少类似的“上一次”。直到它陆续被“上上一次”、“上上上一次”所替代。

与此相仿的是“去年今日”。去年今日，母亲如何如何……

待到一年过去，这个回忆的契机也就消失了。

也许回忆的契机比起回忆本身，要更脆弱，更微妙，更难以把握罢。

在沃尔玛看见有五芳斋粽子卖，想起端午节快到了。这是母亲去世后的第一个端午节。去年这时候，她病重难以进食，但还勉强吃了半个肉粽。这是她喜欢的食物之一，是那种鲜肉的，其他如有蛋黄、加香菇的都不爱吃。从前东四菜市场有个专卖柜台，各种粽子依次摆满，用不同颜色的线捆着，其中肉粽是白线。我们搬到城外后，还特地去那儿买来。我去上海出差，每次也都带回嘉兴肉粽，味道更好。大约三年前，超市有冷冻保鲜的粽子卖了，但端午节一过，随即下市，再想买就得等明年了。去年母亲嘱我多买点，冻起来。但还未吃完，她就住院了。她去世后，我发现冰箱冷冻柜里还存着一包呢。

中秋节。记得一九九八年我们刚搬到望京，没多久就赶上这个节，母亲去超市买了两块月饼，一块是哈密瓜馅的，一块是枣泥馅的。我们原本都不太爱吃月饼，那个晚上一起坐在阳台，边吃边赏月，却待了很久。我从未置身高楼之上看过月亮，乍见简直吃了一惊，真是好圆，好亮。

母亲在给姐姐的信中描述过她患病前最后一个中秋节的情景：

“方方回去后给我来了电话，说快看窗外的月亮又大又亮，我先找了半天，甚至跑到楼道（与我的窗是相反方向）都没看到，后来才看到月亮从我住的楼转了过来，真是又大又亮，很漂亮。据说再有九年以后月亮才能离地球这么近，对于我这八十多岁的人，还是现在多看看吧。”

张爱玲在《金锁记》说，“回忆中的三十年前的月亮是欢愉的，比眼前的月亮大，圆，白”，现在我还没等到那么久，举头望去依旧是当年那个月亮，一模一样，但已如她所说，“不免带点凄凉”。中秋向被形容为团圆的日子，现在母亲不在了，想到她总有一种缺席之感，又好像只是暂时离开而已。在我心里，还为她在这世界上保留着一个位置。

母亲去世前一年的日记中写道：

“今天是平安夜，想外面一定很热闹，而我冷冷清清病在家中……”

她最爱过圣诞节，每年总是早早在客厅里摆出姐姐从美国寄给她的塑料圣诞树，点亮上面的小彩灯，还挂了不少包着彩纸的饰物。母亲说，“冬天外面万物萧索，屋里有棵装饰的圣诞树，人的心情将不一样。”她说这让她回忆起童年家中的情景，不过当年树是真的，“那时多热闹，气氛暖洋洋的，不像现在这样”。我们住在城里时，旁边楼房的房间里摆着圣诞树，母亲隔着玻璃窗看见，很是向往，自嘲“真有点像卖火柴的小姑娘”。

待到母亲自己买了房子，第一次点亮圣诞树，特别高兴，写信告诉姐姐：

“我一人把圣诞树支起来，把挂件挂上，吴环买的挂件太小，所以后来我又买了一包，另外自己做了几件。经方方整理后更好看了。这是我一直梦寐以求的，终于达到目的。马路对面楼上有一家人站了一排观看我的圣诞树，站了许久；在他们的上一层楼窗前，也有一个人站着在看。”

以后每年过圣诞节，她都要写到这棵圣诞树：

“我今天很累，一点没休息。我躺下一会，就爬起把圣诞树从纸盒中拔出，很费力，又把树装好。爬上椅子在客厅顶柜中把挂件拿出，挂上。忙到三点钟，小袁来了，我一边招呼她，一边挂，她也帮我挂和整理。”

“阿姨把我的圣诞树装起来，又把挂件从顶柜中拿下，我自己一样一样地放上就很累了。今年要重买灯饰才成，原来的不亮了。不买也没关系，没有人晚上看那灯饰，天黑了要做饭，在厨房中没法看，吃饭时又要放电视，洗餐具、看碟之后就要睡觉了，所以也没有时间在那里欣赏，能来看的人又少。”

但是，母亲过了她一生中最后一次圣诞节，就把这棵树送给信基督教的阿姨了，也没跟家里人打声招呼。她去世后不久，又到圣诞节了，我才发现。当下很感怃然：母亲也许预感到，自己已经不再可能过这个节了。

从前到了春节，“五一”，“十一”，还有圣诞节，母亲喜欢去热闹地方譬如长安街或天安门广场看灯。我们搬到城外后，就不大容易去了。后来看到她在给姐姐的信中说：

“今年春节的夜景灯饰从电视上看特别漂亮，有车的人谁也没想起拉我去看看灯，没人想到我那么有兴趣想观赏一下。”

另有一封信，记录了我们的一次“看灯之旅”：

“去年十一，方方和我一块去天安门附近的菖蒲河公园，还站在天安门前看了几眼灯饰，吃了西餐回家。今年当然还是我们自力更生去天安门看看了。星期六天气多云，没说有雨，决定下午去。午后休息，看报，我们都打了一会盹儿，四点前离家。乘四二〇路，走了几站车坏了，大家下来，人特多。我们改乘运通一〇七路到光华路下车，走到国贸三十七路公共汽车站。车上人多，也没座，站到天安门，下车已是五点半了。从地下道到了广场。花都是草花，搭的那些国内的景观有不少都已去过，见过真的，看看这布景似的景观，也就走马观花地逛了一圈。决定留下来看夜景，所以就不能回到华龙街去吃西餐，只好一直穿过广场到了前门。在那里的麦当劳吃快餐，是在地下，看见几十人的外国旅行团（像是美国人）。吃完又走回广场，六点四十分，已是华灯初上。灯饰还是好看，广场上的人更多了，外地人、老年人都来了。我们倒着看、正着看后决定回家，已尽兴了。最好看的灯饰其实是中国银行，还有东边的一座楼，尖顶，灯都像钻石似的，特别明亮耀眼。我们又下到地下通道，那里有一线地铁，我从没坐过，车到了建国门又下车，上一段台阶，到了过去的老地铁，再坐到东直门，出站又上了六一四路汽车，到方方小区的前面下，穿过肯德基饭馆进小区。去了天安门，心愿满足了。走了多少路，上下了多少台阶，一切还算顺利。总算出去逛了一景。”

母亲所中意的两处夜景，一是西交民巷东口的原大陆银行办公大楼，一是东交民巷西口的原麦加利银行办公大楼。她去世后，我偶然走过天安门广场，意外地发现原大陆银行那幢楼房里面黑洞洞的，竟已荒废不堪了。

母亲去世后，我接连两个春节都去了日本，第三个春节本来也打算避开，但没买到机票，只好待在家里。除夕那天将近十二点，我躺在床上，拉开窗帘，能看见小区外面放的焰火。——整整三年前，呈现在母亲眼中的，就类似这番景象罢。母亲那天的日记写道：

“……外面已鞭炮声不断，如有礼花的话我还会去看的，我对礼花有很大的兴趣。今夜的烟花真是绚丽多彩，开始我坐在阳台的铁椅子上看，觉得有点冷。又看完了香港电影《死神傻了》，死神本勾了死者的名字，可是他经过努力，战胜了死神。而且本来要死的人，改过了自己对人的态度，都活了过来。最后死神傻了，没有了死者。这片子对我也是启发，我得了癌症之后，已过了三个春节：二〇〇八，二〇〇九，二〇一〇，而且都看了一夜除夕经久不断的鞭炮、烟花，大获享受，虽然过年寂寞点。今天看报上登的巨蟹座的人从二〇〇九年一直在等待，真是，我不是一直在等待吗？有时等待得已有结果，又产生新的等待。（以上是我躺在床上写的。）想起在天坛医院做完第一次伽马刀，我对护工小马说，我要创造奇迹，我一定要站起来，我要会走路，手也要能活动起来。她当时表示，我一定能成。后来我才知道我得了肺癌晚期，都跑到脑子里去了。可我还是坚强活下来。我要'照顾好自己'。窗外五彩缤纷的烟火，增加我的信心。"

第二天，初一。母亲写道：

"又放烟花，太好看了，我又坐在阳台的铁椅子上看。"

六天后，"破五"。母亲写道：

"今天应该吃饺子，街上大放鞭炮，烟花也很好看，看了一会。"

十五天后，元宵节。母亲写道：

"今夜烟花更好看。"

我还记得那晚上，我们一起在客厅里看DVD，焰火不断在我们的窗外绽放。我一次次按下暂停键，推着坐在轮椅上的母亲到窗边去看，她的脸都被映红了。……这也是她一生中最后一次看烟花了。

除夕和元宵节观看焰火，说得上是母亲晚年的一大乐趣。在她给姐姐的信和她的日记里留下不少记载。她说自己"一听见响就起来看，完全是个孩子的趣味”，“让方方给我搬椅子，我坐在客厅阳台上，就像坐在观众席上欣赏，不知往哪边看好”。“闪闪发光，变化多端，五颜六色的烟火看得真叫过瘾。”不过，“到后来我们楼下有人开了汽车来放花和炮，烟花都放到我的窗外，鞭炮更是震得玻璃都响，这时我们就由欣赏转为惧怕了”。她回忆起从前住在城里低矮的平房，节日放花，要爬上小屋才能隐约看见。“如今在温暖的客厅中就能欣赏，实在是生活的一大进步，我还有什么不满足的呢。”几乎每年，她都憧憬地说：“再有这种景象可能又要到来年的春节了吧。”

焰火常被形容为人的生命的象征：美丽，完满，稍纵即逝，既呈现了理想的状态，又是现实的写照。

我说这些，无非是重复“每逢佳节倍思亲”的意思而已。——这句话差不多已经成了滥调；但就中真意，毕竟不可磨灭，无论相隔多远，我还是与首次道得此言的诗人深感契合。尽管母亲在世时，我们不论哪个节都过得很简单，甚至有点草率，若说与平常日子稍有差异，也就是额外吃个粽子、月饼，看看别人放花罢。然而母亲不在了，每逢这种日子，往昔的记忆总是凝聚一起，浮现出来，有形，有色，有声，有味，亲切，丰富，简直触手可及。这大概就是“过节”的真正意义。是某种隐秘又自然的联系，仿佛逾越了生死。

一天晚上，我从母亲原来住处的楼下走过，忽然发现那屋子亮着灯。我一时有点恍惚，随即想到：兴许已经搬进租户了罢。母亲去世后，我在那里住着；我从外面看自己不在的空屋，自然是黑的。只有更早母亲在的时候，窗户才会透出灯光，——与我此刻所见一模一样的灯光。灯光曾是母亲在家——那时她总是在家——的证明。但现在却是她已经永远不在的证明了。

二〇〇二年，母亲自己买了一套房子，待装修好入住，已是转年头上，她整整八十岁。这可以说是她晚年最大的一件事。将近二十年前，她在日记里一再写道：

“什么时候，我能有一间北屋，有大玻璃窗，让阳光普照在我的花上，清清静静地度过晚年。”

“这么破的小房子，怎么能收拾干净，我做梦都希望有间像样的房子，什么时候才有呢？”

“我总幻想有一个较好的环境，过着平静安适的生活。”

“我只在幻想，希望有一天一套房子落在我的头上，白日做梦，结果一天一天拖下来，还住在这间阴湿的房屋里。”

最终可以说她是在现实的意义上实现了弗吉尼亚·伍尔夫讲的“自己的一间屋”了。母亲给姐姐写信说：

“我又和小沙说，学校说给我钱购房，实在是太晚了，我都快八十岁了，所以我把新房装修好了，我自己住住，自在几年，以后如何再说。小沙也理解我的心情，他与别人说学校给这钱只是对我妈妈心理起了一点平衡作用，过去二十多年所受的苦，那是无法补偿的，青春年华一去而难返。我也和他们说，我能活下来已经是很不错了。”

“这个家我得来不易，花了不少心血，又有多少舍不得的物件，期望能在这里多待些日子。”

她在那里住了四年半，生病了；又过了三年，病重住院，再没回来。这段时间总共占她一生不到十分之一。

母亲在写给姐姐的信里记录了装修房子的过程：

“在装修前我们要看材料，要心中有打算，如何装修得好而又不化那么多的钱，我们还要去别人家看看，多听意见，不要忙，反正房子已买下了，又不是那么等着住，要吸取方方这里装的不足地方，别着急，装好改起来就麻烦。”

“你对装修的意见很可取，我们不会装成宾馆似的。阳台顶上有现成的架子，如那个阳台晾衣服就安两根横的铝合金的长杆，可将衣架挂上。我不喜欢客厅外的阳台晾衣服，到了那边也是厨房的阳台晾衣服，客厅与主卧室不晾衣服，我多在做完晚饭后才晾衣服，第二天就干了，不愿意挂得乱七八糟的。”

“过一两天我们就去看材料，离我们近处就有两家建材市场，很全的。多看几家，比比价钱、货色。我可不愿意买太次的料。”

“搞装修的张建来了，我们先去离我们住的地方较近的正时家居，我已经几年没去建材市场了。这正时家居面积不小，跑来跑去，挑材料。好的材料太多了，你都不知道光磁砖有多少种，当年方方装修时可没那么多，而且他装的磁砖已没有了。装修建材进展很多，看得你眼花缭乱，也不知哪种好。反正我们看上的都是价高的，当然由于钱不多，不可能有那么高的要求，中等即成。我们挑了厨房砖，很淡的绿色。我的卧室刷成淡淡的粉色，小间是淡黄色，使屋里更温馨些。”

“洗脸盆现在都时兴一个玻璃脸盆（各色）放在台面上，我想不要那么时新，还是看好一个椭圆形的，镶在大理石台面内，下面是柜子，可以放洗手间用具，这样外面不乱。墙上是一面长方形的大镜子，很大的，上面有射灯，这是我们在电影上看到的，非常大气。”

“本来在卧室一角，我准备做一小柜，可以坐。都说不如买一把椅子，又舒服，还美观，说那一排大柜还不够放的吗？想想也是，椅子比较灵活，可以搬来搬去，不一定非坐在那角落里啊。装修不断地更改，日趋完善，真费劲。”

“去了玉泉营建材市场，说好了有三米长的防火板，到了那铺子又没有了，介绍材料上的我们看上，问仓库又没有，反正把我们烦得要命。最后还是按照我当初的设想，橱柜门是深色的，台面是浅的（最初被方方和小张否定，可最后还是按我的意见）。防火板是无法要了，只有两米四的，不够长就要接，有缝，容易进水，防火板怕水泡，会走形，改成了人造大理石的，这样又要增加九百元的造价，不过漂亮些，贵也只能贵了。”

"装修基本到了尾声，主要这主卧室的壁柜麻烦，到底什么柜门，我想想百叶也不好看，脏了很麻烦，光板又不好看，最好是与房门差不多的，还是漆成白色。研究来研究去，总怕做出来不好看。我们现在是请装修的木匠做的，如果买现成的门，那就顺利多了，又漂亮，但价高多了。所以说省钱就得多费力、费时，也属无奈。"

"买了主、客卫的镜子、不锈钢马桶刷、卫生纸架，等等，又去买厨房及鞋柜的把手（花样繁多，要选），又去订了暖气片外的铁艺。暖气的热气要把墙熏变色，所以要在上面挡一挡，暖气正面是铁艺，让热气散出。上面是块大理石面，没有暖气时可以放些摆设。两间卧室及客厅的铁艺是黑色的，厨房的是白色的，因为厨柜门是深色的。"

"我时不时要过去新房看看，哪些地方差点，可以指出。"

母亲提到的正时家居，在她生前也已经被拆掉了。那时母亲午睡醒了，我常陪她去那里，看看这个，看看那个，一直转到该做晚饭时才回来。

母亲在搬入新居那天的信中写道：

"搬家可把大家累坏了。早上九点半吴环就来了。我在先已把衣物都放在手提包或大的塑料袋内，大大小小好多件，加上我床头的小茶几，由方方和吴环陆续搬过去。小张和木匠说好，中午吃完饭来，都说不用搬家公司，由他们用他那工具车就可搬去，他的车后备厢可通前座，经常装装修的材料。中午由我做了油菜虾米龙须面，吴环特爱吃，再配了几样小菜，就解决了中午的饭。然后就搬大件，小张他们搬了三次，把我屋里的床，梳妆台，小柜，老虎椅，落地灯、台灯，还有原放在阳台上的玻璃茶几和两把藤椅，都搬过去了。最难搬的是我那大电视，特沉，还有老虎椅，到了我那房子，还是把卧室门拆下才放进去。我的衣物还有好些没能搬过去，以后慢慢搬。我是最后去的。吴环把搬过去的家具先擦了一遍，把我的屋子收拾好，她坐在我的老虎椅上，看那宽阔的卧室，舒服得不想起来。都说我的卧室太好了，主要是带阳台，还有一个大卫生间可专用。八十岁的我真是享福了。当然比上不足，但比一般人就非常满意了，很知足。”

母亲曾写信告诉姐姐：

“我这房子最好的一点就是冬日来临，还是热热乎乎的，在太阳好时，更是晒得暖洋洋的。……我小时候在天津所住的洋房，二楼有阳光的南向的房间是我父母住，他们屋里除了向南的窗子还有两扇向东的窗。这房子还连着洗手间，有两个门，一通他们屋子，一通过道。我的屋子是向西的，而且窗户是对着旁边那家的墙，中间隔着一条小巷。我的住房旁是用人房子，他们有个小厕所。还有一个门可以上到三楼，是晒台，有一间堆东西的房子。我两个弟弟住的屋子是向北的，不过有多扇向东的窗。还有一间与我父母住的房间一样大，是小客厅，但前面有向南的阳台。鸿孙在那里照‘太阳灯’(我想是紫外线，因为要戴上墨镜)。我们的阳台窗下都是柜子，上开盖，可以坐，我们的玩具和小人书、书等都放在里面，到现在宋阿姨还记得这些柜子。这阳台是突出的，现在都叫飘窗（我现在的房子的小卧室就是飘窗，报上登了以后不再盖这种飘窗，因造价太贵)。一楼有书房、客厅、餐厅，有进大门的大厅，楼梯上下时可以看见大厅，上面放了花盆。还有厨房，用人的住房，吃饭的屋子。有一个小后花园，有葡萄架，有夏天可乘凉的座位，睡莲池三个角种了花，一个角可放桌椅休息的。这个房子是我父亲亲自设计的。父亲会设计，母亲会布置，所以我住在那里那么舒服，我终身不忘。那时我们都很小，印象中房子很大。后来我去过那里，没进屋，但觉得不大了。小时候去过二伯伯在青岛的房子，也觉得房间多，院子大极了，可后来我随学校去青岛旅游，找到那里，就觉得不那么大了。孩子的眼光和成年的眼光有不同，但我的印象那么深刻。”

在这封信里，还配了几张插图。

母亲去世后，我在她的房子里继续住了一年。这一年我具体是怎么过的，回想起来有点像“真空地带”，虽然刚刚过去不久。我有如生活在母亲的废墟之上。或者说，我就是她的废墟。

在北村薰著《漂逝的纸偶》中读到一段话：

“千波的母亲是在医院去世的，不过她在这张床上躺了很长时间。床上的旧垫子已经拿掉，床架还留着，现在千波每天躺在上面，和母亲看到的是同一个屋顶。”

仍然存在的环境，在存在的与不存在的主体之间建立了一种延续性——我现在之所见就是她曾经之所见，我此刻的感受就是她当时的感受。这与“去年今日此门中”的诗中所写尚且有所不同——那里“人面”仅仅是作为被观察、被感受的客体而存在的。

我记得最清楚的，是在那房子里听到楼上传来的持久的吵闹声——小孩们总是跑来跑去，每天清晨和深夜都拖动家具，仿佛那一家人难得安宁似的。母亲曾经很为这种噪音所苦，写信对姐姐说：

“过去战争期间，学生都闹着没有一个安静地方可以放一张书桌，现在虽是和平时期，却没有一个地方可以放一张安静的床了。”

“我有一个愿望：等红星胡同拆迁拿回点钱，我要去外地或者北京市住几天大的饭店，安静睡一觉，不要像现在总被人吵醒。我倒不是非去什么国家旅游，我就想美美地睡一觉，自然醒。”

如今这感受存在，这感受的对象存在，而感受者却已经不存在了。此种情况，殊不能令我理解，令我接受。走过小区，走过附近街上，见到种种熟悉景色，同样使我产生类似想法。

母亲曾经存在于这个世界。

每当想起这一点，仿佛觉得有另外一个时空，母亲，我，过去的生活，都在那里。它与现在这个只剩下我自己的时空之间，似乎不是先后的关系，而是平行的关系。当我置身街头，野外，陌生的地方，往往没来由地感觉正面对着那个时空，就像遥远之处有一阵风吹过，或一片云飘过似的。

而现在这个时空里，就只剩下我的“母亲曾经存在”的念头了。

曾经存在——给人的感觉恍惚迷离，好像隔着一层厚玻璃似的东西，努力想看见一点什么。我记起巴勃罗·聂鲁达在《马楚·比楚高峰》中所写的：“从空旷到空旷，像一张未捕物的网，……”我说的这种“存在”，与仍然记得——记得清清楚楚——的她的神态，声音，动作，还不是一回事。应该更确切，更实在。

我独自待在家里，有时怅然想到：曾经存在，难道真的就是彻底消失了么。我素不相信什么“特异功能”，但假若有那样一副眼光，能在这空虚之中看见母亲过去留下的身影，就好了。

早晨起来，我去饮水机前接水，看电表的字，联系有线电视维修点报修，这些都使我想起母亲——过去她坐在沙发上，查看通讯簿，拨电话叫人送水来；晚上她也坐在那儿看电视。她总是担心家里的电快用完了，隔几天就催我去检查一下。

那本小小的通讯簿，母亲在上面记着亲戚、朋友、她的单位和小区各种服务设施的联系方式，笔迹工整；只是后来补写的几条稍显凌乱，那时她已经病重了。有的电话或地址改了，她就划去另写；有一两位亲友去世了，还在名字上加了黑框。

这通讯簿如今我还在用着。记下这些内容的那个人，仿佛在用心维系着某种生活秩序，她热爱这生活，也享受这生活；然而却被从中排斥出去，这一切已经与她彻底无关了。

母亲喜欢把家里收拾得干干净净，利利落落。哪样东西放在哪里，她都记得清清楚楚，直到病重，还是如此。我从小没养成好习惯，一向乱丢乱放；什么不见了，总是问她。母亲不在了，也就无人可问，有些东西再也找不着了。

我从母亲的房子搬离，正待锁门之际，又看了看已经空空荡荡的房间。当时的印象是：并不比摆了家具时显得大，甚至反而感觉小了。或许它只是搬空了而已。

自此以后，母亲与这世界的关系就变得零零碎碎，仅仅为她所留下的一件又一件东西所系，而不再关乎一个家了。

搬家那天，我走到半路，手里提的纸袋忽然开口了。一个瓷杯掉出来，在地上摔碎了。那杯子外壁印满小蔷薇花，母亲最后一年里常常使用。我本来准备留作纪念的。

当下我想：无非就是这样；故者所留下的一切都将破坏，破坏，最终归于虚无。

母亲当初是从我的房子搬到她自己买的房子去的。两处仅一街之隔。她带去的几件家具，包括一张单人床，一把老虎椅，一个带小柜子的梳妆台，现在我又把它们带回来了，重新放进母亲原先住的房间，一一摆在原先的位置。都曾是我们一起精心选购的。我感觉仿佛放牧的羊群归来，主人却不见了。

我们刚从城里搬来时，母亲给姐姐写信说：

“我的屋子很漂亮，很高级，什么家具都是很不错的，梳妆台和小柜子都漂亮极了，等我们都搬好了，我照了相给你看，你一定为我高兴。老了老了，还能得到这样的享受。”

“方方感到房子特大特好，好像不是自己家似的。他要是不在公司到外地住在大宾馆里，回来都是住在又小又暗的小屋子里，小时太苦，没过着好日子，不像你们还有过好日子。现在住在又明亮又宽敞的房子，他还要适应。我第一晚也睡不习惯，现在好了。”

这所房子的购买、装修，母亲也是全程参与的。她在这里度过了四年半的时光。

有一天我翻看母亲留下的信，见她说，“东东的相片在我的梳妆台上，每天看着他”，就赶紧把镶着二哥头像的小镜框从柜子里取出，重新立在梳妆台上。照片上的二哥，还是一个青年。他出走已经很多年了，迄无下落。

其实我也明白，一切都是徒劳。母亲再也不会回到这里，再也不会使用这些家具了。

母亲的遗物中，有一辆轮椅和一个助步器，我们送给了步行有些不便的小舅妈。大哥说，母亲一定愿意这样。他正要推走，我发现轮椅背后的口袋有点鼓起来，原来塞着一顶布帽。是烟色的。我最后一次看见母亲戴它，是在她住院的一个下午。我推她去做治疗，穿过两栋楼之间长长的空地，阳光很毒，我给她戴上帽子，一手推车，一手打伞。那时我和她都还对未来怀着希望，虽然这希望已经是虚妄了。

母亲的帽子衬里上，沾着一根短短的白发。我闻了闻，帽子里还淡淡地留有她的头发的味道。

母亲买了房子后，请木工做了两个柜子，内置顶灯，隔板和门都是玻璃的，摆满她晚年收集的各种小玩意：人像，动物造型，杯，碗，碟，瓶，罐，等等；有水晶的，陶瓷的，玻璃的，还有金属的。都是母亲心爱的东西。对此她说：

“我这点童心不能没有，不然我真成老妇人了，要不得了。”

现在我把柜子也移到她住过的房间里了。这些玩意，除远道而来的朋友偶有馈赠，大多是姐姐从美国陆续寄给她的。母亲曾去信说：

“今天阿姨来打扫，让她慢慢地擦拭两玻璃柜中的小玩意。又有一年多没有彻底擦拭过了，还好我这里窗子较严，又加上在玻璃柜内，灰尘不多。我把柜顶灯打开，柜中的摆设闪闪发光，引人入胜，感谢你为我做的贡献。”

其中有个粉色的陶瓷小碗，上画两束带叶子的蔷薇花，与一个同样颜色花样的小水罐是一套，但小碗在邮寄途中碰碎了。母亲请人用胶把碎片粘合起来，也摆进柜子。粘得严丝合缝，乍看还是完好的模样。她还在那小水罐里插了一束干花。

每次姐姐寄来邮包，母亲都特别高兴。她去信说：

“我有一个要求：你可留意，如果再有义卖，看看有没有漂亮的小洋娃娃，要好看的。我屋子里暖气罩的大理石上放些洋娃娃，就像看到你们小时候一样，漂亮的男孩也可，让这些洋娃娃陪陪我，以解我的寂寞。一定要漂亮的，不着急，慢慢留意，不要多化钱。主要是电话中听到你去了教堂义卖，我真的非常向往，现在也没有展销会了，我最喜欢去淘淘，看有没有又便宜又可心的货。”

“在宜家买了两把小小的躺椅，是放手机用的，我将一把放在我的窗台上当玩具，等有了好看的小娃娃，让她坐在这躺椅上，一乐。”

“我想你那里一定有很多很好的工艺品卖，但我也说不出要什么。我想要一个锡（不是金色）的蜡烛台，你知道那种老式的，过去我们在天津就有那么一个蜡烛台。这很重吧？我只是想要，不一定非要不可。”

后来我去日本，在杂货店、骨董市和跳蚤市场买了不少堪称“又便宜又可心”的东西。可惜母亲生前没有机会逛这种地方，我买的小玩意她也看不到了。

母亲在给姐姐的信中说：

“我又打开客厅的玻璃柜，看柜中众多的摆设，看到我在天津读初中时，津中里的黄慎言送我的假象牙的小男孩立像。七十年了，它还站在我的玻璃柜中。他现在何处不得而知了，他父亲是苏州人，在公公手下工作，经常来我们家陪公公婆婆打麻将。那时日本人已占领天津，公公生命受到威胁，只能在家中上班，出门都有保镖老徐保护着，所以只好在家打牌了。我还记得当时的情景：他在我住房窗外吹着口哨，叫我下楼到我家与卞家之间的小巷中，他会给我一件礼物。就是这个微笑的小男孩立像。其实底座下刻着是日本货，如当时注意到了，也就不保存了。那时日本货都被人瞧不起。我在伦敦一英镑小店里买了玩具，是个小奶瓶和一个小热水袋（很小很小），我得意得很，后来同伴发现上面有日本货的标志，我特别不好意思。不知怎么公公把这小人带到上海，转了多少地方，又回到我的手中。只可惜我其他喜爱的玩物都不见了，有很多是很有纪念意义的，小时去了那么多国家和地方，都有纪念品，全没了。可还保存在我的记忆中：我在哪里得到什么礼物。”

现在她的这些记忆也都随她而逝去了。只剩下柜子里立着的这个小人，还有母亲讲述过的关于它的故事。

柜子的角落里，有个产自德国的烛台，样子并非老式，也不是母亲提到的锡制的，——也就是说，她有关烛台的心愿，到底没有实现。类似的情况自然很多。譬如我看她在信中说：

“我们房子的墙上一幅画都没有，客厅和餐厅墙面很大，需要大画才成。昨天晚上看的日本电影里，森林和田野层次参差，色彩绚丽，树叶有绿有黄有红，真是美极了。我多想有一幅这样的风景画，就像自己置身其中似的。”

种种的想法，末了都落空了。母亲还说：

“我又想买一个大鱼缸——可能要晚一些，等我不能走动时，看看鱼儿们在缸里游弋。都是梦想，老了还那么多的梦想，是不是可笑呢？”

我们一度养过金鱼，母亲写道：

“方方养的一条金鱼还是去年春节人家送的，最近头上长疱，发蔫，他又急坏了。这两条挺有意思，每逢我过去，一走到鱼缸旁，或听见我的声音，都会浮起来，向我张着嘴，立着身子，摇动尾巴，好像很饿似的，其实刚喂过。”

后来鱼都死了，遂不再养。等到母亲老了，病了，真的走不动了，她没有提起，我们也没有想起她曾经有买鱼缸的心愿。

故者曾经有过的愿望，一种限于一己，因其死亡而再不可能实现；另一种针对他人，亦即所谓“遗愿”，有待生者予以完成。我觉得更可体会的倒是前一种。人不在了，这种愿望丧失了维系它的一切，与其说一并归于虚无，不如说成了一个又一个空洞，生者面对它而无可奈何。现在想来，多么应该在母亲生前尽量满足她这些堪称微末的愿望，当时简直唾手可得，如今却变得遥不可及。这才是真正的终生遗憾。

母亲的遗物中，有六十来本集邮册。我不知道她从什么时候开始集邮，其中倒是有一两本“文革”前和“文革”中的邮票，但是零零碎碎，大概那时她没有心情做这件事罢。集邮是母亲晚年一直坚持的爱好，每逢岁末都要去米市大街的集邮公司购买年册。直到患病后，日记中还记着：

“又洗了邮票。从病后没弄过邮票，陆陆续续来的信封上剪下的邮票一直想洗，没能动手。没有几张外国邮票，都是国内的普票，洗出来放进集邮册里。”

有个纸盒与集邮册放在一起，里面装的就是她还没有来得及整理的邮票。

母亲喜欢收集外国邮票，这要占她的藏品一半以上。每册脊部都贴着她手写的标签：“美国”，“美国（2）”，“美国（3）”，

“美国（4）”，“美国（5）”，“美国（6）”，“加拿大”，“德国”，“法国”，“西班牙”，“丹麦”，“英国”，“苏联”，“苏联（附俄罗斯）”，“捷克”，“匈牙利”，“保加利亚”，“日本”，“朝鲜、韩国”，“泰国”，“马来西亚”，“印度”，“澳大利亚”，“澳大利亚·新西兰”。另有“东欧（罗·波·南）”，“欧洲”，“欧洲（2）”，“亚洲”，“非洲”，“拉美”，则在相关页码注明国别。此外还有“狄士尼·蝴蝶”，“猫·马”，“名画”，“台湾”，“台湾（2）”，“港澳”，“港澳（2）”等。

母亲搜集到什么邮票，先要洗净晾干压平，再用放大镜查看上面的字，有时还要借助辞典，最后放进某一册子中的特定位置。她还很热衷和朋友们交换各自重复的邮票。她给姐姐写信说：

“洗好邮票或别人送你邮票，其中有自己没有的，或能配成套，就太高兴了，那种心情是不能形容的，就跟种的花能长出一个花蕾，到能开花，也是同样的喜悦。不过邮票不重的喜悦，又好像得了什么彩似的有些意外，心里特舒服。”

她还讲过一件事：

“我回家等电梯时，看见地上有一张像邮票的小方纸，捡起来，是一张日本邮票，还是我没有的，是一大收获吧，好笑不？主要我这人从来不往地上看，也没捡着过东西，今天真有意思。集邮的人有一张自己没有的邮票，那种心情是异样的，是不集邮的人不能理解的。来了一张重复的特懊丧，最怕是没有的但却是残的，更懊丧。”

母亲的集邮册中，有几本我翻看时很感亲切。查我的日记，一九九〇年三月五日：“胡春吉自丹麦归来，托他买盖销邮票千余枚，共十四美元，赠与母亲。”三月六日：“晚帮母亲整理邮票。其中有几枚有点意思：‘INDO-CHINE (REPUBLIQUE FRANCAISE COLONIES POSTES) 1889’，‘FUNCHGAL PORTUGAL1892－1897’，‘REICHSPOST1889－1899’，‘OTTOMANIS1876－1924’。”在“德国”那一册里，还贴着我写的几个标签：“帝国邮政1889－1899”、“德意志国民议会1919－1920”、“德国莱茵兰1925”。我平生好像只帮助她整理过这一次邮票。

后来我几次去巴黎，也在离爱丽舍宫不远的邮票市场上，给母亲买过一些袋装的专题邮票，记得其中一袋是各种各样的花，另一袋是戴安娜王妃的头像，那是在她因车祸而死的第二年。那年我还去了梵蒂冈，在圣彼得大教堂顶上寄了一张贴着当地邮票的明信片到北京，可惜母亲没有收着。

母亲的不少邮票都是姐姐寄来的，有成袋的旧票，也有新票。有的新票用作邮资，但很少重复。我们小区一开始不设住户信箱，信就扔在一楼门厅的柜台上。有段时间，接连几封信的邮票都被揭去了。母亲很生气，这也是她搬来这里唯一一次去物业投诉。结果肇事的保安登门道歉，送回的邮票却都是撕破了的。

翻看母亲的集邮册，偶尔掉出一枚邮票，须得仔细斟酌，才能放回原处。这里我又一次感到，主人已经不存在了，而秩序依然存在。有如步入一座空城，只觉得井然，森然。而更触动我的，却是这秩序的不完整处——册子里偶尔出现的空格，空页，仿佛是被遏止的期待，被断绝的希望，被强行留下的空白。

母亲的遗物中，有近三十本剪报，都贴在旧杂志上。贴得整整齐齐，时间久了，有些报纸已经泛黄。其中有较长的文章，也有不少“豆腐块”。有关于集邮的，有关于旅游的，还有一些涉及烹饪、编织、养花等日常生活小常识，如“当沙发脏了”、“针织品制作灯罩”、“茶叶如何保鲜”、“吃蛋学问大”、“扶桑秋养有诀窍”、“鲜桔皮抑制花盆飞虫”之类。

周作人曾在《北京的茶食》中强调“生活的艺术”：

“我们于日用必需的东西以外，必须还有一点无用的游戏与享乐，生活才觉得有意思。我们看夕阳，看秋河，看花，听雨，闻香，喝不求解渴的酒，吃不求饱的点心，都是生活上必要的——虽然是无用的装点，而且是愈精炼愈好。”

母亲晚年深娴这种“生活的艺术”，尽管她的生活不能完全达到如周氏所说有那么多“无用的装点”；她主要还是尽量使“日用必需的东西”变得“愈精炼愈好”，她总希望多知道一点，多学会一点，从而活得好一点，活得有意思。她努力把自己变成一位优秀的家庭主妇，一位日常生活的专家。用她自己的话说：

“我这人其实是一个很负责任的家政人员。”

母亲给姐姐写信说：

“我本不会烧菜，但我吃过可口的菜，经过自己用心地去烧，就能很可口。”

母亲做的菜很好吃，渐渐更至于色、香、味一并讲究。她在一封信中说：

“侯耀华的儿子在央视台星一到星五每天教一种菜或点心，今天教的是炸芋头饺。他用的大芋头捣烂，加淀粉（干）、面粉、糯米粉（稀的），加一点糖，做成饺子皮，放在保鲜纸（四方块）上，然后在皮中加一点豆沙馅，用保鲜纸一合，隔着纸一捏成饺子形，然后把纸去掉，放入盘中（盘里放淀粉，以免粘），然后下低温油锅炸。我觉得最妙是用保鲜纸这道工，不用手了，你认为可仿效吗？要是蒸不知成吗？做咸的馅不更好吗？”

母亲还在信中报告了她独自筹办的一次“家宴”：

“十四日起再收拾一下，擦阳台茶几的玻璃砖面等，然后就做菜。我性急地先做起菜来，客人来了不致手忙脚乱：一，先烫出芥菜，烫菜的油汤另用，把菜整齐排在鱼盘中，等客人来了放蚝油；二，把莴笋的叶子（莴笋已在头天泡在泡菜瓶内）剪去尖头，排在大圆盘内（上次的生菜没人吃，后来我和方方炒着吃了，不好吃，生菜是那种带裙边的生菜），把西红柿切成半圆形薄片，然后放沙拉，上面还是放的切片鸡蛋（这回鸡蛋白的多，我就切成小丁放入沙拉内），在沙拉上面插上三片西红柿，非常漂亮；三，海蜇拌黄瓜丝（原有的黄瓜）；四，肠子切成片，排成两排，中间放的香菜梗带叶，这上面我切了三片胡萝卜，切成花，好像小蘑菇又像小树，没有工具，是用水果刀切的；五，烩蘑菇加蒜片；六，冬菇丝、茭白丝（原有）炒鸡丝，炒好后上面再加点绿葱丝（这菜原料是头天切好的）；七，人家送的梨，剩了三个，我切成块，放入碟内，本来要买金糕的，超市没有，只能买草莓条，上面有砂糖粒，把这草莓条围在白的梨外面；八，小笼包（那天买了两包，吃了，只剩一包）；九，泡菜莴笋和芥菜芯；十，用灼芥菜的油水，放入一块鸡精，放入西红柿（是放沙拉盘上切下不成形的）煮汤，加我在城里买的馄饨皮子，一切三块，煮好加打好的蛋花，也是中西合璧。小孔的姐姐、美群都是江西来，不弄些中式的、热的不行，李正爱吃洋的、冷的，这样全照顾到了。谁知他们十二点多才来。他们吃得特高兴，说‘色香味俱全，林大姐是愈来愈会做了’。头一天我化钱太多，可剩下的这次都用了，还剩下一包海蜇和一包银丝卷（速冻），这次没化多少钱，还吃得挺好。这样大规模请客不能常搞，太累人。”

母亲在信中屡屡回忆起过去吃的食物，如：

“前天中午我做大白菜疙瘩汤，我就和方方讲，大公公家里有钱，不请大师傅，而是一个随我的大伯母陪嫁来的老张妈，她烧了一手好菜，属于那种浓的菜，与我家的清淡菜不同，他家都是大鱼大肉。我记得在上海培成女中上高中时，中午去附近三位堂姐家吃午饭，她们租了一个公寓，好像是爱文义路，把老张妈接来给她们烧饭。她烧的红烧鸭、油爆虾，真是入味极了。最使我不能忘记的是老张妈将红烧鸭汤做疙瘩汤，那面疙瘩细小如饭粒，太好吃了。还有把剩下的油爆虾烧百叶，非常有味。我小时经常有病，胃口不好。我们家烧中餐的我们都叫他老头，他好像姓冯，因他很年轻就没有牙，后来才知他还吸大烟，所以又瘦又老，我爱吃他烧的菠菜炒粉皮。我有病了，父亲就特紧张，有点发烧就只能喝过滤过的米汤，吃几口咸菜还要我吐渣。老头偷偷地给我送来他自己买的馒头，我藏在被窝里吃，那时真把我饿坏了。可能是老了，想想过去的食品怎么那么好吃呢？”

“我现在还能想到从前在天津吃的好吃的东西，如打电话到鹊华春送来的一蒲包的刚炒出的栗子。我们常去的广东馆子叫北安利，那里的爆双脆及鱿鱼卷这两样菜我都爱吃。现在的饭店做出来的都不对，鱿鱼也不是过去的鱿鱼了，粉粉的。还有栗子粉放奶油多好吃，不知天津在北京开的起士林还开着吗？

我永远不能忘记，公公的同事潘祥河从国外回来探亲，公公让他请我吃顿西餐。我那时还在海运仓上班，他来电话和我约好了在东安市场吉士林见面。我在食堂吃了饭去的，穿了公家发的布制服，就是列宁式的，我一进饭店就引起进餐的客人注意，那时这些客人还都穿着西服旗袍之类。结果我又吃进一整套的西餐，包括小吃、正餐、点心、咖啡，把潘祥河吓了一跳，怎么我还说吃过饭去的呢？我已是多时未吃过那么好吃的西餐了。那还是一九五〇年的事。等我生了你，潘祥河又送来一篮子水果，都是上品，我也是许久没吃过的了。你生在每年的丰收季节，所以有各种水果，想起这情景都有五十六年了。”

“中午通话后我继续做饺子，终于在十二时包出十七个饺子（不大），我都吃了，有点多，也可以。不知谁发明的饺子，是很合理的膳食。咱们包的饺子菜肉比例合适，这就是我为什么不到外面去买速冻饺子的缘故。一吃饺子，我就想起一九四九年初我从香港到了天津，看我的张妈接我去她家，她家开了一个杂货店。她给我包的白菜肉馅饺子真是太香、太好吃了，她还说我爱吃牛肉，另一顿饭给我炖的红焖牛肉，也是又嫩又有滋味，五十多年我还不能忘记。人很奇怪，在过去的年代中，一些小事情都记得牢牢的。不知你还记得么，在‘文革’前我会蒸发糕，起得很松，我那时管它叫‘列巴’，就红菜汤喝，现在我不会蒸了，也没敢再蒸过，怕蒸不好，没法吃了。是不是应该试试呢？还有在四号时，到冬天买好多大白菜作储存菜，菜叶都吃了，剩的菜帮子，不是蒸大菜包子，就是包饺子。那大白菜包子现在也蒸不好了。现在用发面粉蒸，当初是发面放碱蒸的，觉得很好吃，咱们是蒸的大饺子形的。”

母亲病中的日记，也常涉及烹饪之事：

“去华润超市。我一直想着过去家里吃的洋葱炒牛肉丝，想买牛肉，又不知哪处嫩点，不是煮汤，老了嚼不动，就白糟了，始终没敢买，其实我是爱吃牛肉的。”

“指导阿姨烧红菜汤，也是因为要把洋葱、西红柿和胡萝卜烧掉。土豆都长芽，又重新买的土豆及洋白菜。谁知好喝吗？我的体力也不允许我常进厨房指导，只好将就了。”

“新来的小阿姨生活太苦，做的菜很少放油，所以没什么滋味。真要用长，还须教她。我现在不常进厨房，防油烟。让她煎个荷包蛋都不对，我自己煎的合乎我的要求，现在却不可能了。唉，我老了，又有病，体力不支，只好不讲究了，每天都在凑合着吃，吃饱就算，也是真倒胃口，无奈。”

“午饭菜是炒油菜和做的西红柿鸡蛋汤，完全按照我教的做的。不过自从二〇〇七年八月因病住院后，我自己没做过菜，一切都生疏了，别人也不会做出像我过去烧得那么可口的菜了，也只能这样了。想想自己还能教阿姨，也就可以了。”

“‘冬至大如年’，我小时在天津，这天必定到奶奶家去吃饭。有一次我看见屋中放了好多蒲包，我去摸一个蒲包，软软的，黑黑的，把我吓坏了，原来是一蒲包海参。后来在北京，我特爱吃真正的海参，最好吃的是北京饭店的锅包海参。后来就吃不着了，都是黄参，一点不好吃。小沙送来的海参还在，可能做葱爆海参也行。”

母亲经常做的菜，无非是油爆虾，红烧鲫鱼或草鱼，糟鸡翅根，青椒鸡丁，雪菜冬笋丝，雪菜水发蚕豆瓣，素烩豌豆，清炒蚕豆，清炒扁豆，海米菜花，素红菜汤，等等。皆为家常菜，与饭馆寻常做法略有出入，如油爆虾没那么甜，不放蒜、醋、香菜，而是放葱段，特别之处是虾要烧出红色；冬笋红烧肉用焖烧锅烧；雪菜蚕豆瓣起锅时加香油；绿豆芽要掐两头；素红菜汤则取土豆、洋葱、胡萝卜、西红柿、洋白菜切成块，再加一两小袋西红柿酱，略用油煸，然后煮汤。写到这里我又记起母亲的一种芋头烧法：水煮，去皮，以油炒成糊状，放少许老抽，起锅时加香葱末。她去世后，家里好几年没做这菜了。

母亲给姐姐写信说：

“我泡的酸黄瓜对味了，主要是没有干净没油的大锅煮，酸黄瓜不像泡菜是生的泡，这要与作料一块煮一下，然后放入瓶中，我加了一个干辣椒，还要有一点洋葱才成，桂叶、香料也要，时间要放几天，黄瓜变成黄色就成了。你也可做点放在冰箱里，很爽口的。”

母亲还用鸡肉、海米、榨菜和香葱末做小馄饨，汤里加几片烫好的小油菜芯。有时多包些，速冻起来。我不吃肉末，她给我包素韭菜馅饺子：将韭菜择好，洗好，晾干，切成末，海米用黄酒泡过，也切末，打进一个生鸡蛋，加盐，拌匀，趁未出水之前赶紧包出。

友人戴大洪每次从河南来，都和母亲一起包饺子。母亲和他吃白菜猪肉馅的，我的则是韭菜的。母亲在世的最后一个夏天，他又来我家包了一次饺子，母亲已经帮不上忙了。她很衰弱，进食就恶心，但仍勉力吃了八个，而且幸未呕吐。这也是她一生中最后一次吃饺子了。

母亲很喜欢毛线编织。我想到她，眼前首先浮现的形象，就是戴副老花眼镜，坐在沙发上，织着毛衣，手里的两根毛线针一动一动。母亲给姐姐写信，经常讨论这一话题：

"你教给我的花样，我已抄在一个本子上，慢慢学，慢慢摸着看能不能学会。现在织黑背心，那天白天没事，我一看老远就错了五针，结果用钩针改来了。晚上看电视，真是瞎织，不行了，一心不能二用。他们还说我还有耐心，这么大的年纪还织，我也是怕两手闲着，另外你留下的毛线如何处理也是事啊。"

"我还有你的蓝、绿色的细线，外加我又买了一团白、一团灰的。你记得吗？我那回走时装，急需要一顶帽子，一条围巾，我们大概是去前门买的深蓝色的细线，加一团马海花两股线一块织的，两人赶织出来，现在我常戴着出外的，那深蓝色细线还有两团呢。我想再将这几种颜色织一背心或短袖毛衣，这么几种颜色合织，是否还是织凤尾啊？除了凤尾，还可织什么呢？你帮我想想。你大概想我这件还没织好，又开始设计下一件了。经过几个人的称赞，我觉得我还能稍为表现一下，证明自己不是废物就好，又老又废那简直要不得了。”

她的信里有时还画着学来的或想出的编织花样。她有一册剪报本，贴的都是从杂志上剪下的穿毛衣的模特儿的彩色照片。

母亲生病后，仍然“手织不辍”。日记也有这方面的内容：

“这一年中我织了两条大红毛裤，开始时为了锻炼手，毛裤是织得好的，但我人瘦得多，毛裤太肥。我很自豪，可也因用力太早，手及手臂疼了好久，只好不再织。直到今年秋天，我才织了三顶帽子。又把毛裤拆得只剩腰边，再继续织完。还用棉线织了一大片，未完成工作。”

“《外滩画报》又来了，我在午睡前看了，发现有一新式毛衣，像披肩，没袖子，可前面也不开，挺别致的。明天打电话告诉毛毛，可以织一件。我自己也能织的，但要找合适的毛线。”

“我织的毛毯，第一条长六尺余，已织完，又在织第二条，毛线不一样粗细，有时还需要两根并在一起织。我昨天找方方的厚毛衣，发现大屋床下有一箱毛线，慢慢织吧。只是我给方方织的两件毛衣，其中那件开衫织得很好，却遍找不到，是不是给了谁，可我不记得，真是可惜。”

母亲为我织的两件毛衣，我都还记得样子；但在她去世以后，仍然没有找到。

在写给姐姐的信中，母亲经常回忆衣着之事：

“我们小时都是买从英国来的花布，结实好看，不掉色，做裙衣。我记得在天津时，看见样本（就是那种美国邮寄购物）上的样子，婆婆请来我们做西装的裁缝按样子做出，我穿漂亮极了，同院的女孩子都照我的样子做。那时我们家有做西装的，有两个做中式旗袍的，一个普通一点，一个高级的。婆婆每天做一件旗袍，旗袍一般都有里子，旗袍穿了一下就不要了，把里子拆下又新做一个面子，裁缝还管拆里子，我的中式旗袍也是这样。裁缝都到家里来量，工钱是一季一付，我估计那裁缝还得给我们的用人一点好处，使他进出不为难。鞋也是定做的，也是按样本，后来我们到了上海都穿‘拔佳’的鞋，那是捷克犹太人开的，很有名，世界性的，二战后不知结局如何，再也没听说了。”

“阴历五月十七是我的生日，想起小时候在天津一年过两个生日，阴历生日也请客，我要穿着新衣服。我记得一九三九年最后一次在天津过生日，我穿了一件粉红纱的连衣裙，那粉红稍为偏点橘红色，胸前是黑丝绒的结，竖排有三个，还有一条黑丝绒的带子，漂亮极了，那时我已十六岁了。印象非常深，一切的一切都已过去，不会再返回了。”

“穿旗袍最怕料子不好，一坐下或太紧，一棱一棱的，太难看，你看那些剧照就有这样的，看起来让人难受。我在上海读高中时，有女同学姓柯，她长得很白很高很漂亮，我们在我没接受进步思想之前特别好。我们两人各做了一件纱的旗袍，她是浅蓝色上面绣有小白花，我是浅粉色，料子一样，颜色不一样，里面都穿有同色衬裙。我们两人在DD’S咖啡馆喝咖啡，聊天多时，等我们站起来，纱旗袍成了一棱一棱的皱褶，简直无法出咖啡馆，从此两人再也没穿那旗袍。这种进口纱料是做裙子的。那件衣服我记得让范师傅给你改了裙子穿了。旗袍合身要求非常高，要料子好而柔，不能硬，那样下摆成了京剧中的战袍，懂得的人太少了。”

“目前又都时兴中式衣服了，我们一九四八年在上海就兴中式缎面棉袄，大襟式（原来是张爱玲首先创立）。那时日本占领上海，为了适应战时，上面中式棉袄（多是丝绵），下面西式呢裤，行动方便。我有一件紫红的缎子棉袄，下面配的灰色法兰绒裤子。我带着小桐从上海去香港，坐飞机外面还穿了一件灰色的大衣，到了飞机上脱去大衣，到了香港脱去棉袄，只穿了一件白绸衬衫，一个大红的背心，那时是十一月的天气。进关时官员看我带了一小孩，不让我进，以为我还是个中学生呢，其实我已是二十四岁了。当时香港不似后来这样繁荣，我带去的短袖旗袍根本无法穿，香港人都穿长袖旗袍，又重做。”

母亲是个童心未泯的人。她有一个本子，贴的都是各种漂亮的小图案，有不干胶贴，也有从报上或杂志上剪下来的。她给姐姐写信说：

“我那天把你寄来的，还有我自己剪的小贴物，都贴在本上，给吴环看了，她非常欣赏，认为我把小事当大事干。我自己不找乐子，怎么办？”

那个本子上还贴了不少猫的照片，母亲说：

“你去年给我的猫日历，我挑着可爱的好看的猫，准备贴一本猫的专集。有些猫虽然名贵，但模样很可怕。日历上有那么多的猫，可没这里‘金源’卖的灰色折耳猫，七千元呢。那铺子有一个电动的小老鼠转着跑，有的猫傻傻地追着，特有意思。”

母亲的遗物中，有十三个纸包，装着她在八九十年代出外旅游时搜集的各种资料，包括门票、说明书等，上面分别写着“云南”、“河北”、“陕西”、“湖北四川”、“湖南”、“山西”、“新疆”、“浙江”、“北京”、“河南”、“山东”、“江苏”和“新马泰”。母亲自己去过香港，姐姐陪她去过新加坡、马来西亚和泰国，其余各处则是所在单位的老干部处组织去的。在我的记忆中，她那些年去过的地方应该比这更多，但我不记得她去各处旅游的先后顺序了。母亲一九八三年所写日记中说：

“九月批下离休就去了昆明，从来没有这么开怀过。”

恰巧保存下来几封当时她从昆明写来的信，也说：

“这些年来我从来没有这样高兴过，同屋几人都很投机，说说笑笑，每天都要大笑几次，吃的也丰富。”

“一点也不疲劳。真怪了，来了昆明只有一天是好天，其他都是阴雨绵绵，可我的腿也不疼，精神也是好的。多少年来，我从来没有这样快乐过，从心底里发出笑声。这次游玩提起了我的游兴，我的腿劲还可以，以后我要多去游玩。”

时隔多年，母亲讲起自己去过这儿，去过那儿，还都记得清清楚楚。

母亲一生最后十几年里，一直盼望着出国旅游一次，但终于没能实现。我们也曾筹划过多次，包括到欧洲，美国，日本，澳大利亚和新西兰，结果一个地方都没去成。母亲给姐姐写信说：

“我真担心自己太老了。从一九九七年之后，为了搬家和花木等再没有出外，如今尤其是过春节发现自己的体力差多了，能否经得起出外旅游都是问题。我很后悔，白白浪费了头几年，那时我还是可以的。现在有点不行了，我很顾虑，年龄不饶人了。”

其实这时候她已经身患绝症了。母亲留下一本护照，办理于她病倒的一个月前。这护照一次也没有使用过。

母亲少年时曾经游历欧美，常在给姐姐的信中回忆往事：

“我小时候随公公婆婆去英国，坐的意大利邮船，那餐厅总管意大利老人对我特别好，什么好吃的随我吃，我经常在他那里玩，意大利人特热情。他们做的面条真好吃，各种各样，那时我还吃过绿面条，通心粉真入味。那用白糖做的大帆船，还有用彩色的糖做的院中的晾衣架，上面衣服还飘起来。每晚我的桌上都有一朵粉红色的糖做的玫瑰花插在花瓶里，就像真的一样，所有的乘客都来我们的桌上看，羡慕我这个受到特殊待遇的小客人。等邮船到威尼斯，我们就真是永别了。几十年了，老人的音容我还深深印在脑海里，我们到欧洲的第一站就是意大利。”

“小时候在伦敦，我们请过一位老太太打扫卫生，几十年过去了，我还印象深刻。那时在英国上等人都得戴帽子，她每次来，都是戴着帽子，穿着大衣、皮鞋，拿着一个小皮箱，内里有一双便鞋，工作服，一份报纸或书籍，还有一块点心，因为干到四五点她要喝下午茶。我们只要准备一杯红茶，她拿出点心，吃一会就继续干。外面栅栏门到前院，中间有一条砖砌的小道，两边种的玫瑰花。她从小栅栏门开始，就跪在那里一直往房里擦，收拾得非常干净，一丝不苟。她是个瘦小的老太太（可能也就是四五十岁吧），她的儿子不务正业，她只能出来当清洁工。她要干好多家，在我小时候原不知道还有钟点工一说，我家用的都是长年干活的用人。她利用坐地铁的时间看报，看书。当时我在英国坐地铁，都是看见乘车人在看书看报，极少有人在聊天，说话也都是小小声，没有喧哗，非常有礼貌。”

“一九三五年我随父母在美国洛杉矶，住的是一百美元一晚的大饭店，我现在看的加德纳的推理小说就是那时的，一百美元在那时是很高级的了。随客人自己选择屋子里面的颜色，连卫生间洗浴的用具都一样颜色，真是富丽堂皇。多少年以后卫生设备才除了白色之外有其他颜色的，我本来想要在我的房子的卫生间有一套有颜色的瓷质卫生设备，结果因为省钱没有按照我的心愿装置。在旧金山去了父亲的美国朋友家，汽车开进大门，大门会自动打开。我在一九六四年去哈尔滨文联的大门就是自动开的，大家都很新奇，其实我已在美国看过了。那家的房子沿着海边，晚上可以看见监狱射来的探照灯，那大桥是多高啊，从他家窗望出，海水在夜间是那么深奥莫测。我在美国用钱币投入自动售货机，这在现在不算什么，在三十年代是特别先进的。你说还有什么能特别使我惊奇的呢。我的印象还停留在三十年代，可惜没有机会再让我去领会科学发达的今天的情景了。小云还说等以后关系好了，我会能去的，愿望总是有的，年龄却不管这些呀。”

母亲晚年最想去的是日本。原因即如她给姐姐写信所说：

“小时我随公公、婆婆由美国回来经过日本，船上一些‘热血青年’不让我们上岸，公公同事的父母妹妹来接我们，欲让我们好好逛逛，结果成了泡影。我一直想补上。”

生病之后，她在日记里还一再写道：

“我要是不生病，真想去趟日本。我总有一个心愿：过去错过的，总想再实现。”

“看日本电影，总看到大片大片的樱花，我现在已无法去当地观赏了。”

“一直说去日本旅游一次，终因病不能成行，很是遗憾。”

中国人出国旅游，一向限制很多；母亲未能成行，与此不无关系。母亲去世后的第二年，我看到一则报道：“日本外务省（八月）十日宣布，将从九月一日起进一步放宽中国个人游签证发放条件，废除‘具有一定程度职业地位和经济能力’的要求，并将最长停留时间从目前的十五天延长至三十天。据报道，此次放宽签证的发放条件，意在促进退休后没有职业地位的富裕阶层及中间阶层访日及游客延长停留时间。”我想到这一措施也适用于母亲，只是太晚了，她已经不在了。

我不禁心生感慨：中国人历经苦难，花了多少时间尚且没有达到正常人或普通人的生存状态；在此期间，有整整几代人几乎什么愿望都未能满足。我从母亲至死未泯的种种期待——包括出国旅游——中，深深体会到这一点。

在母亲的剪报本里，夹着一张报纸，是一篇整版的文章，标题是“风情万种日本游”，介绍了东京的皇宫及东御苑，银座，秋叶原电器街，还有鬼怒川等几处温泉。都是我后来去过的地方，也是母亲永远去不了的地方。

有一年地坛公园举办题为“大地梦想之光”的光雕展，设计者是意大利人瓦莱里奥·费斯蒂。我陪母亲去看了。她给姐姐写信说：

“十月二日下午五点半，我们在前院外乘六〇六路去雍和宫站，为了去地坛看意大利灯展。六〇六路车少，等了半小时，所以到了地坛已是六点半。门票三十元一张，方方请客。意大利这灯展太壮观，有五组灯饰立于不同的地方，以中世纪大教堂的彩色玻璃窗为基调，美不胜收。当墨黑的天幕降临时，更衬托出这些高大的灯饰绚丽多彩，在不同角度有不同的感观。我想有视力是太幸福了。虽然三十元的门票算是不菲，但观赏的人还真多，尤其是老年人，不能走路的让人推车也来看。我们在那里看了又看，待了两小时，才恋恋不舍地回家，这灯展太值了。我们没吃晚饭就去看，其实应该晚一点去，等灯饰全亮了，不过我们也尽情享受了。地坛南北门外又扩展了街心公园，有树木花草喷水池，游人可不用花钱就能在里面游玩。回来还乘六〇六路，到我们楼群门口。去了新开的肯德基，我可饿了，吃了两块炸鸡，一盒香蘑饭，还吃了土豆条，喝的可乐，方方吃了两块辣鸡翅，两块鸡，土豆泥和一杯菠菜鸡蛋汤，共化去五十一元。我们在地坛内，方方还买了糯米糕（小的，有纸包，二十元一斤）。”

过了几天，又写信说：

“真的，地坛的意大利灯光艺术展，实在太让人不能忘怀了。我们多向熟人介绍，希望能去一睹为快。看了这灯展，再去天安门看那楼群上的灯饰，就不那么引人入胜了。二日晚上这个节目真是太值得了。是从意大利运来，由意大利人来装饰的。”

现在我读这些文字，感觉母亲出国一看的期望，以及终未成行的失望，是那么黑暗而沉重；这里则仿佛是缝隙之间透出的一点光，是母亲对于期望的去处的一瞥。记得她曾以安徒生笔下的卖火柴的小女孩自喻；那篇童话写道：“谁也不知道，她曾经看到过多么美丽的东西。”

前些时我读宇野哲人的《中国文明记》，其中写到十三陵等处，我忽然想起一九八〇年秋天，我还在上大学，曾陪母亲去北京郊区玩过几回，有颐和园、十三陵，还有没有别的地方记不得了。每次都是清早出发，傍晚回来，往返乘公共汽车，倒换不止一次，有时没有座位，午饭也是母亲做好带上的。很辛苦，但很愉快，多年后她还常常提起。我很遗憾没能多陪母亲出去玩玩，尤其是始终没有陪她出过一次远门。回想起来，兴趣，精力，钱，时间——母亲去世后，我时时发觉，哦，我有这么多时间——什么都有，但就是没有去做。我与母亲相处超过五十年，说来很长，但总觉得匆匆过去，大概就因为只是在一起度过日常生活，而几乎没有除此之外的内容。

有一年过春节，母亲给姐姐写信说：

“没有人想起陪我看看舞蹈或音乐会，我自己一人晚上又不敢出外，眼睛差了走路不稳，出了事就是自己受罪，也给人家添麻烦，只好放弃。”

现在想来，可惜陪她去看节目的次数太少了。记得有一回去看芭蕾舞《天鹅湖》。母亲写道：

“方方回来接我打的去保利大厦看乌克兰芭蕾舞团演出《天鹅湖》。早到了五十分钟，只好在街上蹓蹓，也没什么大店可以看看的。跳得不错，只是没有乐队，是放的录音，感觉硬一点，舞者非常熟悉那录音，配合得不错。和我过去看的不一样，我以前看的是老版，现在又多加了一场舞似的，所以十点才结束，挺过瘾的，住到望京才第一次看芭蕾舞。”

还有一次去看美国音乐剧《妈妈咪呀》，也是在保利大厦。那已是她诊断出身患绝症之后，但她自己还不知道，兴致依然很好。后来她在日记中说：

“在病前几天我还去剧场看《妈妈咪呀》，观后我与全场观众起立鼓掌，经久不停，真是兴奋极了。其实那时我已重病缠身了，精神作用使我一点不感到不舒服，多怪。”

母亲给姐姐写信说：

“这么多的书，方方估计有两万册。这次搬家，我发现好些我过去没看见的书，那么多，真高兴。”

后来又在日记中说：

“在这个家庭中，还能担心无书看。只怕不看，那就没法子了。”

母亲留下的一个本子里，有她手写的一份目录，共八页，记着她生病后从二〇〇八年二月到二〇〇九年十月所读的书，一共一百七十四本。其中多数是推理小说。母亲说：

“不像病前，我要做很多的家务活，还要跑出去等等，留给我空闲时间较少，现在有了阿姨，我时间多了，可以看书看报，充实自己。不过还是老了，记性差，眼睛也不行，那也无所谓，还是尽量看书的好。”

我查她的日记，写这目录之后，她还读了十几本书。母亲一生所读的最后一本书，是劳伦斯·布洛克著《衣柜里的贼》。那是在她去世十个月前。日记有云：

“这系列看了两本，大同小异，都是进屋偷东西，遇见有人死了，警察无能又坏，贼去破案。据说还有第三本。”

此后病情恶化，再也读不了书了。

附带说一句，《衣柜里的贼》当初我读到一半，就放下了。母亲去世后，我打算把它读完，却觉得那些字好像都在纸上漂浮，怎么也读不进去。一想到这是“最后一本”，我就痛彻地感觉到了生与死之间的界线。

前些时我整理家中藏书，光是推理小说就摆满两个柜子。

很多都是母亲读过的。记得《礼记·玉藻》云："父没而不能读父之书，手泽存焉尔。"孔颖达疏："谓其书有父平生所持手之润泽存在焉，故不忍读也。"那么这些书上，也留有母亲的手泽罢。

另外还有很多，是母亲生前未及读的，或者是她身后才出版的。有的我很喜欢，譬如东野圭吾的"加贺恭一郎系列"，母亲只读过《恶意》，其余八本都读不到了。其中《新参者》、《红手指》寓人情于破案，是推理小说新的一路，应该是她爱看的作品。尤其是《红手指》可与《恶意》对比着读：在《恶意》里，恶没有底线；在《红手指》里，善残存于恶的底线之下。可惜这些都不能与母亲谈论了。

不久前我接受记者采访，是"枕边书"这个题目。我提到母亲，她在病中每天还坚持读书，中午、晚上躺在床上也读。母亲读的推理小说，大多是我买的。现在她不在了，我买书时的感觉，真像古人所说"人琴俱亡"似的。

十几年前我写过一篇《关于枕边书》，其中有一段："家母每晚都要读书，而且还是推理小说，不到两年工夫，已读毕'阿加莎·克里斯蒂作品全集'八十册，'奎因现代探案小说集'二十五册，我奇怪怎么不大影响她的睡眠呢。她说这路作品开头总是东拉西扯，睡前读之并无大碍；待到进入紧张情节，那就白天去读好了。"后来我看到一位署名"冰川"的博客写道：

“说来也奇怪，好几次雨天的晚上偶然间就会想到止庵的母亲，大概是这样的夜晚比较适合读书之故吧。……多有趣的老人，每晚有闲心看闲书，还有个爱闲问的儿子陪着，令人羡慕的一对母子。”

母亲开始大量阅读推理小说，大概就始于那套“阿加莎·克里斯蒂作品全集”。这是戴大洪送给她的，我还记得装了一个纸箱，他和一位朋友一起拎来。母亲给姐姐写信一再提及：

“戴大洪送来八十本书，够我看的，当然其中有些书已经看过，说是克里斯蒂所著的全部，也不知确否？你如去图书馆，能否设法打听到 Agatha Christie 到底共有多少本著作？”

“戴大洪拿来这八十本书，使我不想放手，已看完两本，方方说我这样看不是一会就看完了吗？可我对推理小说有特大的兴趣。”

“我每天稍空就沉醉于看小说，八十本，够我看的。”

以后戴大洪又送给她一套 S.S. 范 · 戴恩著“菲洛 · 万斯探案精选”。母亲对此的兴趣似乎更大：

“晚上看书，是美国元老级的侦探小说，戴大洪送我的。我看了第一篇觉得很熟悉，才想起我在上海读高中时家中曾买过这本书，挺好看的。”

过了几年，又说：

“今天上午躺在床上看了一段小说，这个作者是美国推理小说的鼻祖，叫 S.S.Van Dine。我在四十年代上海读书时就买过他两本小说，几十年来我看过无数本推理小说，可那两本的情节我至今不忘，我一直想找他的小说。除夕那天在三联书店发现他两本小说，其中一本是我看过的书之一，但我还是买回，另外还有两本书店无货，以后再设法买到，你一定也爱看的。”

“从前天津的大伯伯，八九十岁思路敏捷，就是爱看英文的推理小说，他也看得很快。老年人看这种小说有好处，让我一面看一面思索。”

母亲读完一本推理小说，常常和我讨论，有时还在日记里写下读后感：

“看完了《逆转死局》，约翰·狄克森·卡尔的推理小说不如克里斯蒂的小说好看，有故弄玄虚之感。”

“看完一本《女巫角》，台湾翻译的，实在难以接受，字句太俗。接着又看他的《耳语之人》，此书翻译得可以。老的侦探小说，情节扣人心弦，总想一气看完，得知谜底。”

“《女郎她死了》看完了，这本书写得不错，书前也称为他的经典之作。”

“我看完了［海伦·麦克洛伊著］《死亡之舞》，这书写得好，用心理的方法推理破案，复杂而合理，让读者想不到结果。”

“［彼得·狄克森著］《英雄之傲》看完了，以前还看了一本［朱莉娅·沃特斯·马丁著］《女尸》，都写了好多与故事无关的事，这可能是现在写推理小说的通病。”

“看完了［杰夫里·迪弗著］《空椅子》，情节特别曲折，但主要的开端即不合理：去请纽约警方来查案子的人最后被查出是坏人，他又何必去请人来破案呢？此外女警枪杀了另一当地的警察，本该有罪，而后来又写被杀的是坏人所以免于刑事处分，枪杀人这是事实，不能因此而无罪，情节编得离奇而无法让人信服。”

“《恶魔的泪珠》还在看，这位作者的小说我看了好几部，都特别长，我觉得太唠叨，旁枝末节写得太多，把书写得像冲了太多水的咖啡。凶手都是特高级的智商，所以破案也极困难，这样书就可以写得长而又长。”

“差不多快看完［保罗·霍尔特著］《第四扇门》，这书是密室杀人，又有转世报仇，情节还是很吸引人，中间还加了一章，与本书中的人物不同的人，有点莫名其妙，完全不必有那章。”

“［威尔·拉凡德著］《失控的逻辑课》整个是个骗局，不但骗书中两个学生，也骗了读者，我认为这本书可以不看，对我目前的情况是浪费时间。”

“［有栖川有栖著］《乱鸦之岛》不好看，太啰唆了，兴趣不大，只好慢慢看完。”

“我认为推理小说故事情节要新颖，不能落俗套，看了几本写女法医的书，都是思路情节相仿，也不知谁抄谁的，看起来好像又看一遍，不过书还是要看完的。”

“推理小说短篇很少写得好的，太简单了。”

母亲在写下自己的感想后，常常在后面加上一句：“这是个人的看法。”这完全是她当初和我谈论时的语气。母亲当然不是批评家；这些意见，无非只是一位普通读者的一点心得而已。她谈到所读的别的书，谈到所看的电影，也是如此。

母亲记的书目中，有些书后面注明“看过”，如日记所说：

“看完了［埃勒里·奎因著］《法国粉末之谜》，又接着看《中国橘子之谜》，这四本书是看过的，我只记得凶杀的情况，至于情节凶手都不记得了，再看看也不妨，这些老书比现在写的书容易看，我不就是为了消遣吗？”

个别几本则注明“未看完”，如：

“这本［迈克尔·马隆著］《父亲失踪后》我想先搁搁，还是找自己想看的书先看，不必那么费劲。我这情况还是先看可看的书，好看的书。”

随着母亲的病情逐渐加重，阅读越来越困难，时间焦虑也增多了：

“方方又给我很多书看，但眼睛一点不跟劲。”

“昨晚方方又拿来一本［布洛克著］《别无选择的贼》，书薄点，举着看可以省力一点。”

“看完了《别无选择的贼》，现在眼睛不好，不能多看书，只有临睡前在台灯下可以看点书。”

“这本［马隆著］《下雪天请勿杀人》实在是写得拖拉，那么长，希望这礼拜看完这本书，眼睛也要爱护。”

“我终于把《下雪天请勿杀人》看完，真漫长，书名与内容好像也不符。”

“［狄克森·卡尔著］《红寡妇谋杀案》快看完了，书很繁琐，看此书费时不少。”

母亲住院后，一度因为使用激素，稍为清醒，我打算每天给她念点推理小说。挑中了帕特丽夏·康薇尔著《首席女法医：波特墓园》，还是该书的责任编辑小熊推荐给我的。大哥、姐姐和我轮流在医院陪护，三人接替给母亲念书。每次开始前，我都问她，还记得上次念到哪里么。她点点头。但是一次所念无多，情节进展不大，持续三天，遂告停止，改为念报纸了。总共不过念了六十页。现在我找出那本书，腰封就夹在当时中断的地方。

读书是母亲保持一生的爱好。一九八三年的日记中，有读西格丽德·温塞特著《桀骜不驯的女性——维格迪丝》，夏目漱石著《心》、《三四郎》、《从此以后》，菊池宽著《结婚二重奏》等的记载。她说，《三四郎》“开头就能吸引人”，而《从此以后》“读了使人彷徨、压抑”。母亲晚年病中，除了推理小说，也读了不少别的文学作品，书目中就有简·奥斯丁著《曼斯菲尔德庄园》（注明“看过”）、《诺桑觉寺》，格雷厄姆·格林著《文静的美国人》、《我们在哈瓦纳的人》、《名誉领事》、《秘密使节》、《布莱顿硬糖》、《东方快车》、《恐怖部》、《一个自行发完病毒的病例》，佩内洛普·菲兹杰拉德著《天使之门》、《离岸》，J.M.库切著《耻》、《慢人》，江国香织著《沉落的黄昏》，柳美里著《生》，青山七惠著《一个人的好天气》，等等。

母亲还读了我主编的“张爱玲全集”中的几本，日记也有记载：

“方方收到寄来的快件，是一本最先出版的大陆版《小团圆》，他让我看，说我是国内看《小团圆》的第一个读者。”

“午睡后看了《小团圆》，张的笔锋尖刻，刻画人物一针见血，我慢慢看吧。”

“九点多钟，我就上床躺下，看《小团圆》了。这本小说太吸引人了，但我不能看得太久，服安眠药。”

“我躺下午睡，被楼上的脚步吵醒，继续看《小团圆》。张爱玲的身世，使人毛骨悚然，生于那么残酷的家庭，没有爱，连起码的父母之爱都没有，所以她会那么冷漠。她那么爱的人也是一个虚伪、缥缈、不可依靠的人。我觉得她是太值得人们同情的女人。”

“晚饭后又聊会儿，就躺下看《小团圆》，还有一小部分没看完，太晚了，还是服安眠药，慢慢入睡。”

“午睡看完《小团圆》，她写的文章真深刻，她所爱的人都那么不值得她去爱。”

母亲又写道：

“我看了张爱玲的散文集《流言》中的几篇，我过去没看过她的散文，每篇都写得深刻。她写的影评，那些电影我都没看过，过去我是不看中国电影的，想她评论也是很中肯的。”

“看张爱玲的散文，她的古文底子很深厚，很小就有创作才能，对社会中各种现象又观察得深刻，所以才能写出那么好的文章来。看她的散文也收益匪浅。”

“张爱玲的《流言》看完。由于张的家庭环境复杂，又缺少爱，她受继母迫害（父亲也由此成‘继父’），所以才有她的个性。她看事与人都很冷酷，即使形容词也是那么尖刻无情。有她这样遭遇，加上她的文才，才能写出这样与众作家不同的作品来。”

“又看张爱玲的《重访边城》，她对衣着、饮食非常有研究，她去世界各地，更是写得头头是道，还特别爱买花布，对服装独出心裁。”

台湾皇冠印行赵丕慧译张爱玲著英文作品 *The Fall of the Pagoda*（《雷峰塔》）之前，编辑曾将译稿发来嘱我校订。全书唯第十六节中的一处疑问，我实在解决不了。原文为：

“‘Yesterday I go Kachow.’ She made swimming motions.

“‘Oh, went to Gaochiao,’ Dry Ho said.

“‘Yes, yes, Kachow. Very nice...’”

译者译为：

“‘昨天我去戛秋。’她做出游泳的姿态。

“‘喔，上高桥去了。’何干说。

“‘对，对，戛秋。非常好。……’”

编辑来信云，这里的两处地名都查不到。当时母亲已经住院，虽然神志稍差，但尚能说话。我问她，上海有无“高桥”这个地方。母亲说，有，在浦东。我再看上文，“When Lute first came to her they had not been able to talk much to each other. The teacher had to call in her cook boy to help explain. He being from Shangtung”，明白“戛秋”是充当通译的厨子用山东口音念的“高桥”，译者翻译无误。这是在母亲病情恶化之前三天，也是她一生最后所给予我的帮助了。

阅读常常引发母亲回忆往事，如：

“看格林的《东方快车》，看到二十二页写道：‘她这样对自己说：即使我有梅斯丹盖特那样的腿，他也不会注意。’页下面的注解：‘梅斯丹盖特（1875－1956），法国著名女演员。’我想到一九三五年我随父母从伦敦去巴黎游玩，有一天晚上去看了她的歌舞团的演出，都要穿礼服去的，我穿了我舅舅送我的蓝丝绒白罗丝领的裙衣，小孩只要穿过膝就算礼服了。这个歌舞团是高级的，跳舞女郎不是全裸，必要的地方都有各样的物件遮挡。

她是团长，反正她最后出场，那时她已六十岁了。据说她的腿保了几万美金（当时很高的价）的险，我记得她上场了，将裙子撩了起来，露出她那双玉腿，观众都鼓掌欢迎，那腿保养得有如妙龄女郎的腿，她以此著名。最后一幕是婚礼，台中间有一处可升起，一对男女全裸对面躺着，男的背对观众，升起再落入舞台下。为了看这场歌舞，公公化了不少钱。我们把那说明书保存了好久，因为有好多演员的相片，都是特漂亮的。”

“张爱玲的《私语》称用人为 × 干，我不知道这是哪省的叫法。我们在天津时，照看鸿孙的叫大妈妈，她为人正派，非常负责认真，一直跟我们到上海，家里去了内地，只好把她送回，她姓李，在我家有近二十年之久。看我的先是小张妈，后来是张妈，一九四九年我回到天津，她和我说，她根本不姓张，只是母亲怕我年小，走了小张妈，所以让她改姓张。照看小弟的为小刘妈，为人轻浮，当我们去英国时，把两个弟弟留在青岛，被二伯母给开了。她家是老徐妈，能干，一人照看五六个孩子，一直跟二伯母家去了四川。我大姑家的阿姨叫陆妈，她烧的红烧鸭绝了。我大伯父家请的做饭的叫老张妈，她做的油爆虾味道极鲜，疙瘩汤疙瘩小似米粒。至于男佣，陈二是当差，还管拉车（我出外有时就坐他拉的车）。中厨因他没有牙就叫他老头，本来可能姓冯，在母亲指导下做了一手好菜，他原来偷偷吸大烟，天津发大水，无法吸了，就死了。西厨为凌师傅。银行常来的当差为唐三，开汽车的司机叫董三，他们一定有名字，我从来不知道。后来英工部局给父亲派来的保镖叫老徐。我们去了上海，外婆家的阿姨叫老王妈。这些都在我的记忆中。”

友人谢其章所著《书蠹艳异录》中，涉及一九七〇年北京公交车的票价问题。母亲在日记中写道：

“方方问起我过去的公共汽车票多少钱一张，因为谢其章的书写到这事。我们那时住在西颂年五十一号，父亲住在红星胡同，如往他们家去，我们就从九条上二十四路，到禄米仓下车，四站，买五分钱票，如到离家近的海运仓上车，五站，就要一毛钱车票，这样来回可以省一毛钱。我们如去北海游玩，就从十条上车，到地安门下车，再走到北海，每个人可以省一毛钱。那时生活困难，为五分钱也要算算，因为五分钱可以买一根奶油冰棍。当时我年轻，孩子们也能走路。我‘改正’为退休后去西郊，买月票七块钱，从西直门要坐三三二路，或三〇二路，那就是郊区车了，七元是城郊公共汽车的月票。之后改为离休，不买票，可乘公交车或地铁了。想想这真是遥远的年代了，我们同事之间说，那时如不是不断地搞运动，生活还是好过的。”

找到几封母亲一九八六年初去香港时写给我的信，使我回忆起她曾经帮我买书之事。信中说：

“再给我一个书单。舅妈给了我一张优待券，打六折，就不知道那个书店有你要的书吗？”

“方方要的书，我只买到一本④，①－③店员要你写明出版处，⑤这里有《中国现代小说史》，是夏志清著，据店员说夏志清只著此书，是否？书价五十五元。这些书都是中华书局卖吗？我去了两个中华书局了。我已能自己去购，不必烦人的。”

我忘记这里①到④具体列的是哪些了，大概都是台湾志文出版社“新潮文库”里的，当时我最感兴趣的是西格蒙德·弗洛伊德（台译佛洛伊德）、弗里德里希·尼采和让－保罗·萨特，而这里找不到他们的书。“新潮文库”里弗洛伊德的《佛洛伊德传》、《日常生活的心理分析》、《性学三论·爱情心理学》、《少女杜拉的故事》、《梦的解析》、《图腾与禁忌》，尼采的《上帝之死（反基督）》、《瞧！这个人》、《悲剧的诞生》，还有加缪（台译卡缪）的《薛西弗斯的神话》、《卡缪杂文集》等，现在还放在我的书柜里，其中有几种就是母亲帮我买的，包括《薛西弗斯的神话》。此前一年我在从成都到北京的火车上结识一位女导演，她正在读这本书，我看了第一句“只有一个哲学问题是真正严肃的，那就是自杀”，就想着一定要买。这些书曾经对我的思想有很大影响，虽然后来大多另外买了替代译本。

“今天我去中华书局买到一本《诱惑者的日记》（十七元），是我自己在书架上找到的，店铺内较暗，又拥挤，窄小，很是不便。抄了佛氏书名，有的勾在书后，有的附条。以后我会经常去书店，还要去别的书店，以后我要自己过海去转转，那里也有不少书店。不过书价很贵啊。”

我对索伦·克尔凯郭尔（台译齐克果）感兴趣，是读了一本《理想的冲突》，知道存在主义可以上溯于他。但是《诱惑者的日记》并非我想读的那种哲学著作。

“我跑了不下十多个书局，都没有你要买的书，我只买了一本夏志清著小说史（这书有点折角，只此一本了），是香港翻版的，我逐章逐句对过，也问过售货员，是完全一样的，就便宜多了，原版是五十五元五角，翻版是三十五元，打了折扣（正在春季大减价），为二十八元八角，只是很重，谁知何人肯带去？明天我将按报上登的书局过海去找，也许能买到。我在一小书店见有志文出版社出的《世界电影新潮》，还有一本《电影艺术》，不过是港人所写，都打六折，没敢买。上次我给你买的那两本书已都售完了。买书是我的一项事情，我会按你要的去物色。书局虽多，却卖的一些无聊书籍，当然也有一些好的书籍。张爱玲的书要吗？”

这本夏志清著《中国现代小说史》令我大开眼界。按照当时的黑市汇率，它足足花掉了我整整半个月的工资。张爱玲的书，那回只舍得托母亲买了一本《秧歌》。

母亲还说：

“我是很能适应环境的，而且很快达到自如的境界，我知道我不能成为别人的负担，亲戚管我吃、住，尤其他们那么繁忙辛苦，我不能再增加负担，我就自己出去锻炼，我仔细地听广东话、英语，现在已能听懂很多广东话了。我出外买东西，那天我自己过海去，去湾仔给你买书，还买了些别的东西。过了几天刘秘来电话问我要书单，想替我去买，可我早已自己买回来了。这里就需要这样，要比别人强才成，什么都得靠别人就不吃香了，自己苦恼。我自己去看电影，简·方达的。还要去呢。当然要精选，票价太贵了。”

母亲是个兴致一向很高的人，以后去长沙，也曾到岳麓书社发行部帮我买书。回来还告诉我，那里的工作人员说你要的都是好书啊。

母亲留下的另外一份目录，列着她生病以后所看的DVD，计二十三页。母亲是个影迷。言谈之中，常常忆起早年看电影之事，聊到的多是四十年代美国影星，譬如琴逑·罗杰斯等。日记里也有一些记载：

“方方说玛丽·碧克馥是一九二九年第二届奥斯卡影后。这引起我的回忆，那时我也就有六七岁，顾老师带我们小学生去看电影，都是无声片，第一部我只记得一个场面，一个女人要上断头台，有人骑马来相救，情节很紧张，我们几个孩子大叫快点，快点，焦急地怕把那女人处死。我再看的一部，大儿子虐待妈妈，小儿子赶回来要打那哥哥，我也记得那场面，是在一条有点化的大冰块上，弟弟追，哥哥跑，都是在那起伏上下的冰块上追打。这两部电影启蒙我后来爱看外国电影，虽然已是八十多年前，我对这两个场面还记忆犹新。”

“我在一九三五年随父母去了好莱坞的拍摄现场，看见秀兰·邓波儿（当时我最迷的影星）和她妈妈坐在汽车中，我们请她签字，我当时太兴奋了。之后我们又去旧金山一位朋友家，他们送我一个秀兰·邓波儿的娃娃，穿了一件大红色白圆点的裙衣，胸前还别着一个秀兰的像章，金黄色的卷发，一缕一缕垂到耳边，满脸的笑容，嘴角边还有两个小酒窝，和她非常像，可爱极了。当时我回国后，我的小朋友多么羡慕我，我是多幸运的女孩啊。七十多年了，我还清晰记在脑中。”

“今天《新京报》登载海蒂·拉玛的相片和她曾是‘扩频之母’，为 3G 通讯奠基的报道。我小时在天津最先看她拍的裸体电影，那时她还是捷克军火商之妻，在那个时代，拍了这种电影引起很大的轰动。我看过的影片已经是经过检查后剪过的，我记得她是淡色头发，也不像她去好莱坞后成为黑发美人。她太吸引人了，她拍的片子我都看过，后来不知为何就再不拍片了。今天看报上有她的事迹，实在惊喜，这一晃是七十多年前的事了。”

有一次母亲读了山口淑子即李香兰与藤原作弥合著的《李香兰之谜》，在日记中写道：

“李香兰的书看完，她说那时虽然苏联要求日军在上海放映苏联电影，日军没答应，这是不确实的。我在一九四二年离家前，多次去杜美路杜美电影院看苏联电影。要不是那么向往苏联的‘自由幸福’的生活，还不会离家去参加革命呢。她好像不了解当时上海法租界之事似的。”

最早是什么时候开始陪母亲看电影的，我已经记不清了。能想起来的是“文革”后重映《龙须沟》，看到一半母亲和我都哭起来——我们不约而同地联想到家里住的房子，下大雨时到处漏水的惨状。现在那一幕还在我的眼前：纸糊的顶棚上鼓起一个个大包，如不赶紧捅个窟窿泄下积水，那么整张纸都掉落下来了。再就是母亲一连到电影院看了七遍日本电影《追捕》，其中至少有五遍是和我一起去的，这件事她晚年还常常提到。当初公映此片删节颇多，后来我买到完整版的DVD，可惜没有给母亲再放一遍。

前些时报纸上有一条消息：“日本演员竹胁无我因脑溢血在东京去世，享年六十七岁。他因曾出演电视剧《姿三四郎》被中国观众熟悉。”我又想到了母亲。她曾给姐姐写信说：

“我在口腔医院开腮腺混合瘤时，电视里正演《姿三四郎》，我手术第二天就爬起来去看。医生护士都找不到我，一瞧休息室里坐满了病人，都看得津津有味，大夫笑笑也不说什么了。我和董琦去泰山玩，住在济南，早上去泰山晚上再坐火车回济南，就为了看电视剧《阿信》。第二天一早又坐火车到曲阜，晚上又回济南，不能差一集。在避暑山庄，我和崔大姐打着伞去看《阿信》。谁知回到北京家里，因为停电，差看一集，是阿信的丈夫死的那集，真是懊丧极了。我就这么执着地坚持看下去，如果我喜欢这片子。”

上世纪八十年代，北京先后举办了英国、意大利、法国、苏联、日本、瑞典和美国的电影回顾展，每次大约为时二十天，放映影片三四十部，每次一般演两部，长者则为一部，如《桂河桥》、《甘地》和《阿拉伯的劳伦斯》。地点多在小西天电影资料馆，偶尔也在北展剧场或人民剧场。母亲和我都去看了。我还记得法国电影回顾展第一轮有部让－雅克·阿诺导演的《火之战》(*Guerre du Feu*)，因多有裸体镜头或者别的什么原因，第二轮临时换成黛安娜·克里斯导演的《晴天霹雳》(*Coup de foudre*)，却是女同性恋题材的。我们两部片子都看了，觉得很奇怪：以“精神污染”论，换上的这部也不差啊。那次回顾展，北京同时还有美国电影周，上映《克莱默夫妇》、《矿工的女儿》、《金色池塘》等，母亲和我两边都不愿舍弃，有一天早、中、晚跑了三个地方，看了六部电影。

日本电影回顾展在八一电影制片厂举办，从我们所住的红星胡同的西口乘电车到红桥，换乘一路公共汽车到湾子，再换乘另一路公共汽车到六里桥，再走到电影厂里的放映厅，来回至少需要三个小时。我的组诗《如逝如歌》里有一句“我的一生都挤在汗熏的车厢里”，就是那时的真切感受。母亲却一场也没有落下，可见兴致之高。我们在这里首次看到小津安二郎的电影，一部是《晚春》，一部是《秋刀鱼的味道》。放映中有位后来很出名的喜剧演员打了个特别大声的哈欠，引得满堂哄笑。说实话当时我也不太懂《秋刀鱼的味道》何以要把《晚春》曾经讲过的类似故事再讲一遍，多年后重看才明白。等我们活到一定的年龄，慢慢就活到小津的电影里了，他是在人生安稳的地方等着我们。

离我们住处不远有几家电影院，就中母亲去的最多的是大华，此外东四、长虹和东四工人俱乐部也时常光顾。我那时的日记里，有不少陪她看电影的记录。小舅曾送给母亲一张卡，每周可以在外交部街的某个地方看一部电影，演的多是国产片，常常令她失望。我们搬到望京后，起初她还大老远地进城去看电影。在给姐姐的信中说：

“我去大华看电影了，现在离退休老人都半价，化了十元，看了黎明、张曼玉的《甜蜜蜜》，很好看，也是得奖的。有了这半价，我每星期进城就可以看电影了，不然我这个影迷一直没怎么看电影。”

后来中国电影资料馆影院举办“九十年代日本电影回顾展”，一连七个晚上，上映十三部电影。我们也去看了。一起买票的几位年轻朋友，均半途而废，母亲却坚持始终。每天回到家里，都快到半夜了。在她的遗物里，还保存着一本《日本电影回顾展观摩材料》。

这之后母亲就不大出去看电影了。她在信中说：

“意大利安东尼奥尼的电影展演四晚，我已量力不参加了，跑老远，吃不好饭，尤其很晚回来，太紧张了。我已有过去看电影的辉煌成果，现在也得服老，在这冬季时光，老老实实在家待着吧。”

大概从这个时候起，我们就在每天吃过晚饭之后看DVD了。母亲给姐姐写信说：

“我们现在每晚都看一张片，如是英语对白，就很好，可以提高自己的听力，如是别的语言就糟了。”

她不看国产电视剧，曾评论道：

“编电视剧的没有生活，没有体会，也不了解当时的情况，凭空一想写出来骗人，可笑，没法看，所以我只有等方方晚上放些好的有价值的电影给我看。”

看DVD这事前后持续了将近十年。即使在母亲生病后，除了她几次住院，几乎未曾中断。我晚上偶尔外出，也尽早赶回去，无论多晚，都要看一张碟。母亲则坐在沙发上看书，等我回来。说来我也不知道是她陪我看，还是我陪她看，反正我努力挑选她可能喜欢看的，至少是能够看的；有时候我同时找出几张请她取舍，她总是说：看哪个都成，反正都得看。母亲在信中说：

“我们看碟，有时一部，有时两部，这是方方最高兴的事，我当然奉陪，不看也没事可干。”

“方方放什么我看什么，不过有时也对一些太暴力的无法忍受，让他换片。”

“我认为好的电影，会在看完后左思右想，影响睡眠，至于我认为一般或很差的电影，看过后就不记得了，不进脑中。”

我们看 DVD 时从不聊天，其间有电话打来，也是应付一两句就挂上。电影放完了，往往还要议论几句。母亲的信和日记中提起看过的电影，记下的大多是她当初对我说过的话。如：

“最近看的两部都好看，一为俄国片《俄罗斯大亨》[《Олигарх》，帕维尔·隆金导演]，演得真好；一为日本片《源氏物语》[『千年の恋　ひかる源氏物語』，堀川敦厚导演]，拍得真美，服装也漂亮，真下本。如果咱们的《红楼梦》也像这样拍就好了，结果贾宝玉是那个欧阳奋强演的，真差，这电影中的源氏是女扮男装，真漂亮，可显得那么多的女角就差了。你有机会借来看看。每天看也不是部部都好的，尤其是法国电影，好的少。看了一部根据屠格涅夫的《春潮》改编的电影[*Torrents of Spring*，杰兹·斯科利莫夫斯基导演]还不错，改得与原书完全不同了，金斯基演的。”

“昨天看的是英国吸血鬼故事，叫《千年血后》[*The Hunger*，托尼·斯科特导演]，这天又看了日本同性恋的故事，叫《像猫一样生活》[『猫のように』，中原俊导演]，小女演员演得那么逼真，演一个不正常的小女生，太可怕了。这些电影我都不感兴趣，但都是名大导演拍的，看就看吧。倒不影响睡眠。我爱看的电影，看过我常常会琢磨，反而影响睡眠。”

“看的片子是《空房间》[〈빈집〉]，韩国导演金基德拍的，看后心情不好，让人思索。”

“晚饭后看了金基德的电影《收信人不详》[〈수취인불명〉]，看后很压抑，我不明白韩国人怎么会有那么大的愤恨，仇恨历史或世界对他的不公，永远是气狠狠的，都欠他们似的。”

“《撞车》[*Crash*，保罗·哈吉斯导演] 前些日子就看过，那么多的人最后都归于一处的情节，编剧很不容易，又包括各种民族生活在一个城市。我昨天看了女矿工反抗性骚扰的片子[《北方风云》，妮琪·卡罗导演]，这片中的三个女演员都是得过奥斯卡奖的，都演得特棒，演母亲的是过去演《矿工的女儿》的。你一定要借来看看这个 *North Country*。我对被人误解，孤立无援而又要坚决抗争的女性，是太同情了，因而流下眼泪。”

“昨晚陪方方看了一部日本电影 [『赤目四十八瀧心中未遂』，荒户源次郎导演]，两小时三十八分，真叫慢慢慢，只有我们俩有这耐性看完，别人不走也睡着了。也太细腻了，很简单的事就会拖那么长。”

“晚上还看了一个瑞典电影《苗条的苏茜》[*Smala Sussie*，尤尔夫·马尔劳斯导演]，现在的电影拍法与过去不同，拍得很复杂，前前后后，到看完才明白所以然。”

“又看了一部电影《尸体》[*Dead Bodies*，罗伯特·奎因导演]，有悬念，有隐讳，要观众思考理解。我和方方讲了，他赞同我的看法，我觉得这样才能不使自己脑子老化，愈多思考，愈能保持敏捷。”

“晚上看了波兰影片《卡廷惨案》[*Katyń*，安杰伊·瓦依达导演]，想想自己年轻时多幼稚，对苏联无限崇拜，过去的宣传是欺骗人的。一九四〇年我在上海培成读书时，我的好同学何婉毓告诉我，她的表兄去过苏联，实际情况根本不像宣传的那样，可我听不进，热衷于看苏联小说、电影，吃罗宋小馆，还穿了母亲的皮夹克，把那里想象成天堂似的。”

“看了美国片《勇敢复仇者》[*The Brave One*，尼尔·乔丹导演]，福斯特演得真好，方方说我爱看这种电影：正义战胜邪恶。”

母亲看电影，可以接受好人有坏结局，也就是一般的悲剧；但不大接受坏人有好结局，如某些黑色电影。这反映了她的思想，也折射了她的人生。

我曾起意写一本对比原著小说和据此改编的电影的书，原定二十篇，但只完成一半就停笔了。母亲给姐姐写信说：

“我们看 DVD，方方也是为了写书，他要将多本小说与改编的电影对照写一本书，已经动手，而我同看，还要和他讨论。

前三晚有朋友推荐了一部说好得很的法国电影，我们看了，我早就坐不住了，这片子混乱，多少细节都没有交待，我就和方方说了。那朋友来电话坚持说好，方方把细节和他说，辩论许久。他根本没有好好看，只认为是另类电影，许多细节都没注意。我看每部电影都是全神贯注的，我能说出好与坏，尽量用我的脑子，让它活动。”

所提到的电影是塞德瑞克·卡恩导演的《罗贝托·苏科》(*Roberto Succo*)，改编自小说《我要杀了你：罗贝托·苏科的真实故事》，原著尚未译为中文，我也就没写文章。母亲又说：

“晚上看了根据哈代小说改编的电影叫‘裘德’[*Jude*]的，方方为了写书，我们仔细看，互相说心得，指出比原著不足的地方太多，实在是一部失败之作。有朋友曾大为夸奖，方方才定了此片作为文章中的一篇。我觉得有些人看电影不那么细心，一带而过，不求甚解。”

这是迈克尔·温特伯顿一九九六年根据《无名的裘德》所拍电影，我在这篇和其他几篇谈电影的文章中，都融入了母亲的意见。

现在回想起来，母亲的人生享受，很大一部分是视觉意义上的。她对于视觉的兴趣远远大于听觉，曾在给姐姐的信中提到“我的敏感耳朵”，稍有吵闹，她就觉得不舒服。常问我，屋里有什么声音。我曾在《如逝如歌》中写过一句：“母亲惴恐地守候门铃鸣响”。

母亲留下的那份目录，上面记着她从二〇〇八年一月一日到二〇〇九年十月三十一日看的DVD，计外国和港台电影四百五十部，另有电视剧集《神探伽利略》(『ガリレオ』)、《结案高手》(*The Closer*) 四季、《海军罪案调查处》(*NCIS*) 五季和《识骨寻踪》(*Bones*) 两季。查母亲和我的日记，这之后她还看了电影一百四十一部，以及电视剧集《识骨寻踪》两季、《别对我说谎》(*Lie to me*) 一季、《罪犯解码》(*Criminal Minds*) 四季和《脑侦探》(『ミスターブレイン』)。

我们看DVD，本来是在晚饭后；母亲病重不能看书，就对我说，白天也看个电影罢。那时她已经不能久坐，在她的座位上加个棉垫子，前面放着助步器让她扶住，片子放到一半，还要搀她站起来拍拍身子。这样一直坚持到她住院的前一天。那晚上看的是荷兰导演本·桑伯加特的《暴风雨》(*De Storm*)。因为第二天要早起，我看这片子只有九十六分钟，算是短的，就挑了它。没想到竟是母亲一生中所看的最后一部电影了。

母亲住院前不久，看见报上提到一部英国电影《此情可问天》(*Howards End*，詹姆斯·艾弗里导演)，对我说，我倒想看看呢。可是家中的DVD太多，放得又乱，我一直未找出来，母亲也就永远没有看到这部片子。所看的几部美剧，《结案高手》

共七季，《海军罪案调查处》共十季，《识骨寻踪》共九季，《别对我说谎》共三季，《罪犯解码》共七季，她都没有看全。

母亲去世后，有一回我寻找一张 DVD，从柜子里逐一抽出之际，忽然想起这些都是与母亲一起看过的，我还记得是在什么时候，当时她喜欢与否，正所谓“睹物思人”——这种“思”鲜明、强烈到有种将人逼至角落之感，简直难以承受。这与整理母亲曾经读过的书的感觉还是有所不同。

自从中央电视台电影频道开始转播奥斯卡金像奖颁奖典礼，母亲就是热心观众，虽然平时她很少看别的电视节目。转播时插入很多广告，所以拖得很长，看完已是半夜了。她有时为此抱怨，我劝她说，要是不插广告，人家还不播这节目呢。母亲一生中最后一次看的是第八十二届颁奖，日记有云：

“今晚十时十七分要看奥斯卡发奖大会的盛况，卧室里的电视可以看到，我将躺在床上看了，可以省点力，一定会睡得很晚。……我躺在床上，背后靠了好多垫子，把奥斯卡发奖典礼看完。女演员们的衣着特别漂亮，得奖的演员讲演令人感动，舞跳得好。”

这一届获提名和得奖的影片，如《拆弹部队》（*The Hurt Locker*）、《谜一样的双眼》（*El secreto de sus ojos*）、《弱点》（*The Blind Side*）、《无耻混蛋》（*Inglourious Basterds*）、《年轻的维多

利亚》（*The Young Victoria*）和《疯狂的心》（*Crazy Heart*），此前她都看了。

母亲去世的第二年，电视里又如期转播了奥斯卡奖颁奖典礼。当我看到例行的那个纪念前一年辞世的电影人的环节，觉得特别难过。提名“最佳歌曲”时，男女歌手唱电影《127 小时》（*127 Hours*）的主题歌，我也深受触动。那歌词是：“假如我复活，/ 我将再尝试一次，/ 我相信我将给予的不止于此。// 假如我复活，/ 我将再尝试一次，/ 我相信我将给予得更多。”这一届得奖的《国王的演讲》（*The King's Speech*），还有获最佳影片提名的《冬天的骨头》（*Winter's Bone*），母亲大概都会喜欢的。

如今母亲看过的书和 DVD 都还在那儿放着，只是母亲不在了。有一天我偶然想到：她所看过的书和电影里的那些内容，在哪儿呢。她因为看到这些所获得的满足；反过来说，她因为没有看到这些所产生的遗憾；或者再进一步讲，她的快乐，她的痛苦，又在哪儿呢。

这念头陷我于困惑不解：满足，遗憾，快乐，痛苦，这些感觉仿佛很坚实，又仿佛很脆弱——它们太依附于生了，它们无法超越死。如果人的一生无可避免地要归结为一个“死”字，那么此前所经历或未经历的一切，可能都在这种概括、这种定义里成为细微末节，无关紧要，乃至完全可以忽略不计。当然也可以说，它们因而变得至关重要，因为有过就是有过，没有过就是没有过。

所以从一种意义上说，母亲生前读过一本书，或没读过一本书，看过一部电影，或没看过一部电影，可能其间区别甚大，且已无可更易，因为她已经死了。而从另一种意义上说，可能彼此根本没有区别，同样因为她已经死了。死之确定，可能使生更其确定，也可能使生很不确定。满足或遗憾，快乐或痛苦，也许像大家一贯认定的那样处于人生对立的两极，也许它们根本就是一回事。

我们只能站在“曾经存在”之外去看它；同样，我们无法站在“曾经存在”之外去看它。

此其我想到《列子·杨朱》所云：

“万物所异者生也，所同者死也。生则有贤愚贵贱，是所异也；死则有臭腐消灭，是所同也。虽然，贤愚贵贱非所能也，臭腐消灭亦非所能也。故生非所生，死非所死；贤非所贤，愚非所愚；贵非所贵，贱非所贱。然而万物齐生齐死，齐贤齐愚，齐贵齐贱。十年亦死，百年亦死。仁圣亦死，凶愚亦死。生则尧舜，死则腐骨；生则桀纣，死则腐骨。腐骨一矣，孰知其异？且趣当生，奚遑死后？”

在我看来，作者——当然不是先于庄子的那一位，而是魏晋时人伪托的——从庄子那儿借来一副“生之我”之外的眼光，再一次审视生死问题。他也说“齐生齐死”，却只“齐死”，不

“齐生”，由此重新厘清了“生”的意义。而看该文另一处所说：

“太古之人知生之暂来，知死之暂往，故从心而动，不违自然所好，当身之娱非所去也，故不为名所劝；从性而游，不逆万物所好，死后之名非所取也，故不为刑所及。名誉先后，年命多少，非所量也。”

则所主张的“且趣当生”，乃是绕开世俗所谓寿夭、贤愚、贵贱等等之分，亦只如《庄子·大宗师》讲的“自适其适”而已。

对于《杨朱》这番意见，一方面，我多少能够接受，是否“且趣当生”，的确大有不同；另一方面，我又觉得自己的想法仍然无法确定。

母亲练过多年毛笔字。大概“文革”刚过就开始练了，学的是苏体，——当时家里只有一册字帖，不知道是《表忠观碑》还是《醉翁亭记》，反正只有苏东坡的，所以她就练这个了。后来我陪母亲参加一位老朋友的遗体告别仪式，她签了名字，旁边还有人说，哦，苏体。

母亲一九八三年的日记中，有些关于练字的记载：

“想写大字，没地方，想做点活也没地方，东摸摸西转转，一天就过去了。”

“看完电影回来，又接着写了大字，本来写大字不能间断，在手术前确实能做到，手术后却不行，家中来人太多，一张桌子，不得抽时间写大字。我很喜欢书法，也愿意看书法，真后悔年轻时没有练字。”

“心烦我就写了大字，上午写了一些，下午又接着写。想在琉璃厂买本字帖，没买到合适的。每当我写大字，心里比较豁达。”

“民警小张来，我正在写大字，他说我的字有进步，老杨也说，但一劝我别练小字，一劝我要练小字，不知听谁的好，我是想练练小字的。”

“抄《道德经》，写字六十五个，其中有几个较难看。”

“我写了《道德经》，看见自己写的顺眼多了，心里很快活，什么努力都不会是没有收获的。”

“写了《道德经》，一百四十个字，还有不少的字写得难看，还需加倍努力用心，有的字写得好看，却没有劲。”

“写中楷的同时还要不断地复习大字，只有把苏体字掌握好，在这样的基础上，中楷小楷都能写好了。还得努力，不断地练。如果再能多一些苏东坡的字迹让我看看就好了。”

“开始写新字帖了，正像方方说的，够我写的了。”

“近来写大字没有什么进步，追其原因，可能是我重于字数。不够用心于质量。明天起努力用心写，不论写几个字，一定要保证质量。不然徒劳无功，有什么意思呢。”

母亲写的毛笔字，保存下来的只有为我抄的一本《老子》，写在小学生用的米字格纸上，共九十六页。

家里有几本字帖，都是母亲的遗物：《宋人楷书选字帖》（上海书店出版社一九七七年八月）、《柳公权大楷字帖》（上海书店出版社一九七九年八月）、《苏东坡字帖》（四川人民出版社一九八一年十一月）、《醉翁亭记》（安徽人民出版社一九八三年九月）、《苏东坡墨迹选》（上海书店一九八四年七月）、《散木手临九成宫醴泉铭》（哈尔滨地图出版社一九八七年七月）、《黄庭坚行书》（陕西旅游出版社一九九一年九月）、《玄秘塔》（西安地图出版社一九九三年三月）、《宋拓柳公权玄秘塔》（武汉市古籍书店）。《宋人楷书选字帖》沾了不少墨迹，想必是母亲临摹过的。另外还有一封母亲的信，是写给我表哥的儿子的，不知为何没有发出：

“邦邦：你还记得姑婆吗？听说你能用楷书写信，我真是惊喜万分，现送给你一册字帖，是我去年去西安碑林旅游买的，不知你喜欢吗？我非常想念你，代我问候你爸妈好。姑婆，草于北京。”

母亲虚岁满八十八岁时，我对她说，这是“米寿”，照例她应该用毛笔写个“米”字。母亲说，现在我也能写啊。然而当时她已病重，手抖得很厉害，此前最后一次去中华慈善总会领易瑞沙，所签的名字已经不成形了。我没坚持让她写，于是也就永远没有机会了。

多年前父亲教我写诗，他有一部《诗韵新编》（中华书局上海编辑所编，上海古籍出版社一九六五年四月出版），对当时我们写那类押韵的诗非常有用。父亲回黑龙江要把书带走，母亲就说，方方，我来给你抄一本罢。那时家里连张用来写字的桌子都没有，我还记得她或伏在饭桌上，或伏在凳子上，忙着抄写。两个塑料皮的笔记本，共四百四十页，正好抄完，钢笔字迹工工整整，通篇没有一处涂改，每页连书眉都标上了。末缀一行：“抄于一九七四年六月一日”。

这两个本子我保存下来了，可是说实话当初我写诗时并未充分利用，而最后一次翻看至少也在三十年前了。

母亲去世后，我的表姐和我谈到母亲对我的“无条件的支持”，我就想那是一种大地似的支持，沉默，然而切实。只是我一向把这当成生活的常态了。就像我们每天行走，站立，未必意识到脚下的大地——也许直到有朝一日大地塌陷，我们才能意识到它的存在。

母亲的遗物中有一小叠纸条，上面写着我的文章的一些标题，这是她为我编选“三十年集”时所做的记录。出版社编辑来电话约稿，正赶上我看见母亲做脑部核磁共振的报告，显示再次发生肿瘤转移，我有关她病情已经得到控制的希望遂告破灭，就想让她做点什么留个纪念——虽然我并未对她讲明。

母亲前后花了五天时间编选的这本书，后来取名“河东辑”。她在日记中写道：

“方方应邀编一本三十年集，他说让我协助他选他的文章，我有能力吗？试试吧。”

“上午给方方的书挑选，他的创作从一九九七年起更趋成熟，以后是他创作的高峰，他那时还在公司工作，并没妨碍创作。很难挑选，我试试看吧。”

“上午我还在看方方在他的著作中挑出的文章，再让我精选一遍，我看重这个工作，或许经我再挑选，可以助他一臂之力。”

“方方继续让我代选他的文章，我已弄好，不知如何。我想他所以让我帮助他编此书，也是要给我增加自信力，让我觉得自己还能为孩子做些事情，打发掉我因病而带来的悲观。他用心良苦。我确是这样，我一直要做一个有用的人，过去不给我工作，我是那么无着无落，我只能把心思全用在家务上，就是现在除了看书、看报之外，我也是找出毛线，织成一个成品，其实我根本不需要这作品，只说明我还能做些什么。”

过了半年，出版社寄来校样。母亲在日记里写道：

“送快递来了，是方方的三十年集，好重，序言中感谢我帮他编集，祝我健康长寿，我看得眼泪都出来了。”

这之后编辑不断告诉我书快印出来了，但就是总也印不出来。整整一年过去，终于拿到样书，而母亲已经陷入昏迷了。

有一天因为使用激素稍稍清醒，我把书举到她的眼前，对她说，本来我想请您签个名字的。她带点歉意地说，怎么签呢。我这愿望也就没能实现。后来我写文章说，西谚有云“迟做总比不做好（Better late than never）”，可是有的时候，迟做与不做其实没有多大区别。

母亲去世后，姐姐从美国托人带来母亲写给她的信，每封都密密麻麻写满三页 A4 信纸的正背面，计四百七十封。我总共装了十二个资料册。姐姐一九九七年夏天去美国，母亲开始给她写信，一直到二〇〇七年自己生病前为止。

我还记得母亲那时每天一有空，就伏在梳妆台上写信。少则一星期，多则十天，总要发出一封。起初我们住的小区只能收信，却无处寄信，她须得专门乘公共汽车进城去发。母亲在一封信里说：

“北京在今年二〇〇〇年要办六十件大事，第三十一件就是在我们院里开办一个邮电所，不是局，所就所吧，像外交部街、沙滩那样的所。再不用为寄信跑那么多的路。在今年也不知什么时候，也许还要费些时候的事，不过总有盼头了。本来这么大的小区，连个信筒都没有，真成问题。”

后来在母亲的小区门口，又增设了一个邮筒。记得她特别高兴，但又担心尚未启用，还特地要我在上面注明的开箱时间去核实一下，有没有邮递员来收取信件。这以后她寄信就方便多了。

站在我的住处的阳台上，能看见那个邮筒，就在马路对面，母亲的小区大门左边不远处。此刻我到阳台去看，邮筒被停在路边的汽车挡住大半，仿佛是被人遗忘了。

母亲在给姐姐的信中说：

“我一没事就喜欢坐下来给你写信，东拉西扯，告诉你一些事情，抒发一下自己的感情、想法。只有你会无条件接受我唠叨，在京时你也许腻烦了，可是万里以外的来函，你也许就爱看了，对你对我都是解闷的办法，对吗？唠叨就唠叨吧。”

“我一天找不出时间来，每星期要写三页六面的信纸给你，这是你最盼望的最有兴趣的‘读物’，我能不满足你吗？从中你能知道我生活的点点滴滴，以及每天发生什么事。可还有好多家务活要干，但这都不是能原谅自己不坚持的理由。”

“我写完信，寄出后，心里特放松，好像完成什么大事似的，你说有意思吧。我们之间的通信好像是我的主要任务似的，不写不寄出就像有块心病。我这人什么事都特当真，执着得很。”

“时间过得真快，一晃一个礼拜。我发出一信后，就赶紧写信，不然星六日都发不出，好像欠了功课，没交卷似的。这几年写了多少信，也没记录，如果全是文章，那可有用了，而信中都是鸡毛蒜皮的小事。”

“文具店愈来愈少，写信的人都少了。只有我们还用这老式的方式互通消息。多少人不明白我为什么给你写信，说应该发E-mail。我说我写信可以不忘字，对我也是一种锻炼，脑力的，手臂力的，没有什么坏处，对吗？他们说这得化多少钱。这我没算过，去一次邮局买些邮票，每月有收入，这些小开销就很少放在心上了。”

母亲在给姐姐的信里，事无巨细地记录了十年里她几乎每一天的生活，都是日常琐事，平淡无奇，但也真切得很，结实得很。我从头到尾读过之后，竟稍感释然——母亲的晚年，我总以为是倏忽之间就过去了；但一封封地看她的信，觉得还是有很多内容，发生了各种事情，她有快乐，有烦恼，也有痛苦。我好像是重新一天天地陪她走过这段岁月，毕竟还是很漫长的。

母亲有些生活内容，我过去并不了解，也可能是忘记了。读了她的信之后，我才知道或者回想起来了。举个例子，母亲曾经学过时装表演，上过台，而且还教过别人，那时她已经七十多岁了：

“我的同事介绍钱韵和我去北京图书馆教模特步。共三十多个老太太，她们没钱，要在图书馆建馆八十五周年表演，请不起老师，我们白尽义务。地址就在北海前门旁边。每周一次。今天去了第一次，她们对我们很热情，口口声声‘老师’，很不好意思。都夸我，这样我的心情好多了。”

“我还是每星期五去教一上午。我真是将自己的本事都拿出来了，过去教我的老师都没有这么费力过。经过几次练习，很多人走的有点样了。有的根本不具备灵感，但愿意参加，我们也没法子。中午回来真累。”

“我昨天早上去演出，演出地点在玉泉路空政歌舞团的一个大厅中。来的是些老同志，男的居多，都是‘首长’。我们演出不错，学生们都比平时走得好，也没走错，又穿了织金的各色旗袍，还都挺漂亮。我和钱韵各自单独走了，演出前队长还把我们吹了一下。我的演出博得很多掌声，观众都认为我那么年轻，不像七十多岁的人，还都上来与我们握手，还向我献花。之后大家下去，他们还留下我和他们个别合影。总之还是很风光的，由于我的年岁比人家大那么些，所以更受欢迎了。下午午睡后，去‘仁人’买了两块蛋糕慰劳自己。”

母亲后来还说：

“你今天电话中说当初应化点钱请人给我录一盘走时装的带子，主要咱们自己没有录像机。当时的情况和现在不一样了，又过去那么些年，人也变老了。那天我理发，在那里还有人说，觉得我像走过时装的。”

这里有一段小插曲：我表哥的办公室在纽约世界贸易中心，母亲托他带给姐姐的东西放在那儿，还没有来得及去取，就发生了九一一袭击事件。母亲在信中说：

“我早有预料，那东西没有了。里面那件大红里花绸的中式衬衫，我又化十元配的中式扣，只在表演时穿过，特显眼。还有那一次没穿的珠子背心（六十元），是那天碰了美签证处一鼻子灰，方方在秀水街给我买的。另有一件藏蓝底浅蓝花中国绸的圆领短袖衫，为了你可穿裙子，上面好配。还有许多药，如安神补心丸等。有一个镯子是方方的福建读者送的，可以按摩穴位，治关节炎的。”

读到这一段，我忽然感觉我们小小的平凡生活，竟然通过这种方式与大时代挂上了钩。

母亲留下八本日记。除了一本是一九八三年即她六十岁时所记之外，其余七本，都写在晚年生病之后。日记起自二〇〇七年十一月十二日，那是在她从医院回家半个月后。母亲患肺癌脑转移，导致半身不遂，经入院行伽马刀手术，情况逐渐好转。她的日记最初写在撕下的台历背面，字迹凌乱，难以辨认。以后她把这些散页粘成一本，是为日记之第一册。母亲写道：

“我昨天午后开始把去年十一月十二日起练笔的日记拿出，都贴成册。有一段时间，笔迹都看不清，不知自己写的什么，我还要在每张写的纸下‘翻译’过来。几个月右手不能动，不能自理，从十一月中间我下定决心要练字，记日记至今日。我不能丧失起码的技能，慢慢练，终于恢复成现在这样。我是个不服输的人，我不能成为一个废物，我虽没有成就，但不能什么都靠别人。生活要能自理，活在世上还有点意思，我要找出事情干，使我的生活丰富起来。”

“昨日午后还是继续整理病后第一阶段写的日记，太难认了，自己写的自己也认不得，要猜要想很费事。由此可见，我那时是多么衰弱，右手不听使唤，有多可怜。经历这一场病，我把心思放开，只求一个平静的心态。”

“我翻开去年十二月三十日的日记，那时我刚刚恢复能写字不久，我的笔划还是不能掌握。从这点看是有些进步的。”

“能写字好久了，笔划仍然无力，还得好好练，不能写草了。”

母亲写道：

“新的一个月开始，新的日记本开始，记下我每天的生活和感受。”

“像我这样平凡的人，目前过着极无什么事的日子，而每天要写日记，能写什么呢？”

“这本日记也随着五月三十一日而写完了。从六月份起又将在新的日记里记下每天的零零碎碎的杂事。我的日记没有什么价值，是自二〇〇七年我右半身不能动后，经过锻炼能行动了，为了恢复右手，用勺，用筷子，学字（只能记日记），织毛衣，我不想做一个无用的人。记日记又没有多少事能记。”

“我右手由于二〇〇七年曾经不能活动，又加上年老，写字力气就差，本来写字底子就不行，那就更不行了，我尽量要写好。其实我能记日记的时间不多，我又规定自己要写两面纸，就要想出写什么。每天的日子过得平凡，如有人来电话谈谈，还有点内容。写吧，反正是鼓励自己坚持下去。”

母亲最后一册日记，第一页天头写着：“二〇一〇到了。”她的日记截止于这一年的三月三十一日，距离她去世还有七个多月。当时母亲手臂颤抖，又动辄呕吐，停下来就再未续写。虽然末了一页，笔划还很工整。这一册是个活页本，只用到一半，后面有很多空白页。

前些时有朋友来访，我谈到母亲在倒数第三天的日记末尾记着：“吃了一个小布丁。”朋友说这里的意味，别人未必理解，我也很难说明。凡此种种，总让我的想法归结到母亲活着时的生意盎然和对生的执着，也就更觉得可怜，心酸。我想起张爱玲在《花凋》中所说：“然而现在，她一寸一寸地死去了，这可爱的世界也一寸一寸地死去了。”正因为母亲生活质量很高，她的死特别令我惋惜。

母亲晚年的生活一直很规律：八点左右起床，早饭后看报，读书，与在美国的姐姐通电话。午饭比较简单。午觉醒来，要喝下午茶。她给姐姐写信说：

“我坐在客厅的阳台的玻璃小桌旁，饮着热热的咖啡（宋阿姨哥哥送的，一包包的一大盒，我就自己享受吧），就着我刚刚在大超市买的黄油蒜蓉面包，在太阳的余晖下望着远方，自己享受着。我能处于这种境地来之不易，一定要好好享受。当然，我一人独饮有点寂寞，但也只能乐在其中了。”

“虹影送来英国红茶一罐，还有一长筒装的饼干，筒特长，不知是姜饼吗？我爱吃姜的饼干。”

下午她也读书，还要伺弄一下养的花草。晚饭后吃点水果，看 DVD。躺下再读点书，大约过十一点入睡。生病之后，她还在努力维持这种生活秩序，保持这种生活状态。

母亲吃小布丁的事我还记得，是我在小区附近的“7 Eleven”为她买的。不久后，她连这个也不能吃了。

从前母亲身体好的时候，每次出去逛街购物，她都喜欢到咖啡厅坐坐。在信中说：

“我们去了新鸿基（在北京站附近）的台湾人开的玫瑰园。店内布置高雅，特安静，还展览英国茶具。我们点了大吉岭茶，还有两种点心。茶壶刚一端上来，已是香味扑鼻了，小点心也不错，一壶茶三人喝，不过外有冰水。”

“当年在上海时，我看见我奶奶八十岁还去排队买米（分配几斤米），感到特别可怜，而我现在比她那时还大。我总想多活动，身体好，能等你回来，我们可以一块去逛街，喝咖啡，吃蛋糕。一九九七年我去港之前，请你在世都喝咖啡，你还记得吗？原以为咱们一块吃茶点是很普通的事，现在竟成为遥不可及的了，真没想到。”

待到生病之后，她的日记中还写道：

“我和小袁约好了，等她再来，我请她陪我去喝咖啡，在咖啡馆坐坐，享受一下，回顾一下过去的情景。这是我多年想要的生活，一直我都想和知己共享咖啡馆幽静的情趣。由于病我不能出外，每天闷在家中，多么无聊啊。”

“我和小袁步行至桥洞对面，乘出租去了丽都对面的咖啡厅。我们坐在院子里，藤椅很舒服，喝了冰咖啡，吃了黑森林蛋糕。到六点觉得有点凉意，又打的回家。这样的消遣在一年以前绝不会想到的，庆幸啊。”

“我昨天过了一个向往已久的享受的下午，蓝天气爽，让人舒适。”

母亲给姐姐的信，加上日记，差不多就涵盖了她最后十几年的人生。但我读的时候却总在想：到这一刻，母亲的一辈子还剩下多少时间。当我们谈论故者的生活，好像的确习惯于类似看法。然而一个人活着，又何尝不是处于倒计时的过程中呢。只是谁都无法预先知道自己死亡的时间点而已。其实这比他出生的那个时间点意义大多了。

母亲病重后的一个晚上，我扶她躺下，不久她就很难受，要吐。待到缓过劲来，她望望梳妆台对我说，我过去的事情都写在抽屉里的那个本子上。后来我找出来，是个横格本，共写了五十多页。记录的是她童年的一些经历，没有题目。及至她住院，一度因为用了激素，稍稍清醒，我对她说，你写的东西，我替你整理出来，好么。她点点头。这也就是她对我的唯一遗嘱了。

我看母亲给姐姐的信，她的回忆录写在十年之前：

“小舅他们让我把记忆中的事都写下来。在林家真是我算最大的了，当初公公活着的时候，有些事我应该问问他，还有大叔叔活着、大公公活着时，我都没有想到。人去了，什么都带走了，留下的都是后人凭想象揣测而写的，离真实太远了，了解真情的人看了会不满意。……方方忙于创作，我也不愿在他创作时打电话干扰他，正好我在自己屋里写写回忆录，这样我也不闷了。我已是一有空就写，想写哪段就写哪段，等好天买些活页纸，这样以后整理起来就可按年代顺序重新组合了，总算留下来点什么。我已写了六篇回忆小事。”

以后的信里继续谈到这件事：

“我正在写我小时出国那段，想起什么写什么，只是记事情，没有主题。”

“我现在干不出什么活，写信要时间，有时提笔忘字，还要查字典，费点时间。由于笔不出水，回忆录只好停了，买到这支笔，又到了该给你写信的时候了。等明天能把信发出，再写回忆录。头顶上老有敲打之声，也写不出来。我给你写这信，也是写一会就到别的屋子转转，就我这间屋子闹。等他们收工，我也该做晚饭了。”

“我现在写在天津时的小事，从不到一岁时写起，想到一段写一段，有长有短，有事多写，事少少写。但不能写得时间太长，时间太长低着头就会头晕。其实一周有两天给你写信，还剩五天，日常不少事，做三顿饭，还要收拾房间，织毛衣，看书，看报，时间不多，反正一天不写就觉得欠账了。”

“你说的四姑婆的事还得在后面写，津中里的事都没写完呢。”

过了三个月，信中出现了这样的话：

“我由于腿痛，回忆录也停了。”

几年后，她再次提到：

“我刚才翻看我曾写过的二三十篇我的故事，有工夫可以改出来。”

然而我所看到的那个本子，还是她最初的草稿，而且并未写完。如果我早些知道，一定劝她趁精力还好，自己整理出来。她去世后，我几次着手誊抄，皆因原稿比较凌乱而暂且搁置，虽然这在我乃是非做不可之事。不少地方需要问她才能明白，但是她已经不在了。

在母亲生病后的一本日记的末尾部分，也有十一页是回忆录，有标题云“往事零碎”，所写亦系童年之事，与从前写的那本内容不尽相同。母亲写道，“我还是经常要回忆过去。我的过去太丰富多彩，我没有文采把这些都写下来，真是浪费了。”不过也是没有写完。

母亲给姐姐写信说：

“你说你记性不好，我那天看书，有几句话现在抄在后面：‘人的最大烦恼，就是记性太好，如果你什么都可以忘掉，以后的每一天将会是一个新的生活，那你说这有多么开心。’”

在她的信和日记里，也有很多回忆往事的内容。母亲说：

“我每天家务事很多，有些过去值得回忆，想讲出来让人家听听，也许人家会记得，不然都闷在心里，也就过去了。现在能找个人说说是很难的。”

“还有好多的趣事，慢慢告诉你。这虽然已经‘long long ago’，我却仍然记忆犹新。”

“我现在很后悔，在父母活着的时候，没有多知道一些往事。在世时事实都存在，去世了就都带走了，无法挽回。”

“很多的事也会随我而去，没有记载，就什么也都消失了。”

母亲最后一次住院之前不久，香港书展邀请我去做讲演，是“内地作家在香港”这么一个题目。记得父亲曾告诉我，一九四八年他在香港，有一次刮台风，他要体验一下，一个人到海边，抱住电线杆子，直到台风过去。我问母亲，父亲当时去的什么地方。她告诉我是西环。到了讲演那天，正好赶上台风，外面大雨倾盆。我就说了这件事情，作为讲演的开头。

我想起V.S.奈保尔著《非洲的假面剧》所说："在这里，一个老人过世，我们就说一座图书馆烧毁了。"可惜在母亲生前，我对她的回忆缺乏足够的兴趣，从来没有鼓励她完整地写一本书，结果只剩下一些零零碎碎的片断，——对我来说，感觉就像是望着黑暗中的茫茫大海上浮现出来的几块礁石似的。

母亲一直有从事写作的愿望。她对姐姐说：

"你不要夸我什么文学修养之类的话，如我有这方面的特长，我会写出比有些人编造出来的可信得多的书。我记得好多的故事。"

在她的遗物中有个纸盒子，放着她的一些文稿，包括一小册新诗，两个完整的短篇小说，以及四五篇小说的残稿。八十年代初期，母亲用"沉苏"的笔名在杂志上发表过几首诗，那些杂志她一直留着。还有一个本子，抄着母亲写的一篇游记，共三十七页。母亲在一九八三年的日记里就说：

"翻出八〇年我游杭州的信，读了一封，很有意思，我想去掉不必要的，把这些信抄在一个本子上，以后翻翻也可重温南游的情景。"

十八年后，她给姐姐写信说：

“还整理了八〇年去杭州游玩给你和方方写的信，共廿封，将来订成册，也算留给你们的纪念。”

作为底稿的原信保存下来了几封，上面有她删改的笔迹。母亲每次出游，都详细来信报告行踪，记录见闻，描绘景色。可惜这些信大部分已经散失了。我还找到她三十多年前写给我的几封信。其中一封信里说：

“你今天走后，我生起炉子，就开始写我的短篇，一直写到晚上十点三刻，完成了。题目叫‘空壳’，共三十页，即六千二百字，当然太长了，等你回来砍吧。如果这篇能使你稍为有点心动，那将是我最大的安慰。好，等你回来。”

那时我还在上大学。我已不记得我是如何回应的了，只怕当时不够热情，扫了母亲的兴致。这篇小说保存了下来，取材于她自己“文革”中的亲身经历。

那个纸盒里还有一张剪报，是母亲搬来城外不久，在《北京晚报》上发表的一篇文章，署名还是“沉苏”。

## 短暂的视野

儿子在城区的边缘买了房子。我随着搬来之后，陆续有亲戚朋友来访。除夸奖房间的装饰布置外，最满意的还是从宽敞明亮的窗户向外眺望，都称赞视野很好。有的还总结说：“买房就是要挑视野开阔的。”大家对我们新居的肯定，多少冲淡了当初为装修搬迁所受的劳累之苦，我也就尽情享受视野带给我的欢乐。

坐在阳台的藤椅上，看见太阳升起来了，白云飘在蓝天，大片树林直抵天边，远山隐约一脉。夜晚窗外挂着一轮又圆又亮的月亮。去年冬天初雪之后，大地白茫茫的，从来没有过的寂静，我仿佛看见雪地里有只狼缓缓而行。这种近乎犯傻的浮想联翩，给我很大乐趣。虽然将近老耄之年才住上这样的房子，我还是心满意足了。

没想到视野的赏心悦目竟如此短暂。好像顷刻之间，原来我们视野里的大片荒地就变成日夜喧腾的工地了。对着我们的北窗，已经矗立起一幢二十多层的高楼——当然现在还只是个水泥骨架而已，我这才觉得楼要光是水泥骨架实在太难看了。东窗外接着在为另几幢高楼打地基，整天轰隆轰隆吵个不停。当然在这种边缘地方是没有人来测分贝的。别说白天的视野了，晚上睡觉也成为难事。我想起当初买房时对视野的考虑，原来是一种短视。如果挑视野不那么好的，也就是说，跟别的楼挨得比较紧的，可能反倒要舒服得多。我想还是把这个经验或者说教训告诉别人吧。

儿子安慰说：“要不多盖些楼，这儿怎么能繁荣呢，是不是，妈妈？”当然是这样了，那就忍耐，盼望，直到繁荣的到来吧。到那时我也就不会想到有什么狼了。

多年以后重读母亲的文章，觉得她的兴致、寄托，她的寂寞，她对声音的敏感，都表现出来了。只是所提到窗外的几幢楼，已经都很老旧了。

母亲给姐姐写信提到此事：

“我写了一篇东西。是因方方不适合给《北京晚报》发东西，他写得太深，不大合乎那报纸的口味，约稿的人说让他随便写点，可以用别人名字，说只要妈妈（指我）看得懂即成。方方说那还不如让我妈写呢。这样我就自告奋勇写了一篇。方方说写得不错，只是短点，也成了。编辑叫王东，打电话来夸奖说比方方写得好，这怎么可能呢。”

母亲在信中说：

“虹影又要写小说了。那天她来辞行，要回英国去，谈起她要写曾在上海演过话剧的叫英茵的女演员的事。当时我正在上海上高中。我告诉她，我看过英茵演的《武则天》，第一幕尼姑庵中，是她背对着观众，演技全在她的身上的戏。她的演技很高。结果自杀了，当时说是被特务逼的。虹影听了很满意我的叙述，回英国后拉出多少问题问我，题目出得很特别，我当答复。”

“虹影的新书出版了，叫‘绿袖子’，后面附了不少回答她的问题。用了我的一段话，把我的名字写成‘林伟’，而且是

‘教授’。方方说这么多年都不知我妈的名字。幸好写错，不然人家该说我胡吹成教授了。我认为我写的最精彩的一段她没用，就是只要生活在上层，不管是哪国人都好。”

这里是她所写的全文。

## 答虹影问

一，你知道“满映”（满洲株式会社映画协会）吗？

一九三六年冬天，我因病住进北平协和医院。家里的朋友，在长春医学院读书的潘君，适逢寒假回北平来探望我，带来了几本“满映”画报，印刷精良，里面有很多中日女影星的照片，其中有李香兰，印象中她挺漂亮的。

我住的是单间病室。当天夜里，房门轻轻开了，闪进一个黑影。我刚做过手术，因为疼痛，睡得不好，着实被吓了一跳。在地灯微弱的光下，看清原来是位披着外面是黑色，里子是大红色的斗篷的护士。她悄悄地将放在茶几上的“满映”画报抱走了。

第二天清晨我醒来，发现茶几上放着那几本“满映”画报。我把这事告诉来陪我的母亲，她说你是不是做了噩梦，可我心里明白，这不是梦，是“满映”画报吸引了那位护士，让她做出如此大胆的举动。

二，你看过长春电影制片厂的电影吗？

长春电影制片厂的《冰山上的来客》，给我印象很深。编剧是乌白辛，赫哲族，是沙鸥的好朋友。当时他们都在哈尔滨。“文革”中乌白辛受到迫害，他独自到太阳岛，喝一口白酒，再喝一口敌敌畏；结果白酒喝了一瓶，敌敌畏喝了半瓶，就死了。

三，你看过李香兰（山口淑子）的电影或听过她的歌，比如《何日君再来》？

日军进入上海租界后，不论是无线电收音机，还是舞场，经常放《何日君再来》，不知道是不是她唱的。那时我在高中读书，接受进步思想的影响，认为是亡国之音，所以很反感。

四，你知道长春作为“新京”时发生的有意思的事吗？

不知道。

五，你对二战时，美国在日本投下两颗原子弹怎么看？

当时我们都盼着早日结束战争，打败日本。后来看报纸和纪录片，才知道原子弹给日本人民造成的后果，感到了震动和不安。

六，你认为中国女人穿连衣裙漂亮吗？连衣裙来自俄国，叫布拉吉，符合中国女人的身材吗？

身材决定一切，比较丰满高挑的女性穿连衣裙比较好看。

七，你是否认为恋爱中的男女年龄需要一样大，若有差距，应该是多大才合适呢？

男方应该比女方年龄略大一点，因为女人容易显老。

八，你觉得发生在战争年代，人们有没有谈恋爱的权利？或是身边在发生天翻地覆的变化中，人们是更想恋爱还是无暇恋爱？

战争年代或者身边发生天翻地覆的变化，人们可能更需要爱，可往往因为突发的原因，一对情侣天各一方，带来的是终身遗憾。

九，你觉得一个女演员一辈子在跑龙套，到了三十多岁，第一次也是最后一次演主角，也正是她第一次真正谈恋爱，她应该如何选择？

演员演戏是事业，不应与恋爱发生什么矛盾。男方如果真爱她，一定会支持她的。

十，你认为一个人做中国人好，做俄国人好，做日本人好？如果一个人的血脉中既是中国人又是日本人，既是俄国人又是中国人，他/她应该选择做哪一种人，如果他/她不能选择做另外两种人，他/她的国家有没有认为他/她是叛徒？

在这个问题里，做哪国人好，要看他/她在那个国家中的社会地位和生存条件；能生活在上层社会，至少不生活在底层社会，哪个国家都行，谈不上什么叛徒。

母亲留下了十几本相册。几乎都是晚年的照片，年轻时的差不多均已毁于“文革”之中。保存下来的最早的一张，母亲在给姐姐的信中曾经提到：

“我吃了饭，又吃了一个自蒸的芝麻酱花卷，我就想到我祖父每晚必吃一个高庄馒头，是从山东馒头铺买的，很结实的馒头。那时他已七十多岁了。他每天的饭量都是一定的，不论什么菜都是自己定量，绝不暴饮暴食，也不喝酒，不抽烟，身材不像公公，非常直，整齐干净，衣服穿得板板的，每晚睡觉前自己把衣服都叠得好好的，一丝不乱，思想也很新潮，是浪漫的老人家。如果不是从天津躲大水去了上海，得活得更长。可我看他的后辈，除了德孙的父亲，别人都是邋邋遢遢的，没有我祖父那样神气。最近薛家小弟从她姑母的遗物中看到一张我祖父母、我还有甲孙的相片。相片中祖父就是那么威严（你说我从血缘中带来的气质，可能是从祖父来的）。我是那么丑，不过很可爱。现在相片立在我客厅的玻璃柜中，这是八十年前照的，我那时也就一两岁。”

母亲年轻时的照片，几乎都在“文革”中毁掉了。我还记得那天听说红卫兵要来“破四旧”，一家人赶紧忙乎起来：砸烂唱片，剪碎旗袍，剁去高跟鞋跟，撕掉整本的相册……只有一张照片保存在我姐姐那儿，系一九四九年春天母亲在香港，外祖母从印度去看她时拍的。母亲年轻时见过她的人都说她是个美人，现在只剩下这张照片可以“为证”了。

另外一张照片，背面有父亲的笔迹：“一九五一年一月”。母亲穿着单位统一发给的制服，站在北京西颂年三十号北屋廊下，抱着我姐姐。

我的《插花地册子》出版时，因为属于自传性质，出版社要在卷首放几张照片，我就用了母亲的一张头像，是从五十年代初她的一本什么证件上撕下来的，一个角上还盖着钢印。大家看了说你母亲真漂亮，她自己却不以为然，说有很多比这好得多的照片都没保存下来。她给姐姐写信说：

“可惜我年轻时的相片都没有了，只剩下现在又老又丑的相片了。”

信中还有这样一段：

“我记得有一次聂鲁达来华，作家协会开招待会，还有诗人朗诵。我只穿了婆婆的一件肉色（也叫妃色）的旗袍，做了头发，穿上白色皮高跟凉鞋。在打扮时，吴大妈和三大妈就说我赛过梅兰芳。我一到场，引起了人们注意，艾青向聂鲁达介绍你爸和我，聂鲁达说我是人家给我写诗的人。那时多漂亮，不到二尺的腰，其实已生了五个孩子。”

这件事我也听她讲过。

还有一张照片，下角印着“上海王开照相”，我本以为是她二十几岁时拍的。但后来姐姐来信说：“妈妈那张单人侧半身照，是她五七年随作家访问团到上海时照的，应该不是四十年代的照片。”这种事要是在母亲生前问她一下就好了。然而当初没想到，如今也就做不到了。

这照片和另外几张，专门放在一本相册里。母亲去世那年的春天，有一回拿给来访的客人看，她在日记里写道：

“现在看看那么些年前的相片，回味无穷。光阴飞逝，我已经是一个衰老重病的人了。”

我们曾经照过一张，也是唯一的一张“全家福”。上面有父亲、母亲、大哥、姐姐、二哥和我，摄于一九七二年。我本来想用在《插花地册子》里的，这照片却怎么也找不到了。待到出《止庵序跋》，也需要照片，但这一张还是没找到。以后母亲收拾东西，意外地看到这“全家福”的底片，非常高兴，特地和我一起去王府井的中国照相馆印了好几张，分送给各位子女。我出《河东辑》时，又需要照片，母亲叮嘱我，这回一定要用上啊。

母亲去世后，我将她一九八五年在北戴河的一张黑白留影放大，挂在我的书房的墙上。我觉得这是母亲一生拍得最好的一张照片。有朋友说有点像原节子。但原节子四十二岁息影，我们最后看见的系其四十一岁演《小早川家之秋》时的形象，而母亲拍这张照片时，已经六十二岁了。那年她改为“离休”，心情愉快多了。而此前“文革”及其后一段时间留下的照片，则如看过的人所说，生活艰难，人都不漂亮了。母亲自己也说：

“我翻看过去的相片，虽是十几年前，相片中的我，还没有我现在显得年轻呢。主要是头发，发型不对，人显得很疲惫，一点没有精神，气质更别提了。”

母亲给姐姐写信说：

“妈妈是非常非常平凡的人，唯一能自豪的，是到处碰到谁都说我看不出是七十九岁的人，但也仅仅这一点了。”

但她又说：

“我老了，也不希望让人多见了，多留下过去的印象反而更好，这次照的相片你就可看见了，真是老态龙钟，虽然我自己尽量想保持过去的样子也不行。别人看我只有六十多岁，上公共汽车售票员从来不招呼让座，可我自己很悲观，没法子，不能违背自然法则，尤其在相片上更显出老态了。若不是想让你看看，也可以说你想看看，这才照相。别再向人炫耀了，人家会笑话的。”

母亲平时特别在意自己的形象。直到病重了，看 DVD 时还是一如既往地腰板挺直，我要她靠在椅背上休息，她也不肯。

二○○九年的最后一天，母亲在日记里写道：

“晚饭后，赵一虹给我照了相片，用索尼小相机照的，用数码打印机印出，方方让我签名，以为留念。二○○九年马上就要过去了。”

不到一年后，母亲的葬礼上用的就是这张照片。见过母亲的人，都夸赞她高贵，优雅，又很诙谐，幽默。友人过士行所著《空腹》一书有云，母亲是“大家闺秀出身，待人接物都是一派大家风范”，所说还是“文革”期间的印象。友人徐峙立说：“我爱止庵的母亲，我记得第一次是在小区花园见到她，初夏，她穿碎花旗袍，戴绿珠链，银发，是有品位有气场的老太太。”这些都随着她不在人世而烟消云散了。唯独这张照片，多少传达出一点她的气象。尽管此时她已病了很久，简直是老态尽显了。

母亲最后在医院里，已经昏迷不醒，有一天隔壁病房的护工进来，突然说了一句，这老太太真漂亮。

母亲去世后，在殡仪馆举行告别仪式。我关于她的最后印象，是虽然化过妆，但脸上仍是那种黯淡无光、全无生命的颜色，鼻孔也因为塞过棉花而被撑大了。我的母亲比这要美。

我的阳台上摆满了母亲留下的花。前几天有朋友来，夸赞花长得很好。我说，这在我其实是被动的——我要把母亲的这些花养下去，此外不拟再扩大范围。

母亲去世一年多后，我才开始留意她的花；此前虽然也不时为它们浇浇水，但那段时间我一直处于一种迷蒙状态，干别的事情也是一样。这期间有些花已经死了。我查看母亲的日记，最多时有四十来盆，现在少了不少了。

母亲很爱她的花。在给姐姐的信中，常有类似的描述：

“上星期日给你去寄信，我在路上买了两盆花。一盆是马路上蹬车的人卖的，说是四季杜鹃，花朵较小很好看，是大红的；另一盆是我们院里两个女青年在路边上卖的，说是进口花籽长出来的，叫天竺葵，花朵上有黑圈，颜色特别。共化去二十元。第二天四季杜鹃已干掉，我怀疑没根（可又不像），骗我五元去了。另一盆还不错，给我阳台增色。朱大姐送我的仙客来，现在开了十三朵花，还有无数的花蕾，时间这样长，人家都以为是假花。我想买盆米兰，可香点。这是我的乐趣，我对花好，花有反馈，使我心满意足。”

“仙客来终于不行了，虽然还有几朵花，一看就是老态龙钟了（与我一样）。可我的扶桑又开始长了十个花蕾，有一朵今早已开成大花，只是这花的花期太短，我冬天时把尖枝剪下，现在成两枝，各五个花蕾，下面又有一新叉，等花开完了，要换大盆了，不然小盆实在难以满足它的成长。我买的天竺葵（据说是进口的，你在那里看见过吗？）现在又开一朵，还有两个花蕾。那天和小林一块买的两种花还可以，长寿花没开，别一种吊的开粉色小花，多少细瓣组成一朵小花，白天开，晚上闭，第二天再开。天竺葵的花也是这样，能开几天，还不错。你记得你送我的小盆仙人掌上面有干花，现在已经变成很长，往高长，谁知自己会开出花来呢。那天小云来，就夸奖我的小花们了。”

“我的小花们”——母亲常常这么说。她写道：

“我每天浇浇弄弄我的花，看见满阳台绿意丛丛，夹着几朵开花的花，感到很满足。”

“花木是我的无声的伴侣，我对它们充满了爱，我对它们尽心，它们也会给我回报。”

“自己种的花开了，觉得辛苦没白费，这可能与对自己的孩子似的，终于有了成就，没有白费力，有得意之感。”

母亲养的花，说来未必是什么名贵品种，但无不经过她的精心呵护，都是她的心血所系。看母亲谈论花，最能感到她晚年生活的充实了。

母亲的信和日记，就像是给她的那些花作“起居注”似的，对每一盆都记录得非常详尽，同时也写下一己的细微感受：

“我买过一棵小小的茉莉，来时是双瓣的，开完那些花，休整一段时间，变成单瓣的了，香味不那么浓，真是怪哉。”

“我曾有一小盆仙客来是紫色的，天热后叶子逐渐黄了，我都摘掉，我希望叶子别全黄了，那到冬天就完了。结果是又长出点小叶子，还开了一朵小小的花，真稀奇。但此花已变色，由紫变红了。只要它不死，开什么色的花都可以啊。”

“朋友送来的百合花香味腻人，我原来很喜欢这种花，花名又是Lily，与我的小名相同，但可怜水仙花开了多朵，香气却被压得一点闻不到了。屋里还是热，开不到春节了。”

“去年那盆颜色老气横秋的蝴蝶兰重新栽过，除了一盆以外，都长了新茎，有的上面已有花苞，不知开出花来颜色能鲜艳一些吗？”

“重栽的蝴蝶兰要开花，但还是原来那老气横秋的颜色。总之能开就好。”

“蝴蝶兰已全部开完，让阿姨挑好的重种了，共有四棵。开完的在盆里不拿出，久了叶子就干了，不能再种了。本来能重开花已属不易，没想到老气横秋的蝴蝶兰再种后能开五盆花，而且开的花多经久不败，很是意外，我也就稀罕它们了。”

母亲一再提到的“颜色老气横秋”的蝴蝶兰，现在家里已经不见它们的踪影了。

说来使我真正开始关注这些花的，并不是因为它们死了，或快要死了，而是它们仍然活着，而且竟然开花了。一种不屈不挠的生意，触动了我。最初是一盆中，忽然绽放了两朵灯笼似的小红花。第二天再看，仍开得很好。另外还有好些花骨朵儿，以后几天也陆续开了。我不知道它叫什么名字，拍下照片发给姐姐。她回信告诉我，“这是蟹爪莲，专门在圣诞节左右开花的。喜阳光，但不能曝晒以防叶片受伤。不喜太热，低温即可。等花期过，使之处于休息状态，不要给太多水，不干就行，要到第二年九、十月再加肥。你运气好，正逢圣诞节，我那盆已经开过，都养了十三年了。”

我记起岑参的《山房春事》："梁园日暮乱飞鸦，极目萧条三两家。庭树不知人去尽，春来还发旧时花。"正所谓人世沧桑，自然长久。然而，"庭树"自己能够活下去，盆花却是需要有人照管的，情况还是不大一样。我在给花浇水施肥时就想，真是草木无情啊，它们照旧长叶，开花，却不知道照管的早已换了别的人。它们不知道，曾经有个人对它们念兹在兹。

又记起元稹的《行宫》："寥落古行宫，宫花寂寞红。白头宫女在，闲坐说玄宗。"意思似乎高出岑参之上：一砖一瓦，一草一木，或许比人还重情意，而"寂寞"较之"寥落"牵挂更多，——所有这些都被敏感的诗人体会到了。

那么也可以说，母亲生前养的这些花，或许比她留下的其他遗物，包括她曾经居住过的这所房子，都更在苦苦期盼她重新归来罢。别的东西是"过去的岁月"，在那儿好好放着，引人怀旧；而这些花既是活着的遗物，又是容易丧失的遗物，是"现在的存在"，它们的荣枯生死，让我时时关心。它们好像透露了母亲——尽管她已不存在——生命的一点信息，尤其是长叶开花的时候。它们是曾经存在的生命所留下的生命，犹如在替代主人继续陪伴着我——这感受有点奇异，却令人神往。而我继续养护它们，又仿佛是在维持着什么，虽然那东西已经没有了。

母亲去世两年半后，正逢五月，阳台上蟹爪莲还在开着，红掌、仙人掌和君子兰也都开了。在母亲的信和日记中，都有关于它们的记载。如蟹爪莲：

“最让我兴奋的是毛毛在京时买的蟹爪莲又有很大花蕾，太好了。”

“蝴蝶兰还有三十五朵花，经久不败，君子兰叶子绿油油的，蟹爪莲快开花了（没有太阳晒，开得慢），紫叶兰也有花朵，一切欣欣向荣，给我巨大的鼓舞，我的健康要像这样就好了。”

“蟹爪莲开了白色带粉边的花，花朵还挺大，早知开花应该换个大盆，多点土就好了。”

“我还告诉毛毛，她买的蟹爪莲又盛开花朵，我特别开心，不能出外春游赏花，只好在家里欣赏了。”

又如红掌：

“我今天发现去年吴环送的红掌又有花蕾，真是不负有心人。”

“我把红掌拿出重栽，分了两盆。”

“阿姨来，把腊梅与郁金香等扔掉，把韩国蕙兰、蝴蝶兰（小朵的）和红掌放好，阳台上都摆满了花，非常气派与美观。”

“小刘建议我每天在客厅的阳台花盘中间坐坐，吸吸氧气。我由于摔了住院，也没给花上肥，居然看见蝴蝶兰的一盆中长了两个花苞，太稀奇了，无人管它们还能长花苞，真是对我太恩赐了。红掌还在开，小马送的菠萝花也还很鲜艳，文竹茂盛，攀到芦荟后都长到窗台上了。等我行动再自由些，我再用心栽培它们。”

又如仙人掌：

“你也许不记得我有一棵绿叶上有斑点的小棵，种在紫罗兰防晒霜的小瓶内，后来我拿到望京，将它移到一个一九九七年我从香港买的较大的花盆中，现在长出一长莛，莛尖上有好多小瓣，瓣是绿加杏红，是不是还能开花，或者这就是花，也搞不清，仙人掌类大概都能开花，只是花开得不同罢了。”

“有一棵仙人掌已开过两次花，如今又有花了。这种仙人掌之类的花是很特别的，开起来像麦穗，不过是红色的，我想经我细心也可以说苦心搬出搬进，争取多晒点太阳，也应该给我一些回报吧。”

还有君子兰：

“君子兰虽然长歪了，可是开了花，颜色鲜艳，还是第一次再开花，也赶在春节之际，还是很可喜的事。”

“我养的君子兰今年第一次开花，另两盆花都夹在叶中，浇了啤酒稍长，主要是没在叶子中间出花，叶子都把花蕾挡着，见不到阳光，所以长得很慢，谁知第二、三盆能否出花莛。”

母亲最后一个月的日记里写道：

“今年真可惜，君子兰没开花。”

现在开花的君子兰，正是那棵长歪了的；而原来的三盆之中另有一盆却已奄奄一息了。

母亲有一棵昙花，后来长得不太好了。把她的花搬来我处的时候，帮忙的朋友说这盆就不要了罢。我说这得留下，因为关于它的故事最多。当初我们住在城里就开始养了，每年都能开两三次，每次开花母亲都要我给它照相。现在照片都留着，可以看见背景里我家当时狭小破烂的样子。

母亲在给姐姐的信里，一再讲到这棵昙花：

"我的昙花开了，特大朵，香极了，开了阳台灯坐在藤椅上欣赏。可惜只是一现。"

"晚上看了两部电影共四小时，中间去阳台看看昙花，三朵花又大，又奇香。等戴大洪来有力气换大盆，现在追太阳长得高高的，如加肥料，可能还会长花蕾。看完电影再欣赏花，已十二时多，方方又送我回自己的房子。"

"我的昙花今晚又要开了，可我晚上都得到自己的房子，只能看看就走，我已泡了一枝，如有根，在我那边也种一盆，不过要好几年才能开花呢。……昨天也因为看开的昙花（满屋的昙香味），又因为十点多钟突然雷雨交加（像似夏天的雷闪），把我楼下外面街上的小吃摊全部浇乱，我赶快关窗，雨还真大，为此我们只好在方方那里看一部黑泽明拍的片子《野狗》[『野良犬』]，还真不错，是大师到底不一样。电影看完，昙花也看了开得最盛的时候，雨停了，方方送我回家。"

"晚上昙花开了一朵，我们晚上吃了油菜面条，看了电视，又一块回到方方那里，一开门昙香味扑鼻，昙花怒放，太漂亮了，我真舍不得睡觉。于是方方去我的房子，我住在他的床上，又洗了澡，磨磨蹭蹭还是得睡觉，可昙香味使我难以入睡。”

“我十点去了方方那里，把昙花盆内的土慢慢刨出，根须都长到盆边与盆底眼外，非常费力，后来让方方帮忙，居然把高大的昙花拔出，放入大花盆中，加昙花肥及土，又修剪了一下，把剪下的又插入盆中。再收拾别的花盆，扫、擦地，汗都从脸上流下，衣服也湿了，用力大了。”

后来把昙花移到母亲那里，每年它继续开放：

“一朵昙花盛开，几间房间都闻到了那奇香，也影响睡眠。我看一会书就起来看看它，太美丽了，有饭碗那么大，略带微微的绿色，等开大了就全白色了。只有我一人欣赏，略嫌孤单。这棵昙花是我重新培植的，原来的长得太高了，昨天移移地方，把大盆移向阳台靠有阳光处，昙花喜欢晒，没有阳光长不好。”

“看完碟，就是那部得奥斯卡外语片奖的电影《黑帮暴徒》[*Tsotsi*，加文·胡德导演]，真好，非常感人，所以就睡了。结果错过两朵昙花的开放，早起一看已败了，很懊丧。等了好几天，结果没看到，真有点对不起花的感觉，只好再等有花蕾时。其实头几天我突然发现已出很长的花蕾，是在意料之外的，没看到，也同样是意料之外了。”

这是母亲生病的前一年，以后昙花再未开过，大概她没有精力好好伺弄了。现在我也只能做到勉强维持这棵昙花继续活着而已。

母亲留下的花里，有两盆绿萝。今年初我忽然发现，其中一盆整个蔫了。我把花盆搬开，看见底下的套盆里积着不少水。我曾见母亲的日记写道，“植物好看，需要精心照料。照料也是要有度，过分浇水，反而烂根。”没准我就是犯了这个错儿。好歹剪下几枝末梢，泡在瓶中。慢慢有几枝长出根须，我重新给种回那个盆里。其中有三枝活了，但现在长的不过二十厘米，短的才十厘米，不知还要多长时间，才能长成原来的样子。

这棵绿萝，也曾在母亲的日记中屡次出现：

“我的花草经过一冻罩着塑料袋，一般都活过严冬，就是绿萝叶子掉得太多，我都修整了，把无叶长长的藤都剪掉，重新栽种了。”

“上午没什么事，就让阿姨把绿萝都放下，把黄茎去掉，剪下不少好的叶子，我插入花瓶泡上，希望能发出芽生根，再栽上。前几天陆续有黄叶，是因为土太少了，根都露出，浇的水也不够。早就应该整理，不会去掉那么多的茎和叶，太可惜了。实在我的身体不好，体力不够，要整理盘绕这么多的绿萝，是不可能的。今天整理了一下，加上不少土和浇透了水，希望能长得好。这盆绿萝是我喜爱的植物之一。”

“我又弄弄绿萝，那天很冒进，不该弄下那么多的茎，可能应该盘在盆中，如今恹恹的可怜相，我把它毁了，痛惜不已。”

“奇怪，经久不败的蝴蝶兰，又像每枝都长了小花蕾，不知确否，得观看一阵，如是就为了安慰我对绿萝的欠考虑栽种吗？是天意吗？方方看了我的日记知道我的懊丧心情，说再给我买一棵。这绿萝还是多年前我从贤慧家摘了两枝扦活的，后来她那棵不行了，我又扦活给她，是从香港移植来的，长得快，但扦活不易。还好，盆中还有活的，我耐心等待。”

“绿萝慢慢长得好起来，现在都是‘年轻’的绿萝了，粉色蟹爪莲盛开，橙色的休息，我上了点肥给它，每天都在为家中的植物尽点心，盼望长势好。”

“让小刘把毛毛栽的绿萝无根的取出，有叶子的都插在水瓶中生根，再重栽进，以免全棵都死了。我喜欢这绿萝，大叶有花纹。”

我想起家里当初有一棵文竹，与这棵绿萝的情形相仿。母亲曾给姐姐写信谈及此事：

“两三天没去方方那里，文竹又有黄叶，给它移到窗前原来的位置，不知好一点吗？”

“方方说文竹还不好，都怪他。我就焦急了，这是东东的植物，二十多年来代代相传，从一小盆到今天一大盆，我总认为它是东东的生命象征。夜里做梦，一直哭喊说‘你不能死啊’，做了一夜这样的梦。我太惦记它了，它对我是多么至关重要。”

“方方过来说文竹不好，还是黄。都是我大意了，我应早点把文竹搬出来，可以少泡几天水，就不会这样。方方也怪自己，水浇得太多了。现在正是当年东东遭遇打击的几天，是不是廿七年之后的重复象征呢？是我又一次大意，把东东买回的文竹断送在我的手中呢？还能给我们一个机会挽救文竹吗？我们把文竹倒出来，我把烂的须根去掉，又把干土和原来的湿土（有的就是泥了）拌了一拌，换了一盆又种上，谁知行吗？”

现在家里有一盆长得很茂盛的文竹，我不知道是原来那盆死了，重新买的；抑或就是从原来那盆中扦出来的。母亲对待哥哥留下的文竹的心情，和我现在对待她留下的绿萝的心情，是完全一样的。说来一盆花死了，重买一盆一模一样的很容易，但意义完全不同，所以才要尽量将它挽救过来。而一旦做到了，心情之欣幸又是难以形容的。

母亲最后一两月的日记里，多次提到她的花：

“在我阳台的小花园坐了一会，感到空气清新，可惜没有花香，只有草香，但也不错了。”

“还好，老气横秋的蝴蝶兰开了一朵，我不喜欢这颜色，像个老人似的，但它三年了还是依然对我回报，开朵花来安慰我，关心我。”

“我发现那盆巨大的芦荟中间长了一个大花蕾，还有蟹爪莲根上部开了一朵小花，红色的，蝴蝶兰也在开花。我心中顿时产生了生机，觉得还是活着好，花草给我回报，给我慰藉，虽然我伤了三个月也没能照顾它们，可它们仍然开花来安慰我，心中高兴，什么都明亮了。我赶紧给朱大姐打电话，芦荟是她送我的，当时只是小小一枝，现在已长大，而且可以说是巨大。她听了也替我高兴。”

“我让阿姨给花浇水，太干了。把那盆难看的长寿花拿到客厅阳台上去了，长寿花我好像养不好，当然也不会再买了。”

“蟹爪莲的花蕾被阿姨给浇下来，芦荟的花苞好像也瘦了。我以为自己无力来种植鲜花，只能摆假花了。当然我能坐轮椅出外，可在超市买点小盆花或插花。一辈子爱花，它们给我美丽的理想，我郁闷的心也会开放。”

“吃完饭我就扶着助步器走到阳台那里，看看外边，看看花草。芦荟的花要开了，其实它的花与原来那种带刺的芦荟的花相同，不过现在还看不出什么颜色。”

“小刘把我的蝴蝶兰绑了一条塑料绳，大概太紧了，一枝开满了花的枝条断了，现在插在土里不知能活吗？真可惜。还有两个大花蕾，这花开得经久不败。”

“又扶着助步器到大阳台，坐下，晒晒太阳，看看花。芦荟花开得简单挺拔，各种芦荟的花都是一样的。蝴蝶兰还不错，开着花，花朵还挺艳丽的。红掌又开了一朵花，这花还是前年小沙单位送的，能开花这么久，真高兴。阳光暖洋洋照着我的后背，很舒服。”

这些文字，最能让我感到母亲对于人世的依依不舍了。

莱太花卉市场过去是母亲最喜欢去的地方。有一次给姐姐写信说：

“进了鲜花厅，花香扑鼻，还是那种清馨的味，太好闻了。如住附近，经常来逛逛多好啊。我对于花的喜爱之心你是知道的，恨不得什么花都能买回家才好。”

她生病后还去过一次，那天有朋友接我们出去喝茶，母亲在日记里说：

“我们又打车去莱太花卉市场，这里我已许久没来了，记得上次还是和小袁一块来的。要不是体力之故，我还会在那里多逛逛，种类如此繁多的花卉，花香诱人。我买了一包花肥，方方给我买了五盆小花。”

其中之一是一盆网纹草。母亲看它叶脉清晰的样子，称之为“麻瓜子”。这盆草养起来说难不难，说容易也不容易：只要稍一缺水，就完全蔫倒；若是水分充足，茎叶都很挺，用手碰一下，像是接触女人刚烫过的头发那种感觉。一次大哥和我送母亲去医院，当天她的日记写道：

“回来我们才发现‘麻瓜子’忘了浇水，那么热的天气，太阳毒晒，叶子全蔫倒了，好像要死了似的，太心痛了。浇了多次水，还是如此，怎么办呢？”

过了一周，又说：

“‘麻瓜子’昨夜又让方方泡上水，浸了一夜，叶子又支楞起来。方方说这盆草不叫‘麻瓜子’，而应叫‘麻烦子’了，太麻烦，每日都要注意不能缺水，它应该养在那种有流水的放植物的池中，就好了。”

母亲和我都觉得，这盆草与她当时的身体情况很像——简直脆弱极了，需要特别呵护。母亲在家的最后两三个月里，最关注她的“麻瓜子”，大概认为它象征着自己的命运。母亲去世后的第二年八月，网纹草彻底枯死了。而前一年的这一天，正是母亲开始昏迷的时候。虽然我不相信灵异，但也不禁想：如果不送母亲去住院的话，她本来是否可以活到这个时候呢。

我看母亲的信和日记，感觉她一向最不放心的，就是她的花了：

“最近我特别感到累，坐骨神经疼，可又想出去走走，小花数盆，不知方方能照顾好吗？”

“我出去玩别的没有什么，只不放心我的那么多盆花，这是我的宝贝，我的精神寄托。”

“我今天又栽了一小盆草，我泡出来的根，我这边已有三十八盆花了。慢慢天暖了，可以把客厅的花草搬过来些到我卧室的阳台，愈来愈多。看看花，修理一下，上点肥，有回报的，这也是一乐。只是妨碍我出门旅游，舍不得这些花草啊。”

“我已整整一个月没去方方那边，看见树木是活着，但都没精神，叶子也有黄的，这也属不易，由方方浇水，维持不死状态。”

“我从你走后，这些年连北京都没出去，主要是不放心那些花，现在人家来都夸我养的花好，其实我为它们可牺牲不少，想想也不值得，是吗？”

“蕙兰快开败了，没有蝴蝶兰开的时间长，也不变色。我去年重栽的蝴蝶兰开了不少花，花多不小，我太高兴了。自己栽培出来的花更加使我心爱。不容易，我住院那么多日子，居然还活着，方方注意浇花。”

母亲去世后，当我开始留意她的花了，发现自己对它们几乎一无所知。我在网上下载了绿萝、红掌、紫鸭跖草等的栽培方法，另外有些我叫不出名字，则根本无从寻找资料。母亲留下的那些花好像比我更像孤儿。她曾给姐姐写信说：

“月季花开过后，你就要剪枝，这样容易开花。你从第三叉叶剪下（叶子、枯花剪掉点），插在土里，盖上玻璃瓶。经常浇水，又能繁殖。我去年插的月季，今年已开花了。”

母亲生前我应该跟她说而没有说的话很多，也许最应该说的一句就是：您教我养花罢。而当母亲的花长得很好，我又希望能告诉她——这多少类似于“告慰于 × × 在天之灵”——但是马上就想到这是虚妄，因为花长得好不好，已经与她没有任何关系。我对于死的最深切的感受，就是从此再也无从参与任何人间之事了。

母亲去世后，我在日本买了几幅肉笔画，画的都是花：高畠华宵的“卡特兰”，蕗谷虹儿的“蔷薇”，武者小路实笃的“君子兰”，末一幅有题词云：“花ありて人生楽し（有花的人生是快乐的）。”另外还买了一本『若冲画譜』（美乃美，一九七六年九月出版；限定一千二百部之二百五十六号），印的是伊藤若冲所画各种花，分春、夏、秋、冬四部，共九十九幅。

我想，这些应该都是母亲喜欢的。继而又想，我为什么不试着在她生前与她有更多的共同爱好，为什么不能爱好她的爱好呢。或许可以使她活着的时候少些寂寞。而我现在体会到的那种欠缺什么而又无法弥补的寂寞，大概是所有寂寞之上的寂寞罢。

日本名古屋市中心，有一座兰花园。我第一次去正逢闭馆日，几个月后第二次去，才如愿参观。温室内有珍奇兰花二百五十余种，布置得很精致，真可谓花的乐园，当然也是人的乐园，尤其是爱花的人的乐园。花是如此之美，说来我平生还是首次强烈地感到。我想我能够真正领会到母亲的感受了。

我的关于花的记忆，几乎都与母亲相关。小时候每年玉兰花开的时候，她总要带我们去中山公园，或颐和园——那里乐寿堂前有棵紫玉兰，据说很名贵。那时为看一树花，要用一整天时间。中山公园的唐花坞，也是常去的地方。母亲一九八三年的日记写道：

“我去了中山公园看牡丹，可惜已晚了几天，一半花都谢了，就像人老了一样，使我感到悲哀。又看了杜鹃花展，色彩之多，美丽之极，总希望多看几眼。”

每逢“五一”、“十一”，她都要去天安门广场看花。她在给姐姐的信中说：

“我坐公共汽车也能看到路边桃花开了，可我喜欢碧桃，颜色艳，还有连翘黄花，我院中也有，但我分不清迎春与连翘的分别。”

病重之后，日记中还说：

“街上许多花都开了，最喜欢的是海棠（可惜树不太小），铁杆海棠不美观，却种了好多棵，桃花粉红色，又开败了，深粉色的正在盛开，这也是喜爱的，还有白色的丁香怒放。只是种花的太没有园艺起码的水平，乱种一气，不成规模，太差了。不管怎么说，我也去户外赏花了。”

母亲一生中过的最后一个春节，不止一次提到，顺义有花展呢，但也没有去成。她去世后，我上网查看，有那时的一则消息：“顺义依托北京市唯一的专业花卉产业园区——北京国际鲜花港，二〇一〇年举办了春季郁金香花展，展示七十多个品种三百万株郁金香，成为本市规模最大、内容最丰富的郁金香花展。”

母亲曾在给姐姐的信中说：

“一个老人应该怎么才能做到较完美呢？”

这句话可以概括母亲的整个晚年。她又说：

“先抄下一段话，是芭芭拉·布什写的《我是一个幸运的女人》中的一句话，非常好：‘请享受生命，不要为过去的事或不存在的事哭泣，要尽量享受你现在的拥有。’好吗？”

“唉，哪里都有那么些不会好好生活的人，找事，自己不快，别人也不快。”

“你要敏捷，这样生命中活力就会保持永久，别以为不干事、懒是好事，好像有福气；还是充满了活力才是最幸福的。”

人的记忆其实根本不需要媒介，甚至不需要缘由；只要记忆者存在就行了。所谓遗物，与其说维系着记忆，不如说上面投注了记忆者的情感。如果情感逐渐淡薄乃至消亡，那么遗物也就与寻常东西没有什么区别了。

母亲的生活尚且完整地保存在我的记忆里，是一个完成了的东西。我作为生者，对此无法介入，不能增添，亦不能削减。即使明显感到它不够理想，有所欠缺，亦只得由其如此。

第三部分

# 在死者

回想起来，那一天正是“突如其来”，而我们事先毫无察觉。那天早晨，我陪母亲去宏泰市场外的早市买菜，她推着小推车，忽然摔倒了。我以为是偶然绊着，还说，怎么这么不小心呢。中午吃饭，我发现她的右手夹菜时动作稍有不便，但也没特别介意。此前一周，大哥一家来，为找个合适的饭馆，母亲和我们绕着小区外面走了很长的路，当时她精神、体力看起来都很好。再过一天，我发现母亲右手端杯子时有些抖动，水都洒出来了，感觉好像有问题，就问她是否去找大夫看看。她说没事，兴许是没睡好觉的缘故。

又过了三天，清早接到母亲的电话，说这回我可能真的生病了，陪我去医院罢。我们就到离家不远的望京医院——三年零九十八天后，母亲在这里去世——做了一个头部CT。CT室的医生要我第二天再去一趟，我知道坏了，当夜焦虑，不能安眠。第二天拿到报告：怀疑肿瘤脑转移。我希望是误诊；接着又去别家医院做核磁共振和其他检查，到底未能有此侥幸。

我想起从前读过的艾伯哈德·云格尔所著《死论》，母亲已经是书中讲的“在死者”了。

伊壁鸠鲁说：

“最可怕的灾难——死——与我们毫不相干。因为只要我们在，死就不在；只要死在，我们就不在。”

云格尔则根据海德格尔所说生是“趋于死的存在”提出：

“或许可以更正伊壁鸠鲁的话：死与我们相关。因为，只要我们存在，死就存在；如果我们未曾或不再存在，死也就不存在了。死依据生而活着。”

“在死”（Das Sterben，动名词，指死的过程）及“在死者”（Der Sterbende，dying）的概念即由此而来。从伊壁鸠鲁，则死在生之外；从云格尔，则死生合为一体。“在死”一说削弱了死的那种断然的残酷性——所谓“大限”；“在死”是说我们逐渐趋向于死。云格尔把“在死”推及人的一生，死是生的终结，也是“在死”的终结。

然而在我看来——我的想法恐怕缺少哲学意味——如果“在死”覆盖人生始终，“生者”即等于“在死者”，那么“在死”这概念也就没有什么意义了。

云格尔也说：

“意识到自己正在死去的人也许准备而且能够提供关于他与死亡近在咫尺的特殊信息。可是仅仅如此，他还根本不能提供关于死的信息。就生而言，虽然一个垂死者——也许！——比一个还不能称为‘在死者’的生者更接近死，但他还活着。作为一个快死的人，他固然在生者中间与生者有一段不可比拟的距离分割着，但在时间上临近死毕竟掩盖不了在死者与死者的区别远甚于他与生者的区别。生的结束不会比在死的结束来得更早，二者是同一的。由于死将无限的质的差异置于在死者与死者之间，所以，它永远造成了这一区别，并且取消了另一区别，因为只要我们在死中，我们还是活着。”

也许“在死”应该从他所说的“意识到自己正在死去”算起，虽然这种意识可能并不来自本人，而来自另外一个知情者。这也就意味着，当“在死”的过程短暂到可以忽略不计——譬如一下子死于某种意外——无论自己还是别人都来不及产生类似意识，可能就根本不存在“在死”这么回事。

无论如何，“在死”是不可逆转的。

“在死者”提供不了死的信息，他所提供的是“在死”的信息，而这与生的信息有所不同。相对于“在死者”的，或许可以叫作“未死者”，也就是云格尔说的“还不能称为‘在死者’的生者”。作为“在死者”和作为“未死者”，对于死的理解是不同的。我想起母亲在病危之后忽然叹息道，我怎么会得这么重的病。也许只有在“在死”的背景下，才能体会这看似平凡之极的话语的个中意味。

沃尔克·施隆多夫在《光·影·移动》一书里记录了罹患绝症的马克斯·弗里施的话："在文学作品里几乎没有关于死亡的内容。只有《李尔王》第一幕。歌德压根儿就什么都没写。"这里所指的是歌德的《马丽亚温泉哀歌》。弗里施又说，尽管"从来都没有人真正描写过，会有什么样的感受，这世界如何改变，不过我也不想这样做。也许这就是死亡的一部分"。

母亲在日记中写道：

"我在天坛医院刚住院不久，梦见我躺在地上，有人往我身上抛土，一铲又一铲，我拼命地翻身，把身上的脏土翻掉，我奋力爬起身来。突然我就醒了，精神大振，我就和护工小马说我要创造奇迹，我一定要创造奇迹，我要加强锻炼，活动我的右半边身体，使我能起来。其实那时我还不知道我因肺腺癌四期扩散到脑子里，才使我右半边身体不能动了，我得了瘫痪。"

母亲对我谈到她患癌症，叹口气说，中恶签了。又说，我以为我这样脾气的人不会得癌症的。她在日记中也写道：

"过去我总认为我是个开朗的人，有烦恼之事出外走走，化点钱就过去了，不会得癌症，没想到还是得了。"

"我总觉得自己做的是个噩梦，梦见我得了恶疾，而醒来这都是假的。我真是不相信我会得这种病，我一直想会不会是医院诊断错了，我老是想不通为什么。我这样的想法是骗自己呢，还是会让自己轻松一些呢？”

母亲的葬礼之后不久，我应邀到深圳一所学校讲演。讲完出来，有个中年女子等在门口，说我们是校友，想问你一句话。她比我低两届，分配到北京一家以神经外科为重点的三级甲等医院，多年前随丈夫迁居深圳，现在这所学校的小学部当校医。她问，我走这条路对么。我回答，当校医，顶多是学生摔折了手或脚需要送医院，责任也就这么大。在医院当医生的责任，有时关乎一个人的生死。如果不想承担那么大的责任，还是做校医好罢。我所说的责任未必是有人追究什么，可能仅仅是一种自我的心理承受。她很感谢地说，一直等着有人对我说这样的话，我也就放心了。

我讲这番话的时候，心里想着母亲的癌症确诊时已是晚期，以致我们束手无策；然而，可能曾经有过机会——此前整整两年，她做了一次肺部CT检查，发现左上肺有个结节；此前一年多，体检时验血，与癌症相关的CEA、CA125等指标异常。可是两次找的医生全都当着本来就自信健康的母亲的面断言她没有问题，其中一位还说了“百分之九十九点九九”的话。我本人是学医出身，所以对此更加无法释怀；但也正因为我学过医，才那么相信医生的话，何况又是相关领域权威人士说的。关于此事，我只能承认人生的理想状态是不存在的，有的只是偶尔的侥幸，更多的则是无可挽回的不幸。而当自己的亲人因此丧命，“不幸”二字也许未免显得过于轻描淡写了。

翻看我当年的日记，其中有两段记载：二〇〇六年七月十四日，“早晨去北大医院取母亲的化验单，结果堪忧”。次日，“傍晚陪母亲去华联商厦，送她一件衣服”。母亲在给姐姐的信中说：

“下午五点，我过去和方方碰头，一块步行去新开的大商场。我们从一楼逛到四楼，方方给我买了一件黑底彩花的短袖衬衫，其实也是针织的，又被售货员夸了一通，他化了一百六十七元，还是打的四折。”

母亲平时一直怪我有点吝啬，大概不明白我为什么给她买衣服。那天我总感觉就要失去母亲了，眼泪忍不住地往外涌。母亲在信中说：

“他被我的验血指标整个吓垮了，精神高度紧张，他本来就是个悲观主义者。……他的神经实在是脆弱得经不得一点事情，以后怎么得了。”

回过头来看这些文字，只觉得一切已尽归虚无，无法企及。

待到母亲的病情确诊，就进入不可逆转的“在死”了。我们所能做的，仅仅是尽量延缓这个过程而已。

周作人译劳斯著《希腊的神与英雄》一书中，讲过地阿女索斯（Dionysus，通译狄俄尼索斯）救母的故事：

“地阿女索斯已经在世上做完了他的工作，他想要去得他在阿棱坡斯的位置了，但是没有他母亲在一起他也不愿意去。她是一个凡人，她已经死了，现在她是在哈台斯的暗黑的家里，所以地阿女索斯决心下去，带她回来。可是他不认识那路，直到有一个知道路的人告诉了他。在勒耳那的沼地里有一个水池，假如你还没有忘记，那就是赫拉克莱斯和水蛇争斗的地方，这池是无底的，那里是往下界去的一条道路。

“地阿女索斯泅下水去，按时到了哈台斯的暗黑的家里。他请求他母亲的生命，哈台斯王向来不肯再放那些来到他这里的人回去，起初拒绝了，但是末了他也应允了地阿女索斯，只要他肯送来一个所最爱的来做交换，便是一命换一命。地阿女索斯答应了，带领了他的母亲再回到地上来，她从前在那里是那么幸福又是那么不幸的，于是到阿棱坡斯上去，他们参加了那不死的神们的社会。他不曾忘记对于哈台斯的他的约束。他在地上所最爱的有三种物事，即是葡萄树，薜荔和桃金娘树，所以他送给了哈台斯一棵桃金娘树，一命换一命。”

这里所反映的，当然是人类的一种愿望，——或者说，是人类通常实现不了的愿望。到哪里去寻找那棵可以赎命的桃金娘树呢。

随着母亲去世愈来愈久，在我的印象里，她最后的病与死的一应细节渐渐淡薄了，而此前与健康的她一起相处的各种情景却时时清晰地浮现出来。好像我逾越了障碍，又回到了当年那段日子似的。

然而每天我又感觉好像刚刚失去她似的。萦绕心中的，往往只是“妈妈不在了”这个念头。

母亲对我不大谈到她的病，只是最后情况恶化，手抖，呕吐，忽然说了一句，这回是要我的命了。母亲去世后，我看她在记了两年多的日记里，断断续续写过一些感受。

“我是一个喜欢自由的人，不希望人家管束我，可我老了，又病了，那么重的病，让我太无奈了。”

“脱发。身体右半边部分地方的肌肉发僵。乏力。气短（有时好）。对自己恢复健康失去信心，悲观起来，认为自己成为废物，一个没有用处的人还有什么意思。情绪的低落，肯定影响身体。回想起我经历多少苦难，才有了今天，我不应该消极，我不是一个有毅力的人吗？现在怎么啦，我不能自毁自己。孩子们对我那么关心和照顾，我不能让他们伤心，我要想开一些，目前不是比我住院时好吗？八十五岁的人了，要承认这个事实，恢复起来当然要慢了，着急有什么用。为了爱护我的人，达观起来，情绪正常，心情好，我能达到我的目的。”

“回忆自己的一生，闯过多少屈辱和病痛的难关，去年八月得了这致命的病，九死一生能到今天实在太不容易了，我不会被目前的病（其实我也不想打听太清楚）吓破胆的，我服进口药，我休养，维持我的生命，就像孩子们说的，他们需要我的存在。多少年前，我不是为了孩子们而活下去了吗？好了，糊涂点，不用什么事都那么追究，得过且过吧。好好享受目前的生活。”

“从医院回家后我不愿做一个什么都靠别人照顾的病人，我做到了，可以用筷子、写字、织毛衣、走路（可是，还不能恢复到没病那样），我努力了，我坚持了，我不能向命运低头。”

“毛毛来电谈谈，她多希望我能和方方一块去美国，哪怕住一个月也是好的，可我的体力，我每月要去易瑞沙办公室取药等等，我哪能出外啊。我现在处在维持阶段，不发展就是好的，维持、维持再维持，得了这病，我所有的计划都成泡影，只能老老实实安于现状了。我不是悲观，病把我闹成这个样子，我过去受了那么多苦，才舒心地生活没几年，就有了这个可怕的癌症，我还能怎样呢？命运对我又薄又不薄，我只有接受现实，不再幻想了。”

“今天是我的八十五岁生日，我因为得了恶疾，自己决定再不过生日了，我以后的日子由我去年住院以来算吧，这样我可以努力创造我的生命。”

“今天是我自去年得病以来一年，我自愿把这一年的度过作为我一岁了，我不知将来怎样？尽量往好处、远处想吧。我和方方决定订个蛋糕，庆祝一下，这一年的确不易度过。方方给我订了一个一百元的黑森林奶油蛋糕，还要他们做个生日快乐的小牌（可吃）和一根蜡烛。中午赵一虹开车，我们去了去年我生日请大家吃饭的香满楼，幸好是十一点半到的，不然座位也难有，点的半只烤鸭，炸丸子，糟溜鱼片，烧茄子。赵一虹提议去华贸中心那里的一家无印良品，新开张的。先在新光天地一、二、三层转转，又找到这家店，都是日本货，很不错，我看中一双鞋，方方想给我买，要三百五十元，但因皮色太浅，马上天就凉了，也穿不上几回了，放到明年，目前我的情况也不能想到那么久，明年再说吧。回来有点累，赶紧午睡，迎接他们到来。下午戊孙夫妇、小沙来了。大家都很爱送上楼来的蛋糕，小沙点燃了蜡烛，我吹熄了。”

“把柜中的衣服整理一格，找不到的衣服、裤子都在其中。我虽不能自己出外活动，每天仍然像要出门做客似的一套一套的衣服换着，这样提高我的心情。好心情才能自己健康起来，慢慢地每天增加一点活动，干一点事，增强体力。我实在病得太重了，把我原有的底气全都耗掉了，现在还得慢慢地恢复，年纪又老，恢复得真慢啊。也没办法，慢慢来吧。”

“望望满屋的花卉，满柜满台的玩具，都增加我生活的乐趣。还有那么多的书可看。当然也多少得顾及我的视力，延长我多看些书的能力。啊，要做的事还是很多的，给自己鼓励吧。”

“我又整理一下大屋梳妆台的抽屉，扔了一些不要的东西，尤其是剪的旅行社的广告和办去美国手续的介绍等等，这都是我病前的宏大计划，如今我病了，一切都成了泡影。我把这些东西扔掉，我也不再去想了，能维持如今这样，能出去吃饭，吃冷饮，喝咖啡，已经不错了。唉，过去不抓紧时机，也不是没旅费，也不是没时间，一直沉醉于家务，把光阴错过，如今恶疾缠身，还说什么呢。只能自我安慰，平反后我随学校多次旅行，这是多么幸福啊。我这人也就是有这么多的运气，知足吧。”

“去慈善总会易瑞沙办公室取药。我前面是一名四十多岁的男子，已是一千零二十一号，后面是五十多岁的女子，第一次来领这免费药。方方从花名册上看到一号姓刘，还健在，仍领药，也不知他吃了几年的药了，是不是小非说的有人已吃了六年的药了。六年大概就算‘长寿’了吧？”

“在医院，刘主任来查房。她说服易瑞沙有效果，还说当时英国发明后，有人还服了三十年呢。这比小非说的六年更长了。”

“上午我把二〇〇八年的两本日记放入一纸袋内，放进阳台大柜中了。去年一年中，我也没整理外面的大柜，集邮册只翻了一次，还有好多邮票该洗也没动，总以为自己的健康会愈来愈好，慢慢再弄吧。这次又做了伽马刀，连方方对我的来日都那么担忧，我该怎么办？还得鼓起勇气来，与恶疾作斗争才行，活一日就要这一日内有所作为，看书，看碟，织毛衣等等，就连记日记也算有所作为吧。希望之火不能轻易就灭了吧。”

“其实我得病后对一切都没有意思了，什么想法要求都不可能了，过一天是一天，我在强挺着罢了，一切都是过来人之感。”

“下午终于把口袋做好，几个月才把一个乱线织的口袋完成，真费了不少时间。我反正也没有事，就为了消磨时间罢了。等毛毛回来看看，不就是为了留作纪念吗？……回忆回忆过去，也许还给我一些安慰与悲伤，好似平静的水起点波动。”

“宜家又寄来样本，要是我没病，宜家又离我住处这么近，我一定会常去看，有什么可用之物购回，严寒的冬天我更无法外出，有时真感到气闷之极。”

“我得去买个轮椅，小沙已经给我看过，我虽不知能用多少日子，但我还是想买个好的，我坐着舒服，推我的人也方便。”

“我的病把我的行动给困住了，我的意志和要求也都无从实现了，一切听别人的指挥安排，我多么郁闷，也只能多少在日记中写写，稍为散解点，但又有什么用呢？”

“《新京报》要从下半年订到明年年底，可以打八折。我说‘明年年底啊’，心中想那么遥远。方方听了很不舒服，对我说‘您说什么’，好像我太无望了。其实自病后，我是极力鼓励自己，我是在与它作斗争呢。”

“我想再办一个老年证。其实我也不能坐公交车，也没机会去公园，为什么要办呢？这也是我的愿望，如能再去公园走走，或坐轮椅回忆一下过去我去过的公园的情景，可能是空想吧。”

“在不到两年前，那时我自己想去哪都能去，可以乘公共汽车，倒车也不在乎上下，而今一切都要求人，那么短的时间我竟会到了如此凄惨的地步，我对自己很生气，我为什么会这样呢？经过那么漫长的苦难生活，才有多少好日子过，而上苍又来折磨我，弄得走不了多少路，而且左腿轻，右腿重，走得也不稳，我太悲惨了，苦啊。”

“今天是母亲节，方方想送我礼物作为庆贺，他问我要什么，我回答他说我要健康。健康对我是最重要的，也是最急需的。……我看健康是第一位，大家所最珍重的了。”

“去肿瘤医院等着做骨扫描。我看到一位病人注射完针后，反应过大，推进急救室抢救，而扫描室中的大夫根本不过问，我想这些在肿瘤医院工作的医护人员对我们这些癌症患者没有什么感情，就像得了此病的人已被判了死刑，反正是那么回事了。正像我校医院管报销的人说的‘得了这病，又这么大的年纪，还治什么’。都是抱着放弃的观念。他们不知道人都有要活下去的愿望。”

“饭后我在客厅中来回走了走，我自己还洗了我换下的黑丝短袖上衣，又投了两条因洗头湿了的毛巾。我自己能干一点事，就对自己多一点信心。报上我看到多是与我的病有关的不好的消息，多少对我是一种压力，我要顶住，不让这些坏消息影响我的情绪。”

“我今天穿了一件在沃尔玛买的灰蓝色的T恤，这是我病后坐轮椅第二次自己买件衣服，感觉很好。……我只是心里得到好的感觉罢了，给自己安慰，我还能买衣服。”

“毛毛来电话，聊了一会，我告诉她我昨天把洗干的邮票放入邮册里，有些普票都配上了，很高兴。是的，我有那么多我喜爱的玩具、摆设、衣服等等，我每当看见这些物品，都有一种深深的怜惜之情。我要挣扎，我要坚持，能与我所爱的人和物多处一些时间，这是我的愿望。”

“张次英来电话，告诉我人大‘走’了几位，其中一位是因夫妻吵架跳楼自杀身亡的，学校还发讣告说了好多赞语。身患重病的人千方百计要活下来，而健康的人却不想活了，实在想不通。”

“让阿姨推我去宏泰市场。出外一趟，心情舒畅，觉得自己还行，增加了自信心，我能自己出外，选择买菜，说明我还有用，我能挑选自己或他人喜欢的菜，活下去的信心就增加了。我得的恶疾，如果没有信心，没有坚持不倒的决心，又如何能够度日呢？我有多少美好的回忆，又有多少的遗憾，人活在世上可能就是这样吧。”

“我和毛毛说现在虽然这样，还有心意想买衣服。自我病后，我认为自己穿不了多长时间，有的都送人了，现在还能穿时，又感到缺了。真有心还想买点，可没能力出外挑选。想想从小我就喜欢穿，而且有自己的选择，活到八十六岁，也不知穿了多少件衣服，而且穿时受到人家的赞赏，我的衣服太多了。可到如今的情况，还在出外时注意别人的衣裳，还有心想买衣服，是很奇怪吧。我和毛毛谈了，她认为这是好的心情，会给我留心，买后给我寄来，有一段时间我拒绝她，别再给我添衣服了，人的心情时有变化，奇怪吧。”

“和毛毛谈了，不知还有什么药能降 CEA 指标，她也没法子帮我。唉，想开点，世上有多少名人伟人，他们条件多好，不是也无法挽留生命吗？何况我乎？不要去想它了。”

“我又帮方方整理行装，帮他包送人的书籍，等等，一切停当，他认为带老干部处送我的包好，方便，夏天衣服穿得单薄，有这个包较方便。让此包代我去香港一游吧。”

“方方从上海来电话，他去看了达利的三百多张画，记得我曾经还和他一块去美术馆看过达利的画呢，那时我行动多自由啊。真是往事不堪回首了。”

“我现在总是抱着活一天算一天的态度，完全好是不可能，只要不坏，维持现状，这已是很不容易的了，所以对什么事都不做长远打算，没病时的理想等等，全不再幻想了。保持平静的心态，有时都难做到。”

“毛毛给我买了短袖的衣服也是碰巧，我说能做那么长的打算吗？她说当然。那好吧，我就尽量坚持着，精神不能倒。”

“过去父亲最反对服安眠药，我一直入睡特难，经常失眠，都是挺住，坚决不吃药。如今我已得了癌症，就无所谓了，能睡好觉了，对健康好一些就成，有了精神，人就好了。”

“中秋节。又去了渔阳饭店对面香满楼烤鸭店，因为去得早还有空位，我们坐在外加廊内，我喜欢他们的纸帘子，比家中的竹帘好看多了，拉线是金属的链子，纸是白的带本色的花纹。我要不是得了癌症，不论我年纪多大，我也会让人把家里的竹帘去掉，换成时尚的帘子。装修愈来愈好，现在我这种情况就算了，不必太折腾了，大有得过且过的样子。”

“将来我走了，方方怎么办？我知道别的孩子当我走了，不会像他那样在意我，因为他们都有家庭，就是毛毛在大洋彼岸多年，自己也能照顾自己，就是方方我最不放心了，他会受不了这个打击的，这也是我坚强活下去的动力。”

“记得生毛毛之后把钮伯伯（姑母）接来帮我照看毛毛，每逢我下班回家，见她在桌上柜上放满了各色的瓶瓶罐罐，我就不舒服。她说她老了，什么东西都放在柜里，拿一样就要弯腰，很费力，不如都放在外面，用什么都方便。我很不以为然，都摆在外面屋子多乱啊，可我没办法。现在我可体会到拿一样要弯腰，或要登凳子爬上面去拿的困难，虽然她那时也就四五十岁，我现在有病又八十几了。人老了，一切都马虎，睁一眼闭一眼，得过且过，但心里还是喜欢整洁的。”

“十月又要过去了，天也要转寒，在这没有暖气的阶段是较难熬的，如果没病，可以去南方旅游躲过，可现在一切都成画饼，我能维持现状已是不错了，别的都别瞎想了。”

“看完了报纸，眼睛还是不太好，眼睛不好，看多了头就疼，人的身体哪一部分都不能出问题，各司其事，缺一不成，人的身体是一整体，要爱惜每一部分。眼睛的视力下降，是我最大的苦恼，我喜欢静，我可以看报看书解闷，眼睛不好，这点乐趣也没有了，真是很伤心的事。”

“在做 CT 之前，我对儿子们说如果这次有毛病，我也不治了，我不想活了。这话使两个儿子大吃一惊，他们都劝我要坚持下去。真的我太累了。我的双眼视力减退，点药不好。没有了视力，我不能看报看书，那还有什么意思啊。我为了视力只好去治病，我不能泄气，还要坚强起来。大家都称赞我的毅力，而随着烦事愈来愈多，我的毅力泄气了，我还要费多大的劲才能鼓起勇气来呢？磨难太多了，我支持不住了，我辜负大家对我的赞美和鼓励，坚持下去太难了，我感到孤立无援。”

“二〇〇七年九月——二〇〇八年十二月——二〇〇九年五月——二〇一〇年一月，这是我四次做伽马刀的时间，都是肺癌转移至脑部的病变。这次脑水肿得厉害，术后三天去卫生站输液之外，又吃了不少去水肿的药，等过春节去复查 CT，脑内是不是还有别的。从二〇〇七年十月吃易瑞沙到如今，还是没有管住病魔。”

“我做伽马刀脑子不好使了，看书费力，眼睛又不好，看了书好像进不入脑似的，脑子一片空白。可能过些时候可以正常，我这些天只是东看看，西看看，看一会就看不下去了。”

“活下去那么难，不活又怎样……”

“我当初身体好时，什么都能自己干，我根本就没想过我有病、我老了怎么办，好像自己永远能自己干，还能照顾别人似的，好多的想法如何如何，现在一切都成了泡影。”

“明天要去天坛医院检查脑部做了伽马刀，效果如何，有什么变化。不去想它了，好与坏对我也无所谓了，我能在二〇〇八、二〇〇九、二〇一〇过了三个春节，这不已经赚了三年，我患如此重的癌症又能如何呢？不去想它，随遇而安，一切放开，无所谓了。活着就是给孩子们添麻烦，但他们还是需要妈妈在的。”

“昨晚我躺在床上想想，不要再紧张检查如何，好的情况最好，不好也无所谓，我什么都经历过了，我的人生那么丰富，酸甜苦辣都经历过了，就是不好又有什么呢？我泰然处之。”

“行动不便，又得了癌症，真是活一天是一天，我已没有什么理想，想出外，想干什么事，都不想了。只要伤腿不疼，坏脚趾不疼、快好，眼睛不发炎、能看书看报，就一切满意知足，要求非常低，也真正从心里承认自己是个衰老的病人了。”

“真的，我不是悲观，我是活够了，有病的人事太多了，太麻烦，而且我这个病又不会痊愈，只是拖日子，为活命那么辛苦，又何必呢？人活着就要幸福、愉快，有很高的生命质量，才有价值。我很矛盾，当年我受到那么多的艰难，我都能以

‘软性’来扛着，难道现在我病了就不能扛住，让生命延长一天是一天啦？我内心刚强，永不认输，可一个一个的烦恼、困难来临，我要扛住，需要多大的毅力啊。”

“我已看开，能解脱大家都省事了，能活一天是一天，随天意吧。我也没有什么感到欠缺，也没有什么留恋，一切随意吧。毛毛听了我的话，当然希望我能活下去，人家都说我不错了，更有人以我为榜样，坚强有毅力。哈哈，我还得给人做榜样呢，很可笑。”

“我很看淡了我的健康，就这样耗日子。”

“我自觉我的情况不是日渐好转，好像还在退步。我愈心焦愈不行。左手有些发抖、无力，我拼命振作，可也不行，心情负担重，可能影响神经。我希望正常天气快到。儿子们怀疑我不能做核磁，CT 看不清，脑中是否又有扩散。我真担心病况不好，说是无所谓，但还是健康好点，省得受罪。”

“小袁和毛毛今天来电话，我说我快不行了。她们都说别说，要坚持，我原是楷模，过些日子就好了。大家都安慰我，说我虽几天没好好吃饭，但气色还挺好，有本钱。”

“没有什么可记的，人不舒服，除了着急不安，祈求快点恢复体力之外，还能想什么呢？”

人活在世界上，需要有一块立足之地。平常或许不觉得，往往突然就面临这个问题了。而到了此时，差不多已经无可凭恃。母亲患病以后，就在不断地退让，退让，终于退无可退，甚至欲以活着本身为立足之地，亦不可得了。

再说一遍，我的母亲是个普通人，无论关于生，还是死，她都是一个普通人的想法，一个普通人的态度，并没有什么超人之处。

母亲患病前，曾经一再提起将来老了打算住进老年公寓。她给姐姐写信说：

“我看老了，不能自理了，只能去老年公寓，希望老年公寓愈办愈好。”

“老年公寓可能是最佳选择了，当然能晚去一年是一年。”

她患了绝症，这想法自然也就作罢。然而她每个月去中华慈善总会领易瑞沙，恰恰是在一所老年公寓里，似乎是命运故意对人的一种嘲弄。母亲在日记中写道：

“等着发药的时候，有一位住那里老年公寓的老者谈到那里的房价，饭菜，大概一间正房（二十平米）两张床，每月三千元，有人给打扫，可以在食堂吃饭，价也不贵，各种福利设施如医务室、图书馆等等，一切都具备，很方便。本来这是我的理想。”

周作人在《〈艺术与生活〉自序》中说：

“我如有一点对于人生之爱好，那即是她的永远的流转；到得一个人官能迟钝，希望‘打住’的时候，大悲的‘死’就来救他脱离此苦，这又是我所有对于死的一点好感。”

这涉及一个问题：就是一个人究竟活到什么时候算恰到好处。假如人的各种官能如视觉、听觉、思维能力、行动能力等各自有其生命，那么总的生命应该先于它们还是后于它们结束。母亲曾告诉姐姐：

“我很怕老年痴呆，多少人都不明白我为什么那么坚持写信给你，而且手写，我就是为了别把字都忘了，熟能记着，我希望我能自理的日子愈久愈好。”

但是，母亲好像还没有经过生老病死的“老”——虽然她已年过八旬，可大家都说她年轻，像六十岁的人——就突然进入短暂的“病”和永远的“死”了。

母亲去世后，我总共出国十来趟，每次背的都是她的印着“中国人民大学老干部处”的蓝色帆布挎包。那个包的确适用，但我也记着母亲说过的“让此包代我去旅行”的话。

母亲以第一次住院的日子作为自己的“生日”起因于我告

诉她，在周作人的《苦茶庵打油诗》中读到，“大家知道和尚有所谓僧腊者，便是受戒出家的日子起，计算他做和尚的年岁，在家时期的一部分抛去不计，假如在二十一岁时出家，到了五十岁则称曰僧腊三十。”

这样的“生日”，母亲一共只过了两次。待到第三个“生日”，她已经在医院里陷入了昏迷。

母亲去世那年四月住院时问我，能活到六月么，——她是期待活到整整八十七岁；出院回家后又问，能活到八月么，——她是期待活到自己仿“僧腊”算法的“三岁”。我知道母亲是希望自己的一生有个完整的结局。

后来我读《漂逝的纸偶》，颇有感触。此书讲的是当知道自己或身边的人只有最后一年生命了，如何设法使这个我或他安详、温馨、充分、留下最少遗憾地度过这段时光。一年之于一生未免太短，但做到这一点却未必不够。而归根到底，弥补死者人生的遗憾，也就是弥补生者人生的遗憾。此亦先有实例：中江兆民被医生查出癌症，并告诉他只有一年半的生命，他遂凭意志与毅力写下自己最后的思考《一年有半》及姊妹篇《续一年有半》。这两本书我早就读过，当时却没有想到。母亲的“在死”过程比《漂逝的纸偶》讲得要长，但是回过头来看，那期间我们却只顾着她周而复始的各项检查与治疗了，根本没来得及在让她的一生稍许完满一点上做些什么。

举个例子，我很后悔没有陪母亲出外旅游一趟。倘若实现了，多少也算是安排了一个“高潮”，结果她却是赍志而终。倒是曾经多所拟议，但总是担心出现什么意外，危及她好不容易维持的现状；其实以她的病情，根本就不可能维持现状。那时假如果断出门，也就去了；不去，就再也没有机会。人生就是这样。

事到如今，一切都成为我徒劳的空想，成为一种自我折磨了。

当然，要想实现《漂逝的纸偶》所写的，首要的一点是包括病人自己在内的所有人都冷静而客观地直面现实。我承认，我做不到。关于母亲的病情，甚至直到她去世，我也没有把真实状况告诉她。所以她才在日记里将自己的病称为“痼疾”，还多次提到“恢复”。我无法面对母亲的真实病情，我知道她同样无法面对，我更无法与她一起面对。有些事情，共同面对较之分别面对，需要更大的勇气。我真的很难在我们两人之间扮演一个更坚强者。

顺便一谈“孝”这个现在似乎已成珍稀的中国古老的传统。按《论语》中孔子所谓“孝”，原含父母生前与死后两部分，单以前者而论，下列说法颇可留意：

“子夏曰：‘贤贤易色，事父母能竭其力，事君能致其身，与朋友交言而有信。虽曰未学，吾必谓之学矣。’”（《学而》）

“孟懿子问孝。子曰：‘无违。’樊迟御，子告之曰：‘孟孙问孝于我，我对曰无违。’樊迟曰：‘何谓也？’子曰：‘生，事之以礼；死，葬之以礼，祭之以礼。’”（《为政》）

“孟武伯问孝。子曰：‘父母唯其疾之忧。’”（《为政》）

“子游问孝。子曰：‘今之孝者，是谓能养。至于犬马，皆能有养；不敬，何以别乎？’”（《为政》）

“子夏问孝。子曰：‘色难。有事弟子服其劳，有酒食先生馔，曾是以为孝乎？’”（《为政》）

“子曰：‘事父母几谏，见志不从，又敬不违，劳而不怨。’”（《里仁》）

“子曰：‘父母在，不远游。游必有方。’”（《里仁》）

“子曰：‘父母之年，不可不知也。一则以喜，一则以惧。’”（《里仁》）

又《檀弓》云：

“子路曰：‘伤哉贫也，生无以为养，死无以为礼也。’孔子曰：‘啜菽饮水，尽其欢，斯之谓孝；敛手足形，还葬而无椁，称其财，斯之谓礼。’”

综合起来看，就是尽量使父母活得健康，愉快，有尊严，能够如其所愿。止于“送终”，尚不能称“孝”。

米洛拉德·帕维奇著《哈扎尔辞典》中写道：

“她内心深处在认真思考这样一个问题：我生命中的片刻时

间正在消亡，就像飞虫被鱼吞食一样。”

在我的印象中，母亲一直也有着类似强烈的时间焦虑。常听她感叹，又过了一天，又过了一个月，一年又过去了几分之一。从前她给姐姐写信说：

“方方对我说：‘你为什么着急？’是的，我真想把时间的飞轮拉住才好。”

“到了我这年龄才真正认识到光阴是如此急迫啊。”

“我活在我的精神世界里，平平和和愉愉快快地活着，这可以长寿吧？”

母亲特别期望能够活得长久。她有一位亲戚，活到一百零二岁，我想母亲大概暗暗以此作为楷模。待到知道自己患了绝症，她失望地对我说，嗐，还想什么呢。她几次因住院不能看书、看碟时，都惋惜地表示，这下耽误时间了。

母亲去世后，有一次亲戚聚会，两位与她同辈的老人彼此交流养生之道，并以“争取（活）过百”相互勉励。我在一旁默默听着，想起母亲，感觉特别凄切。她曾经有过的类似愿望，简直清晰可见，何其实在，然而又何其虚无。——我真的明白常说的“无源之水，无本之木”是怎么一回事了。

过去，在表达自己的时间焦虑之后，母亲每每要跟着说一句，好日子来得太晚了，或者，好日子太少了。

母亲在给姐姐的信中说：

“我如今爱做这样的梦：我要回家或去哪里，总要经过走不通的巷道，或高坡，或低坎，曲曲折折的小径，总走不通，或者一下子惊醒了。道路是那么的艰难。……隔三差五就是类似的梦，醒来就无法再入睡了。”

这个梦象征了母亲的一生。母亲有过她的“传奇”。她一生至少三分之一——而且是中间三分之一——几乎都是痛苦和屈辱的经历。这段“传奇”正是中国那个时代最常见的症候：始于“抛弃家庭，投身革命”，归为“平反昭雪，落实政策”。但是一个人生命中的最好时光也就因此糟蹋掉了，如母亲自己所说就是“正当年时都白白受罪过去了”。她在日记里写道：

“廿五年的屈辱，真是改变了我的个性，成为一个随意让人捏着的人，没有表示自己意见的权利，廿五年是够长的了，如一个人能活到一百岁，也是四分之一了，多可怕啊。”

她的众多同辈人的经历，说来大同小异。

母亲给姐姐写信说：

“去年底小舅夫妇来，饭后我们聊天，他们对方方说，你怎么不将你妈妈的事写写呢？这也是多位朋友的意见。”

然而时至今日，我仍然无意记述母亲一生的经历。尽管其中有些内容，涉及我自己的亲身体验。举个例子，母亲写道：

“一夜大雪，早上醒来向窗外望去，一片洁白，也降温了。

据报上说，一百六十年来今年雪最大，过去有一九六八年也是大雪。这勾起我的回忆。那时我每天在最严寒的时光被派去扫街作为‘改造’，尤其是下雪天，更是随时要到街上去扫雪，那雪经人一踏钉在地上，可难除干净了。我得了肺脓疡，在大雪天，你从西颂年推着我去协和医院打针，那么重的病，却不收我住院。当时的凄惨景象还历历在目。”

那时我上小学，每天早晨和同学一起到学校，就从弯腰屈背，身穿破旧衣衫，手持扫帚的母亲身边经过。我们的目光从未交汇，可以说是形同陌路。直到母亲去世，彼此也没有提起过这件事，以及当年许多类似的事。

也许将来有一天我会详细记述这一切，也许根本不讲了。我现在所要写的，并不是母亲的传记。

母亲生活在这样一个年代：要在“大同”中分辨出“小异”，每个人的经历才有价值，才有意义；然而离开“大同”来谈“小异”，“小异”也就没有价值，没有意义。所以如果记述她的经历，恐怕要花费太多笔墨。另一方面，就像我说过的，归根结底，“死”的所有后果，是由这个即将死去的人承担；“生”的所有后果，也是由这个正在生存的人承担。母亲写道：

“我曾说过毛衣织错花样，可以拆了重织，人生可不行，错了就是错了，要尝尽无尽的苦，永世无法补偿，这个债已铭刻在心中了，伤痕无法平复。”

在母亲那一代人大同小异的不幸经历中，最可悲的是，除自己之外，无法找到一个可以完全向其卸责的人。

我只想说，母亲的晚年生活，有着这样一个背景。

母亲去世后，大哥告诉我一件过去我不知道的事："文革"中，母亲曾对他说，这回我实在说不清了，不想活了。大哥说，您要是不活了，不就更说不清了么。我想起母亲晚年一再对有人自杀表示不能理解，并不只是出于简单的重生心理而已。她给姐姐写信说：

"要不是我为了验证我晚年是否生活得好，如那算命的所说，我的前半生没听他的话，就等着老了是不是生活能好，我早就不活了。这么艰难屈辱地活着，不是一个有骨气的人所能承受的。"

"我要是自己不能解脱早不活了，那时坚持活下来还是对了，不然能有今天的生活？"

母亲所谓"好日子"，当然也是时代使然；虽然从历史的角度看，无非只是由负的方向归零而已。

对于母亲来说，生存本身就是对于过去境遇的反抗。能够活下来已经是幸运了；争取把剩下的日子活得好一点，则是多少要赋予自己的一生以某种价值，某种意义。

母亲在日记中说：

"平反之后我站起来，过我自己认为想过的生活，从一九八一年到二〇〇五年；之后命运再一次来摧残我，开始时我不知道，直到二〇〇七年的秋天才知道自己得了癌症。我还是在坚持，每次和别人聊天、通电话，我都是乐呵呵的，我还是在与身上的疾病作斗争，多活一天是一天，至少我要让那些狠整我的人看看，我没有服输。”

母亲生病后的两年多，看了那么多书，那么多碟，尽力保持生活情趣和生活质量，维持这个家的存在，等等，都是在继续赋予生以价值，以意义。直到病情恶化前夕她还说：

“我只有二十年生活得很高兴，是否太短了呢？他们害我过了二十五年非人的生活，我想能多过一些舒适的生活。”

人对自己未来的生总是有所期待，而死往往是在此种期待未及完成时即予以中止。母亲最后面对疾病、面对死亡的无助，正如当年她面对政治一样；她的一生，总是这样。

母亲在写给姐姐的信中说：

“我好像来到这世上还没有多少时间，可已进入耄耋之年了。我的一生是不平凡的一生，甜酸苦辣全都经历了。想想命运对我还算不薄，恩重如山的父母给了我美好的一切。生活在津中里时，那么多的人家，有哪个女孩像我那样享受，才十一岁还不到，就随父母周游了香港，新加坡、锡兰、印度（孟买）、埃及、意大利、瑞士、法国、荷兰、比利时、德国、英国、美国（包括檀香山），要不是反日的情绪高涨，我们就踏上日本本土了。这种机会可能十万人里才有一个，见识广阔，有谁有我那么好的福气。可我小时候很少哈哈大笑，老是有一种孤寂感，也就是多愁善感，同情穷人，我奶奶说我有菩萨的心肠。在‘文革’期间每逢假日，街道上把我关在革委会小屋里，地上铺上草垫子，和一些被管制的人睡在一起，白天学习，不让回家。那些是什么人呢？都是些为生活所迫的人，他们都是很贫苦的劳动者。我在里面是那么特殊，他们都说我是吃得太饱撑的，有好日子不过，没人同情我，自作自受罢了。我其实是个不懂事的孩子，看了太多的童话，根本不了解世间的险恶，自以为是，胆子够大，瞎闯，遇事从不冷静分析。我只觉得家中限制了我的自由，我要到自由天地去飞翔。结果呢，上当受骗，全然不知，任性得要命，走了这么些曲折道路，把自己给毁了。我现在真正体会到我父母对我的失望了，养育孩子，都希望能成才，他们对我抱有很大的希望，我有很好的条件，可我不喜欢他们给我安排的道路。”

在母亲的葬礼上，有位长辈对我说，你妈妈当年是积极投身革命的。我很想直截了当地回答，她一生的磨难，也就由此开始了。这就像她自己对我形容过的“飞蛾扑火”。是否应该发生革命——即使名副其实——是一回事；作为个人，是否应该参与其中是另一回事。村上春树著《没有色彩的多崎作和他的巡礼之年》中说，“世界不可能那么简单就翻个底朝天的，翻个底朝天的是人自己。”这话用来描述革命最合适不过。母亲说：

“我的浪漫主义把自己害得那么惨。”

如果不与时代搅在一起，母亲一生都会活得好好的；她根本没有心计，也没有力量应对这个时代。

尼古拉·奥斯特洛夫斯基著《钢铁是怎样炼成的》，写法与意思均堪称拙劣，其中却有一点可取：冬妮亚与保尔分手，她多么聪明，又多么正确。无论于自己，于社会，都是如此。冬妮亚这个人物，既然其真实性从未受到质疑，那么也就意味着确实存在另一种选择。冬妮亚对保尔说：“我从来就不喜欢跟别人一个样子；要是你不便带我去，我就不去好了。”这被保尔视为“庸俗的个人主义”；然而个人主义是独立思想的前提，足以消弭一切群体盲动。在革命的喧嚣声中，冬妮亚在说什么，没有人听得真切，也没有人想听真切。《钢铁是怎样炼成的》在中国拥有众多读者——包括我的母亲在内——可惜谁也不曾认真想想，不妨以冬妮亚作为榜样，尤其是那些有着与她类似身份、类似家庭背景的人。我们只知道“古丽雅的道路”，不知道还有一条“冬妮亚的道路”。

母亲留下的文稿中，有一篇回顾生平的，但写了一半就中断了，最后的几句话是：

“孩子们，请你们一定要小心，每迈一步都要深虑，不要任性、心血来潮，走错一步，后患无穷，将后悔一生。”

母亲给姐姐写信说：

“一九四九年我从香港随李凌全家搭船到天津，文艺界的负责人冯乃超看见我的名字，说这人我们不能接待。多少人士从香港奔向解放区，一般还很少不接待的，冯的意思让我原船返回香港。现在我想，可能上天指示冯来拒绝我，不让我往苦难中陷呢。我如回去又会怎样，不过以我飞蛾奔火的意志还会回来的。一个人一生有多少分歧的路，看你往哪条路走了。”

母亲被确诊罹患癌症之前一年，体检化验血象不正常，但她坚信所找的那位大夫的判断，不承认自己有病。……对母亲来说，那份体检报告其实与当年冯氏的拒绝具有相同意义。遗憾的是，她又一次错过了命运的转机。

母亲在日记中写道：

“我有多么多的记忆，它们将随我而去。”

一年之中每逢子女的生日，她都记下一点回忆和感想。在母亲身后读到这些文字，觉得她仿佛是在为我们描绘生命之根似的。

“今天是方方五十岁生日，我祝贺他，也祝贺他的成就。回忆起五十年前，我去石老娘胡同娘娘家里待产，十六日又是腊八，清晨，天还没亮，我就有了强烈的感觉要生了，娘娘起来叫醒孟大爷，给我热腊八粥，然后去叫对门张主任（毛岸英之岳母）的专职三轮车夫老袁赶紧备车送我去协和医院生产。我一路哈着气才没生在车上，进了医院护士一看病历，胎位不正，所以不着急，我叫他们看孩子头都快出来了，把他们吓坏了，然后有一位男大夫把方方接生出来，大夫对我说‘又多了一个诗人’，我知道我又生了一个男孩。方方学医，又在医院、报社和公司工作，最后还是搞创作，成为作家，就好像生下来就被大夫言中似的。那时我的婚姻重亮红灯，我本打算孩子生下来，送给协和医院一位女大夫，她没有孩子，她对每个产妇都抱有这样的企望，可当护士把方方抱来，我的母爱油然而起，我不会舍得给别人了，我要好好地养育他。环境恶劣、处境不幸的我却给我的孩子带来屈辱，每当此刻我内心充满了自责，是不是应该送给别人，让孩子可以在一个幸福的家庭生活，不会在小小的年龄心灵就蒙上阴影，影响了他们的性格呢？我是不是太自私了，作为母亲应该能够保护自己的孩子，可是我却不能，自责之心长久存在。五十年过去，孩子们在自己努力下，都取得了成就，我感到欣慰和自豪，尤其是在我这次重病后，没有他们照顾，我将不知如何了。我的自责之心外，又加上感激之心了。我是幸运的母亲，也是幸福的母亲，我要坚持多让生命延续。”

“六十年前的今天清晨，我在北长街李伯伯的房子里产下了小沙，当时是北大医院妇产科来接生的，小沙重十二磅，满头黑发披肩。随我所愿生下一男孩，而且是那么健康的男孩。最早来看他的是严良堃，他一见男孩，就高兴大叫，称真像老沙，就‘小沙’‘小沙’地叫。住在李伯伯房子里的是李伯伯的弟弟，他们家女孩多男孩少，也非常替我高兴。六十年过去，如今小沙已经六十岁了，我本来准备为他庆祝，请亲戚们聚餐，可惜我病了，只能延期了。”

“今天是毛毛的生日，五十九年前她生于北京东城区西颂年胡同三十号，是由医院来的助产士接生的。今天她来电话，没有向她庆祝，是因为今天在美国是二十三日，明天通话又是二十四日的晚上了，大洋彼岸差了一天。她其实是生于二十三日，可她的出生纸写的是二十四日，她父亲当天没有给她办。那时也不讲究星座，今天可特讲究了，二十三日与二十四日是两个星座。而她生于九月，本应第二年才能上学，可她进的是人大小学，也就能进去，这样到‘文革’她正好初中毕业。错了又错，不知是否影响她的命运，一直都是那么劳累。”

“今天是东东的生日。生他的那天也是那么阴冷，不到日子生下他来，又瘦又弱，真是难看极了，把他养活是那么不容易。都是他爸爸单位有一个六一幼儿园的名额，将他年龄改大了，不然他毕业那年能留在城里工作的。这一错再错，以至于落到这样下场。东东在六一幼儿园享受了三年，可又过上那么多的病，能治好病又是多么不容易。可怜的东东，今天天气降温，我又不是很舒服，也无法出外买花、买蛋糕、买寿面，总之什么都没有准备，就好像今天不是你的生日似的，可我的心里说不出的难受，我欲哭可又不愿让人感觉到，一切的一切都存在心中吧。你在严冷的冬天降生到人世，又在炎热的夏天走了，一去连一点音信都不给我，你一定是在怨恨我吧。我生了你却无法保护你，在'文革'期间任人欺侮你，你是一个那么要面子的人，你不会忍受的。我理解你的苦衷，我恨我自己，你不给我补偿的机会。"

我二哥在二十五岁时突然离家出走。此后每逢二哥生日和出走那天，我总是在母亲面前装作只是寻常日子；她提起来，我也尽量把话题岔开。对于这件给母亲带来最大痛苦的事情，我不知道应该如何述说；即使在她身后依然如此。

母亲去世后，我看她在给姐姐的信中，写了很多悔恨自责的话。这是母亲在那个年代里不幸命运的一部分，她对此完全无能为力，实际上是最无辜的；然而作为母亲，她在心里把失去儿子的所有责任独自承担下来了。

"东东的衣物，经过十九年已经霉坏，我决定扔了，等他回来我给买新的，那些旧的东西已不能再穿了，留在这里，引我痛苦。”

“星四夜里我梦见接到你的信，是薄薄一张，我很奇怪为什么这封信这么薄，原来是你告诉我找到东东了，还有相片，汪洋大河中有礁石像小山似的，他坐在水中的一块长石头上，他还是那么漂亮，但已到了中年，还有一个略胖的女人，还有个小男孩。你问他为什么不回家？他说不好意思，离家多年，已成家有子了。你写信来报告我好消息。这梦就像真的似的，那么清楚。晚饭时，我和方方说，西颂年那一片都拆了，他要是回来，都找不到我们了。方方说他认得红星胡同，我说红星也快拆了，真的没处找到我们了。这件事是我唯一遗憾的事。没了儿子，作为母亲是无法平复这心中的创伤，如他真是因病而离开我们那也没有办法，他是活生生的一个人，刹那间却不见了。他留纸条和我说他会回来，可他为什么食言呢？”

“天阴沉沉，屋里暗极了，在梦中我听见男声叫了我两声‘妈妈’、‘妈妈’，我惊醒了，可谁也没有，是东东在叫我吗？后来我睡着了，希望在梦中能继续知道是谁在呼喊我，可没有，什么也没有。”

“我看了《万象》中的一篇文章，写英国伦敦一个叫莫根的人，他出身一般，但他特讲究，老要维持旧有的上流人的生活举止，不附和当时的形势，他的生活来源与他的要求无法解决，最后跳楼自杀了。我看了以后回忆起东东就是这样，‘文革’到来家境破落，他还是一身干干净净，白衬衫，一套制服，白边懒汉鞋，一丝不苟，举止文雅，特有礼貌，鞠躬似日本人，带我出去吃饭，不许我说话，对方方乱七八糟堆东西非常不满，他身上不多钱，却像一个阔少。而那时的环境是那样恶劣，他一尘不染，与环境和他人都格格不入，别人都看不惯他，他非常孤独，他什么坏事也没干，社会却不容他，逼他走了绝路。包括我和亲戚们在内没有人理解他，他就这样无声无息地消失了。看了这篇文章，我彻夜难眠，我这个妈妈太不称职了，那么好的一个儿子，白白浪费掉了。报上又登了一个叫龙飞虎的，在网上和年轻的围棋高手下棋，把高手都打败了，但没有人知道他是谁，所有的名棋手都不承认是自己，这成一个秘密了，我又幻想这个龙飞虎可能是东东吧？”

“我今天打开信箱，想着也许有人给我来信，这当然是我的一种愿望，结果收到一份房地产的广告，真可笑。不管怎么说信箱不是空的。如果东东能度过那段艰难的日子，他也会有出息的，他又聪明，手又巧，相貌没得说，每当我看他的相片，想到这么漂亮的儿子，到哪里去了？太可惜了。那时太苦了，我一点也不能使东东生活得好一点。又是一年了，石沉大海，连一个补偿的机会都不给我。我这个要强的人内心是那么悲凉、自责。我太对不起他了。”

“方方说林家的基因太弱了，下辈的孩子都走了样，他说你们都不像我。可东东还是有点像我的，从前在街道一起强迫劳动的老陈曾和我说，有一天他来找我，看见东东坐在灯下看书，那神情和我一样。这么好的孩子就这样生生地没有了，消逝得那么突然，唉。”

“我明早去铁一号，要去朱大姐家一趟，安慰她，她思念去世的小女儿，终日流泪，自责没有给小女儿多一些关心和爱护，使她自杀了。我安慰她，其实我何尝不自责呢？东东走了，我才反思，他适逢‘文革’，遭遇突变，心里不痛快，而作为母亲我应该了解他的苦闷，虽然当时我的处境恶劣，也无力帮助他，但我可以给他温暖的母爱，多开导多谈心，尽我所有的微薄之力接近他，而我每天干活回来已累坏了，我忽略了以致我失去了他。朱大姐的女儿安葬在万国公墓，而东东连个葬身之处都没有。都说我整天乐呵呵的，谁知我的乐中又有多少苦痛，我是自己在骗自己，用一种无所谓来掩盖自己的痛苦——无法补救地责备自己，不能原谅自己罢了。我整天愁眉苦脸又能解决什么呢？谁能帮助我呢？只能往前看，用忙碌来麻醉自己。”

“我只能含着眼泪笑望将来，有一天我的儿子回到我的身边。这些天在电视上看到朝韩分离五十年母子相会的情景，可能我也要等到那天了。”

“我拼命要好好生活下去，就是有一种希望，万一他回来，我不在了，那更是遗憾了。所以我坚强地活着，就为了这个愿望罢了。”

“夜里没睡好，醒来又睡还是做一样的梦，三次都梦见东东，他穿得很破，不言不语。我哭啊，哭啊，惊醒接着还是做这梦。”

母亲苦苦等待多年之后，终于病倒了。她在日记里写道：

“东东，我的儿子，你丢弃妈妈三十年了，你不知道我为此有多么内疚。每当我有了什么好的事，我就会想到你，你不能与我同享；每当我得病时，我就想到你如在我的身边，你会无微不至地照顾我。我至死也不能原谅我自已，作为妈妈，我没有好好地照顾你，也不理解你的心理，你抱着对我们的失望离开我们，再不给我一点补偿的机会。你离开我的伤痕，并没有随着时间而平复，还在流血，什么都不能比不给我机会再惨痛了，我想世界上是犯了错误，就没有悔改的机会。我已患了癌症，病情很重，我还在振作，想活下去，也为了你们，我的孩子们。我的经历已使我尝尽酸甜苦辣，我还在挣扎继续过下去。

好像很难解释，我的幻想都已破灭，我已到了生活的尽头，但我是一个不服输的人，我还要赌一把，也许你还在人世间，只是不原谅我而不归呢。也许你会想回家看我呢。也许，也许使我有了力量活下去在等待，等待奇迹出现，东东，你能帮助我实现奇迹吗？”

母亲写道：

“今天是清明，过去都认为四月五日是清明，天气还是凉，阳光也不太强，本来就是清明时节雨纷纷，这是纪念逝去的人的日子。我思念东东，我总想他如活在人世，应该回来看看老母，我已年老，又病重，他本是个细心的人，临走的早晨还给我上了手表的发条，给我擦干净眼镜，给文竹浇了水，一切为我办的事都办了，我还是以为他会回来看我。可是一去三十一年，一点音讯都无。如你不在人世，那你葬在何处，我去哪里为你扫墓，献上一束歉意的花，请你原谅妈妈。可我总不这样想。我为什么患了这么重的病还在等待你的归来，我是这么盼望着，我要对你补偿，我没有照顾好你，你是带着那么多的无望怨愤而离家的。你在哪里？”

母亲中断写日记的前几天，最后一次提到二哥：

“每天铁路上都有几万人、几十万人来回，可我的东东却音讯全无几十年了，他如在世，怎么也会回来看一看我吧。不至于这样对我没有一点感情吧？我想他已不在人世了。多么可惜，这么善良、这么漂亮的儿子都没有了，每逢此时我心中能好受吗？”

我能体会母亲的心情，就像一个人即将登车远行，期待某人来送别，结果久久不至，车却已经来了；或者调转过来，像是这个人努力追赶某个人，却感觉自己的脚步实在跟不上了。

母亲所担心的是，生离变成死别——“死别”是形容生者与死者的关系，然而死者与死者之间的距离就真的无限遥远了。

母亲一生所看的最后一部电影《暴风雨》，恰巧讲的是个母亲寻找失散的儿子的故事。在故事里，那位母亲得到一位英俊士兵的帮助，终于如愿以偿；之前他在洪水来袭时还救过她一命。但这么多年里没有任何人前来帮助我的母亲，到最后也没有人能够救她的命。

二哥出走是在八月一日。母亲病重后，先是住进一家部队医院，不久就赶上这一天。我去探视，看见大夫护士都在欢庆节日，还给病人送来礼物。当天傍晚母亲病情恶化，从此陷入昏迷。她一定是受了刺激。母亲整整等了三十二年，再也等不了了。——父亲是在二哥出走十六年后去世的，母亲比父亲多等了一倍的时间。

母亲弥留之际，大哥、姐姐和我守候在她身边。如果母亲还有知觉，一定遗憾极了：我的二哥到底没有回来。

一切都来不及了，包括母亲自己的生命在内。

回想起来，母亲的罹患癌症以致不治，好像是有一种不可抗拒的力量突然宣布“不许你活了”，不容分说地就给强行剥夺了去似的。

母亲曾说，她坚持写日记，是为了“也许将来别人可以了解我一些”；不再写了，固然是病势加重，也是因为她从内心真切地感到没希望了，完了。她的日记有如从前给姐姐的信，是她与这个世界的一种交谈方式，现在她认为没有什么可说的了。

母亲在家最后的几个月，每天晚上我慢慢扶她躺下，动作稍大就引起呕吐。难受时她紧紧抓住我的手——那感觉我还记得，仿佛她是抓住了这个世界唯一的把手。天气渐热，我为她轻轻扇扇子，使她入睡。那时的母亲，就像一个婴儿似的，对于所面临的一切完全没有抵御与防备的能力了。夜里我睡在母亲隔壁的房间，想到她的病势一日重似一日，真的是不行了，而我对此束手无策，那种感觉太可怕了。

母亲一生最后这一个时期，留下的话很少。虽然十六年前我曾经历过父亲病危、去世，待到母亲病势加重、无法挽回时，我还是不知道应该和她说些什么。我甚至故意待在自己家中，晚点去她那里；和她在一起也只是东拉西扯，尽量回避敷衍。我没有好好陪她度过最后一段时光，对她说些以后再也没法说出的话，听她说些以后再也没法听到的话。我未能与母亲就关于她，关于我，关于我们曾经共同度过的岁月，关于我将要独自度过的岁月，认真交谈一次。这样也就使母亲丧失了对于身后予以关注、探望，以至多留下一点什么的机会。如今回想起来，我对此深以为憾。不过，假如一切可以重新再来，我仍然不能确定自己是否能够做得完满一点，理想一点。

那天早晨送母亲住院，无论我们还是她，都没有想到她再也回不来了。此举的结果，只是使得母亲少在家中待了若干时日，——对她来说，那可是最宝贵的时间。记得她出门的时候，与平常并无两样，对什么都没有特别予以关照，哪怕是多看一眼。终母亲一生，竟然未能向自己辛辛苦苦建立的家，向这里她所恋恋不舍的一切作一番告别。

母亲病情恶化后，因为使用了激素，曾有间歇的清醒时候。我对她说，你昏迷了好几天。她说，觉得有点迷糊了。大哥问她，这段时间想事情不。她说，想的。

母亲还对我说过，赶紧接我回家罢。然而以她当时的状况，实在无法做到这一点。

趁母亲清醒时，我挑些当天报纸上她可能感兴趣的内容念给她听。开始她还能听较长的文章。有一回我念关于马尼拉人质事件的长篇报道，标题叫“催命营救”，念完我问，是不是真惨啊。她说，真惨。我还念过智利三十三名铜矿工人被困井下六十九天，终于全部获救的消息。我对母亲说，希望她也能“走出隧道”。那时她已经失语，但还眨了眨眼睛。这以后她每次听不多久，就又昏睡过去了。我想起曹聚仁有一本书叫“浮过了生命海”，记述自己大病不死的经过；可惜母亲没能这样。

生有多种选择，死只有一条路可走。母亲无可挽救地趋于死亡，而我们则无能为力地看着她经历这整个过程。母亲患病后，我曾不止一次对她说过“感同身受”的话。我是真诚的，然而一个人的死只能独自面对。常听人说可以共患难，不能共享乐，或者反之的话。这都是活人之间的事，孔子所谓“仁”可以解决；生死之间的痛苦他人无法分担，所以老子要说“天地不仁”、“天道无亲”。

死的过程之艰难、痛苦、漫长与不可逆转，母亲一定深深感受到了。

小津安二郎死于癌症之后，演员佐田启二在接受采访时说：“……苦痛也是一直由先生一个人承受着。他半开玩笑所说的‘如果早知道是这样的话，就娶一个老婆了’，这句话至今还留在我的脑海里。”尽管是“半开玩笑”，我却觉得小津的话说得特别凄凉，痛苦到了无法独力承受以致企望有人分担的程度，虽然于己这并不能使痛苦减轻一分。

母亲去世前两个多月，忽然很清晰地对我说，今天是我最难受的一天。这是她一生所说的最后一句完整的话。此后她因为失语，不能再对亲人诉说痛苦，——这是另外一重痛苦，也是更深的痛苦。失语后的母亲，陷入了孤立无援的绝境。她仿佛是被禁锢在无边的黑暗之中，仿佛是被彻底抛弃了。

这之后，我再喊“妈妈”、“妈妈”，她只呻吟似的嗯一声，就再没有其他反应了。我想起在一本书上读到，作家端木蕻良临终前几小时，“向夫人钟耀群要笔和纸，写下了‘支持不了’四个字”。

母亲是个要强的人，身体健康曾经使她为之骄傲——这也是对此前所受苦难的反抗——然而现在不行了。母亲在家的最后几个月拒绝再见来客，也是出于这一原因。若能置身事外看待自己的病与死，她一定会说，这事儿太差了。对于母亲这样眷恋生的人来说，死真是一个巨大的失败。

护工几次提示我，昏迷中的母亲流泪了。体会母亲最后的心境，真有一种幻灭之感，我的人生观甚至都为之动摇了。

但我又想，也许母亲至死仍然抱有一线希望。母亲忍受这最后的黑暗，也许因为她始终期待黑暗过去，继之而来的是光明。就像她一生中不止一次忍受痛苦与屈辱那样。

然而这念头带给我更深的幻灭之感。

回想母亲去世的整个过程，我不禁要问，为什么非要这样不可呢。这只是一种折磨，一种对生意的尽情摧残；还是要她充分体会生——体会生的一切，包括生之中最不能忍受的一切，就像她当年经受的那些苦难一样。

记得有朋友曾举一位彼此都认识的故友为例，以其死得利落、毫无痛苦为德行高尚的体现。周作人在《先母行述》中亦云："临终之日，神志清明，不诉苦痛，不见秽恶，渐以入灭，如就安眠，世所谓得往生者非耶。"

人有各种各样的死法：或意识到自己的死，或意识不到自己的死；也可以说，有人经历了从生到死的过程，有人这一过程短暂得几乎可以忽略不计。又有"暴死"一说，显然并非好话。与之相对应的，大概是"善终"罢。什么算是善终呢，通常还是指因病而死，可是这样也就很难避免经受痛苦。最理想的死法，似乎只有无疾而终了。J.K. 罗琳著《偶发空缺》中说："帕明德恨极了突如其来的死亡。许多人害怕慢慢老死，这却是令她感到安心的图景：有时间安排后事，有时间道别。"不过，一个人对此实在无从选择。顶多只能说，有的幸运一些，有的更加不幸而已。

不管怎样，我还是将母亲死之艰难，痛苦，漫长，理解为她的生的意志坚强，最后与死作殊死之战。

所谓“在死”，包括：仍然主动的生——被动的生——死。只是有些人中间这个阶段很短，甚至根本没有。回过头去看，此前“未死者”的生也可分为两个阶段：健康的，患病的，尽管它们是相互交错的。

也就是说，健康的生——患病的生——病重的生——丧失意识的生——死，这才构成人生的完整过程。

从一个人对这一切只能感受一次，而此种感受不可重复的意义上说，母亲是活过了完整的人生，她对于人生有着完整的体验。

我如此想法，或许难免矫情之讥。那就这么说：一个人其实根本就不需要完整体验这一切；然而难以否认的是，这的确构成了人生的完整过程。虽然当从生到死无可逆转，而其人又有清醒的意识时，经历这一过程可能非常痛苦，同时也非常绝望。对此他人根本无法想象。

死往往被形容为是一种“解脱”：从病的折磨中解脱；从老——功能丧失——的折磨中解脱；从生——种种不如意，穷，困，苦——的折磨中解脱。然而据说达希尔·哈米特曾经讲过这样的话：

“人们经常说：‘啊，他受了太多的苦，死亡对他是种解脱。’但这不是真的，能活着总是最好的。”

我所记得的支持“解脱”之说的例证，一是亨利·奥斯丁在为姐姐简·奥斯丁所写传略中说：“当家人最后一次问她还需要什么时，她回答说：‘除了死亡，我什么也不需要了。’”一是约翰内斯·克雷梅里乌斯在《弗洛伊德》中记载弗氏死前两日对医生所讲的话：“现在，只剩下煎熬折磨，再无人生意义可言了。”

“解脱”只能是自己的感受，他人不能代为判断。

东野圭吾著《麒麟之翼》中写道：

“‘你面对过人的死亡吗？’

“‘见过很多次，我也数不过来。毕竟这也是我的工作。’

“‘你见到的是尸体，不是人。我见过很多即将离世的人。在死亡临近的时候，人们会回归真正的本心，扔掉所有的自尊心、意气用事，直面自己最后的心愿。接受他们发出的信息是生者的义务。’”

母亲去世前五日，医院报了“病危”。大哥和我守在她的床边。母亲忽然稍有意识，呼之能眨眼睛，好像很想讲话，只是不能出声。她望着窗外，眼神特别有情，——那是几个月来所不曾见到的。这也许是所谓“回光返照”，也许是意志使然——

如母亲在日记里曾写过的：

“我即使离去，也要像勇士似的离去，保持我内心的自尊。”

我不知道母亲怎么看这个她行将永远告别的世界。

母亲没有留下遗言。我在她给姐姐的信中看到一段话——写在她去世三年多前，就在患病前不久——仿佛就是她最后要说给我们的话：

“我想你们应该庆幸有我这么一个妈妈，不是自夸吧，你说呢？我是尽量不想给你们找麻烦，也不勉强你们，对吗？”

关于希望的几句话。

只要母亲活着，我就对她活下去抱有希望，尽管我很清楚这希望愈来愈渺茫了——书上说的，医生说的，护士站挂的黑板上的字：“病危：3 床”……但我还是不曾放弃希望。

虽然就母亲而言可能是，与其说这是延长她的生命，不如说是在延长她的痛苦。

周作人曾在《记杜逢辰君的事》中记述他对不堪病苦、欲寻短见的杜君所说的话：

“你个人痛苦，欲求脱离，这是可以谅解的，但是现在你身子不是个人的了，假如父母妻子他们不愿你离去，你还须体谅他们的意思，虽然这于你个人是一个痛苦，暂为他们而留住。”

周氏因此自责道：

“我实是很惶恐，觉得很有点对不起杜君，因为听信我的几句话使他多受了许多的苦痛。”

我想对于母亲，我也当如此自责。然则母亲活着，与她不在了，仍是完全不同的两回事。“她还在”——对于他人来说，这就是生与死的区别；尽管这生几乎已经完全丧失主动，已经仅仅是作为对象的生了。

直到母亲去世前几小时，甚至直到最后时刻，虽然眼看着血氧饱和度仪上的数字因呼吸衰竭不断下降，我仍然满心希望它能够重新升起来。母亲去世了，绝望才真正降临。如果说有思想准备，三年前我已经有了，此后一直笼罩在死亡的阴影之下；但若要我放弃希望，实在为亲情所不可能。

第四部分

# 不存在之后的存在

弗洛伊德在他去世前两年的一九三七年给学生和朋友玛丽·波拿巴写信说：

“您一定会让我死后仍活在您的记忆中，这是我唯一认可的有限不死性。”

我们曾听到不少与此类似的意思，如梅特林克著《青鸟》第二幕第二场里，蒂蒂儿问：“他们不是死了吗，我们怎么还能见到他们呢？”妖婆答：“他们不是活在你们的记忆里吗，怎么能说死了呢？世人不知道这个秘密，因为他们懂得的东西太少了。”不过，弗洛伊德好像把本来只是文学性的描述多少给坐实了。尤其此语出诸一位离死期已经不远的人之口，仿佛是展望自己的生命线在中断之后又将会有隐约的延续。

“有限不死性”，需要一个载体。即如鲁迅在《空谈》中所说：

“死者倘不埋在活人的心中，那就真真死掉了。”

然而这是特定的“活人”——他知道死者，认识死者，乃至了解死者。费舍尔·史蒂芬斯导演的电影《伙计们请起立》

（*Stand up Guys*）里，阿尔·帕西诺有句台词，讲的正是此事：

“你们知道，他们说我们会死两次，第一次是在我们咽气时，第二次是我们的熟人不再提我们的名字了。”

我曾在《新京报》上看到一则关于“长安街英菲尼迪肇事二死一伤”事件的追踪报道，其中伤者王辉——二死者一为其夫一为其女——在接受采访时说：

“只要我活者，他们就活着（在我心中）。我死了，他们也死了。”

仿佛是在回应前引鲁迅的话似的。括号里的“在我心中”当系记者添加，是来自不相干的外人的一种限定。这种“活着”是具体的，真切的，而不是概念的，不是仅仅记住一个名字。所以梅特林克才说“见到他们”。

弗洛伊德认可“有限不死性”，实际上是有限地拓宽了“存在”的范围，或有限地改变了“存在”的含义。存在原本指肉体活着，他则将一种心理现象也涵盖在内。而在这种心理现象中，的确保留了存在的某些形式，如一个人的形象、态度、思想、感觉、感受、感情等。正是因为这些形式，确定了其之为一种存在。

我联想到“音容宛在”、“风范犹存”乃至“遗爱人间”之类说法。可惜它们已经成了吊唁活动中的套话，大概很少有人体会就中真意了。

然而，“有限不死性”如果只限于死者为生者所记忆，那么弗洛伊德好像不必强调“唯一认可”，甚至连“不死”都谈不上了。前引其他人所说的有别于“死”的“活”，似乎也不为生者的某种既往印象所囿。

“有限不死性”如果仅仅是回溯性的，是曾经存在，还不能说是“活着”；“活着”是即时性的，是仍然存在——准确地讲，是生者觉得死者仿佛仍然存在。也就是说，不是生者回到过去与死者相会，而是死者的形象、态度、思想、感觉、感受、感情等，超越了死亡的界线，在现在的背景下呈现于生者的头脑之中。

《辞海》在解释“想象”一词时说：“人不仅能回忆起过去感知过的事物的形象（即表象），还能想象出当前和过去从未感知过的事物的形象。”“有限不死性”，应该是根植于回忆与想象这样两个不同的方向。

“有限不死性”，如果换个说法，就是“不存在之后的存在”。

曾经的存在与不存在之后的存在，其间有着一种隐秘的，有限的，在某种情结中又是不可断绝的延续性。

《庄子·天道》云：

“昔者舜问于尧曰：‘天王之用心何如？’尧曰：‘吾不敖无

告，不废穷民，苦死者，嘉孺子而哀妇人，此吾所以用心已。'”

将“死者”列于还活着的“无告”、“穷民”、“孺子”和“妇人”之间，且着一“苦”字，颇具深意。我联想到格林在《问题的核心》中说：

“当我们对一个人说‘你死了我就活不下去’的时候，我们真正的意思是：‘看到你这样痛苦、不幸，或者愁苦，我简直活不成了。’只不过是这样的意思。人一死，我们的责任也就完了。我们对这件事再也无能为力，我们的心也就安下来了。”

尽管冷峻甚至严酷，未必没有说中事实；然而人情或许就体现于对事实的拒绝，至少是延迟承认。《庄子》所谓“苦死者”仿佛正是针对格林的话而言。成玄英《庄子疏》：“民有死者，辄悲苦而慰之。”好像非得做点什么似的，则又未免过度诠释。林希逸《庄子鬳斋口义》：“苦，哀怜之也。”王夫之《庄子解》：“恤死者之苦。”陆树芝《庄子雪》：“悲死。”知道死亡是件悲惨的事，而且能够体会将死之人的心境。说穿了就是不要急于将生死之隔的彼此分开。

母亲去世后不久，美国推理小说家劳伦斯·布洛克来中国访问，在北京时尚廊出席一个名为“简单的谋杀艺术”的活动，出版社邀请我去参加。我问了他一些问题，以后整理成一篇小文《与布洛克谈推理小说》。当时戴大洪也在场，他对我说，咱们当中只有老太太从头到尾读完了布洛克的全套“马修·斯卡德系列”，假如她还活着就好了，一定会提出不少自己的见解。

谢其章赠送给我一套影印的《电影杂志》，从一九四七年十月一日创刊到一九四九年四月十六日终刊，共三十八期，内容中外参半，介绍好莱坞电影和演员情况尤为详细。当下我想：母亲对那一时期的美国电影最是熟悉，假如她还活着，一定爱看，也会勾起她不少回忆。

家里阳台上君子兰开花那天，恰逢母亲节。我拍了一张照片贴在微博上，有不少人转发，还有跟帖说：“好雅。好美。”“这种颜色的君子兰也很好看，淡雅。”“从没见过这种矮簇的黄粉色君子兰，真是可爱。”“第一次觉得君子兰这么好看。”“原来，我们都一直无比热爱着生活。”“这种花娇贵，我家以前也有一盆，没到花开就死了——君子之交淡如水啊。”“君子兰好漂亮！”……假如母亲活着，一定会很高兴的。

“假如死者还活着”，这是再寻常不过的想法和说法了。从某种意义上讲，死者的确还活在“假如”之中——活在“假如”所开启的另外一个现实之中。

母亲身后这段时间，世上发生了不少事情，有大有小，有些她显然不会感兴趣，有些她可能就会表明一种态度，甚至发表一点意见。举例来说，伊丽莎白·泰勒病故，威廉王子成婚，日本关东大地震及核泄漏，本·拉登被击毙，高铁撞车事故，中国出现大面积雾霾，唐英年落选香港特首，默多克与邓文迪离婚，张成泽据传说被“犬决”，沙龙在昏迷八年之后逝世，秀兰·邓波儿病故，我们小区附近开设了几家大型超市，我买到的某些书、某些DVD，等等，均在此列。我甚至可以想见，当下母亲的表情如何，语气又是如何。

想象意义上的不存在之后的存在，总是以“假如”作为前提。“假如死者还活着”这想法和说法虽然寻常，对于死者来说，却是一次又一次具体而特殊的现身。

我关于母亲还活着的这种想象，或者说母亲的这种不存在之后的存在，当然完全以我对她生前的记忆和理解为基础。也就是说，一切仍然局限于那个过去的她，曾经存在的她。

在这里，她的态度、思想、感觉、感受、感情得以延续——正是这种延续，使之成为不存在之后的存在；然而所有这些，仅仅是在延续，却无法真正有所发展，或有所变化。死者不能“与时俱进”。母亲身后的事情，或者在其生前已初见端倪，如今有了结果；或者完全是新发生的。即使在后一种情况中，母亲仍然是那个我记忆着的母亲。从这个意义上来说，不存在之后的存在只是曾经存在之于生者头脑的投影，存在无法真正生长到不存在之中。

所以我总是一方面想，假如母亲活着，她会知道什么；另一方面又想——而且是确定地、断然地想——母亲身后所有事情，她永远也不可能知道了。怀念之情也就不由得转变为一种深深的怜悯了。

“铁一号”以曾系段祺瑞执政府而著称，是母亲所在单位的老校区，她晚年常来此处参加活动，见老同事，到医务室取药。前些时我偶尔走进那个院子，忽然发现大楼正面的挂钟没有指针，只在八点的位置留下一条锈痕，想必是先停在那里，后来干脆就掉了。以前我陪母亲来时，从未留意。我想，这里有着多么深切的寄托——要是时间止步于某一刻，抑或从某一刻重新开始就好了。

如果再进一步，那就是电影《超人》里所展现的了：克拉克绕着地球逆向飞行，以使时间倒流，从而挽救了女友露易丝的性命。很多年前我观看时就曾深受感动，觉得反映了人类永恒的愿望。

实际上，当我们坐在计算机前轻而易举地用鼠标点击“↶”（撤销键入）时，正是在仿同超人。而人生的最大遗憾，莫过于没有这么一个地方可以点击。

“假如”首先是时间意义上的，或者说，根本是时间意义上的。也正因为如此，它只能是“假如”而已。“子在川上曰：‘逝者如斯夫，不舍昼夜。’”孔子的话到此为止；非要再说下去不可，就只能是“假如”了。

母亲去世后，我越来越清楚地感到，隔绝我们的是时间。

如果隔着空间——即使如李商隐《无题》所形容的“刘郎已恨蓬山远，更隔蓬山一万重”——彼此总是还在一个更大的空间之内；但隔着时间，真的就是不可企及的了。有时我想，什么东西越来越远，仿佛眼看着彼岸漂移而去似的……不，那还是空间意义上的间隔；时间的间隔是虚无。

而“假如”正是对时间间隔的一点小小挑战。

陈寿《三国志·魏书·程郭董刘蒋刘传》云：“后太祖征荆州还，于巴丘遇疾疫，烧船，叹曰：‘郭奉孝在，不使孤至此。’”王昌龄作《出塞》云：“秦时明月汉时关，万里长征人未还。但使龙城飞将在，不教胡马度阴山。”这里，现实都在“假如”中被修正了，生者的愿望和死者未曾满足的愿望也都因此得到了满足。

然而，其间毕竟存在一点区别。李广去王昌龄写诗时已经久远，“但使龙城飞将在”纯属诗人的一种想象。——我想起有人挖苦被人说顺了嘴的“假如鲁迅还活着”：“一八八一年生的人，到二〇〇三年是一百二十二岁，一个中国人活不下这么大，至少我没听说过。”虽煞风景，却系实情。《三国志》所引曹操的慨叹，则距郭嘉之死仅仅一年多时间，郭嘉得年也只有三十七岁，所以确实曾经存在“郭奉孝在”这种可能性——只不过它为郭的死亡所扼止罢了。

正因为“假如”是有时效性的，在此时效之内，“假如”所给予生者的往往不是安慰，而是折磨。

母亲去世后，我经常出现的念头是：她有没有可能活到今天。于是很自然地会将“假如”落实到她生前的某一时间节点——这种追索，总是从母亲患病开始：假如当年及时确诊，做了手术，她的病也许就会得以根治；即便一切为时已晚，其后仍然存在着若干治疗方法和步骤方面的“假如”，——在所有这些“假如”里，她都有可能继续活下去。母亲去世时八十七岁，假如这里所有“假如”都不仅仅是“假如”，或许她就可以多活十年，至少五年，那么这就是母亲、也是我所丧失的十年或五年了。

这世上谁与谁都不可能永远在一起。但有的关系，人们期待能维持得尽量久一些。反过来说，因为什么原因被缩短了，就是永远无法弥补的损失。

对我来说，这样的想法伴随着特别的痛苦与悔恨。可能要等到某个年头，这种“假如”变得一点都不具有可能性了，其中所蕴涵的情感因素才不那么强烈了。

母亲去世后，我不止一次到日本旅游。我常常想假如母亲来玩，应该去哪些地方。除了看樱花，看枫叶，我觉得有些地方特别适合她，首先就想到宝冢——多年前，我曾陪母亲在北京观看过宝冢歌剧团“月组”的演出，她在给姐姐的信中说：

“星六下午我和方方去世纪剧院看日本宝冢演出，这剧团都是少女（而且出身富裕家庭）。二百八十元，还坐在二楼七排（日场；晚场要三百八十元，我们住得远，晚上看回来也不方便）。满座。上半场全是日本的歌与舞，下半场是百老汇式的。布景精美，服装讲究，色彩斑斓，太漂亮了。三个主要角色，不断地上场唱、跳，三位台柱两个扮男角，真是帅极了。多年没看节目了，非常非常享受。”

假如母亲能在宝冢大剧场看一回就更好了。加上宝冢这小城颇具情调，幽雅，悠闲，有一条漂亮的“花之道”，有多家讲究的咖啡厅，周末有时还举办手工集市，这些都很对母亲的口味，应该陪她来此住一两天。此外我还想到小樽，镰仓，轻井泽，白滨，内子，富士五湖，横滨的红色仓库，大阪的梅田，东京中央线沿线高圆寺、阿佐谷、荻洼、西荻洼和吉祥寺的商业小街，东京大大小小的跳蚤市场，东京及其附近、京都、大阪的几处骨董市，我在北轻井泽住过的印尼风格的旅馆“軽井沢のバリ島”（轻井泽的巴厘岛），特别是那里很好的饭食，等等，母亲一定都会喜欢。至于我自己热衷的如泡温泉、爬山、远足等，可能就为母亲这年龄的人所难以接受了。还记得她曾告诉我，自己睡不了榻榻米。

可以说，在我的这些想法中，我为已经不在的母亲设计了一条相当理想的日本旅游线路。

不过话说回来，这是我去过日本多次之后，陆续发现而又不断订正的结果。即使母亲生前真的如愿来了，大概只是一次，多半还是跟团；即使是自由行，也不可能第一次就去到这些地方。这里所说，乃是从许多“假如”中遴选出来，重新组合的一种“假如”，一切都被理想化了。

本来“假如”所展现的，就是一个理想化的、脱离现实的世界。

然而诸如此类的“假如”，却未必是徒劳的。尽管只能归结为生者的一种遗憾，其中却包含了在新的情景里对于死者更充分也更深入的理解。而且此种遗憾曾经属于死者，已经不复存在；生者重新对此有所体会，它仿佛又复活了，这同样是一种不存在之后的存在。

前面讲到死者的意见、态度、感受、感情无法在其死后有所发展变化，但这却可能通过生者对其更进一步的理解而多少得到弥补，——方向虽然不同，目的却是一个。在生者的心目中，死者也许因此活得比生前更细致，也更全面。所以这种不存在之后的存在，较之仅仅是被记忆、被想象，还要显得丰满结实一些。

母亲去世三年半后，姐姐、大哥和我在美国相聚。我们谈到，假如母亲还活着，她实现心愿来到这里将有什么感想。我说我们去过的郎伍德植物园（Longwood Garden）的大花房，芒特基斯科（Mt. Kisco）占地五十八英亩的私家花园，萨默斯（Somers）的约翰·肯尼迪高中举办的拼布被子展览——母亲看过薇诺娜·赖德演的电影《如何缝一条美国被子》(*How to Make an American Quilt*)，还有在塔里敦（Tarrytown）喝下午茶，逛古董店，都是母亲特别喜欢的。她还会自己乘公共汽车换地铁去纽约，对堪称脏乱的纽约地铁也未必反感。母亲所中意、享受的是生活中增添的新内容，她总是尽可能地使自己的生活丰富多彩。

回到《超人》的话题。当年我看这片子时就想：克拉克绕着地球逆向飞行，究竟应该飞到哪一圈为止呢。有关"假如"的追索，终将落实到这个问题上：是整个重新安排，还是一切照原样来过，只是我们努力做得更好一点。即以母亲而言，是仅仅患病后得到及时确诊，还是根本就不患病呢。当然还可以再往前推——将我出走的二哥留住，乃至抹去母亲几十年里所有的不幸。我甚至可以在"假如"中为母亲建立一个全新的、完满的人生。

我们只有在生之外或生之后，才可以把生安排得理想一点。

所以不是"假如"被理想化了，而是理想根本就是一种"假如"。理想不是对未来的设计，而是对过去的订正。然而过去了的，就不存在了。理想只在我们头脑之中，永远不会实现。

周作人曾在《〈夜读抄〉后记》中说："目下在想取而不想给。"一个人的遗憾与快乐，正是有着"取"与"给"，即感受到与传达出这样两种方向上的不同。"取"完全是独享的，仅仅属于该个体，随其生命之不存在而不复存在；“给”则超越该个体的生命本身，也关乎受者，在某种情况下且兼为受者的遗憾与快乐。

我每每想到母亲的种种心愿在她生前没有完成，觉得非常可怜。——我这样想，说到底是站在她的主体位置上；我是以她的态度和方式，去继续感受这个世界。这比起前述“假如”所引发的联想中之仍视死者为客体，好像更能显示不存在之后的存在。

前面提到，母亲生病后，特别是病重后，我曾多次对她讲过“感同身受”的话。我还在文章中写道，张爱玲《花凋》中郑川嫦“她自己一寸一寸地死去了，这可爱的世界也一寸一寸地死去了”，似应结合《留情》中“米先生仰脸看着虹，想起他的妻快死了，他一生的大部份也跟着死了。……米先生看着虹，对于这世界他的爱不是爱而是疼惜”来看。米太太若有想法，或与川嫦相同；米先生则对此感同身受。

那么，在一个人死了之后体验其感受，是否也是感同身受呢。如果说在母亲生前，彼此间难免还有差异，甚至隔阂，而死则将所有这些都抹去了。现在我体验到她病重的感受，临终的感受，甚至死后的感受，虽然那个“身”已经不存在了。

只要在我的感受中总是搀杂着原本属于母亲的感受，只要我总是感受到她的不存在，她就存在。什么时候我不再站在母亲的立场去感受她身后的世界了，她才真正离开我。假如我对她曾经有过什么际遇、什么心情已经无所谓了，那她也就真的不存在了。

我素不相信所谓“附体”一说。但这里所体验到的不存在者如何面对存在，似乎有一点接近于“附体”。

我说“有限不死性”一并落实于回忆与想象，然而情况还是有所不同。在后一方面，尤其是为“假如”所引导的心理活动，死者多少是被动地响应生者的召唤而来。而在前一方面，尽管不乏主动回忆之举，如周作人所说“当时我就想写一篇小文章纪念他，一直没有能写，现在虽然也还是写不出，但是觉得似乎不能再迟下去了”(《隅卿纪念》)、“不晓得有过多少次，摊纸执笔，想要写一篇小文给他作纪念”(《玄同纪念》)；但在日常生活中，我们往往不由自主地就回忆起死者，即所谓“忽然想到”，可以说完全是被动的，甚至连不再回忆下去都做不到。这里，生者的被动就是死者的主动。而主动性本来就是生命最重要的特征之一。

的确可以从主动/被动来理解生/死。死就是一个人彻底丧失了主动性，完全变成对象了。反过来说，既然存在，那么就有某种主动性。不存在之后的存在，也是如此。

“生不如死”一语，常被用来形容人的某种生存状态，或为疾病所苦，或为感情所困，然而这里关键不在于有什么施与我们，而在于我们对此无法摆脱，只能承受，乃至承受不了。——甚至“逆来顺受”都还保留着一点主动性，此时则完全丧失了。

比回忆更能显示死者这种主动性的是梦。梦也是不存在之后的存在的一种承载形式。记忆和梦之于生者，都是不受控制的，甚至可以说有种强制性，而这在梦中表现得尤其明显。“日有所思，夜有所梦”，并没有这么一回事。

相对于金昌绪《春怨》说的，“打起黄莺儿，莫教枝上啼。啼时惊妾梦，不得到辽西”，我还是更相信《论语·述而》所云：“子曰：‘甚矣吾衰也，久矣吾不复梦见周公。’”再来看鲁迅所作《明天》：“但单四嫂子虽然粗笨，却知道还魂是不能有的事，他的宝儿也的确不能再见了。叹一口气，自言自语的说，‘宝儿，你该还在这里，你给我梦里见见罢。’于是合上眼，想赶快睡去，会他的宝儿，苦苦的呼吸通过了静和大和空虚，自己听得明白。”接下去只写了“单四嫂子终于朦朦胧胧的走入睡乡”、“单四嫂子早睡着了”，小说即戛然而止。后来作者在《〈呐喊〉自序》中明确地说：“既然是呐喊，则当然须听将令的了，所以我往往不恤用了曲笔，在《药》的瑜儿的坟上平空添上一个花环，在《明天》里也不叙单四嫂子竟没有做到看见儿子的梦，因为那时的主将是不主张消极的。”这可以看作是对孔子所体会到的梦之无可把握的最好诠释。不是你想梦就梦，不是你想梦见什么就梦见什么，它总是不期而至。

相对于回忆和想象，梦还有两个特点，更能体现不存在之后的存在。一是梦更具体，虽然做梦的人醒来所能记住的内容相当有限，甚至完全遗忘了；但是，无论回忆还是想象之中的死者形象，实际上都比梦境里的要模糊得多，所谓“历历在目”只是文学作品里所描写的内容而已。

二是梦更持久，关于死者的回忆和想象，会随着死亡时间的久远而逐渐淡漠；而关于死者的梦，却往往时隔多年突然呈现，就像不速之客似的。

母亲去世后，我常常梦见她。有些梦醒来就忘了；有些还记得，我顺手写在第二天的日记里。未及写下的，也就忘了。有时同一个晚上几次梦见她，但往往像鲁迅在《梦》中所说：“前梦才挤却大前梦时，后梦又赶走了前梦。”

我关于母亲的梦都很简短，也很平凡，绝少怪异之处。有的是过去真实生活情景的再现，不过稍经改造而已；有的则显然如弗洛伊德讲的属于“愿望的达成”，但相关的愿望亦很单纯明了。不少梦里母亲并非主角，只是存在。有的梦涉及母亲的病，可见我仍未摆脱因此事而产生的焦虑。但最重要的是，母亲几乎在所有梦里都活着，活得像她生前那样；她甚至一直活到自己的身后。

现将这些梦的记录依时间先后顺序附在这一部分的后面。

《哀痛日记》写道：

“继续与妈姆‘说话’（因为言语被分享就等于是出现），这一情况不在内心话语中进行（我从未与她‘说话’），但却是在生活方式上进行：我尝试着继续按照她的价值来度过每一天——由我来做她从前做的饭菜，保持她做家务的秩序，伦理学与审美相结合是她无与伦比的生活和打发每一天的方式。”

母亲去世后，我的生活多少有些改变，譬如原来每天晚上都非看一张 DVD 不可，现在好像不看也无所谓了；另外在书店遇到母亲从前喜欢读的推理小说，买得也不再那么起劲，虽然我自己对推理小说同样感兴趣。但是在更多方面，仍然沿袭了母亲生前的生活方式和生活习惯，简直与巴尔特所描述的一模一样。

举个例子，现在家里请的还是母亲原来的阿姨，我们每顿吃的差不多仍是母亲生前常做的几样菜，烧法都是从她那儿传承下来的。有些没学到的，也就失传了。我想起《漂逝的纸偶》中所说：“与别人共有这些记忆的碎片，就是与那个人共同度过人生的佐证。阿玲总有一天也会上年纪，你在厨房吃酱煮青花鱼时也许会忽然想起我。那时，我就在你的厨房里复生了，还问你：‘酱煮青花鱼好吃吗？’”这比前面讲到的那些，好像更切实地体现了不存在之后的存在。这种存在，安详而广大。死者以此在其身后继续发挥作用，参与生者的生活——讲得更恰切些，应该是一种支持或扶助罢。

萧统编《文选》有“诔”、“哀”、“碑文”、“墓志”“行状”、“吊文”、“祭文”诸项，许梿选《六朝文絜》也收了“碑”、“诔”和“祭文”。其中唯祭文的写法与众不同，不用第三人称看待死者，而以第二人称呼之为“君”。如颜延年《祭屈原文》：“乃遣户曹掾某，敬祭故楚三闾大夫屈君之灵。”王僧达《祭颜光禄文》：“王君以山羞野酌，敬祭颜君之灵。”刘令娴《祭夫徐敬业文》：“新妇谨荐少牢于徐府君之灵。”在谢惠连《祭古冢文》中，“既不知其名字远近，故假为之号曰冥漠君云尔。”——当死者的姓名已经不得而知了，还要为其代拟一个，“具豚醪之祭，敬荐冥漠君之灵”。

在祭文中，死者仍然是生者所面对的对象，生者所说的话是给仍然存在的死者听的，包括篇末的“呜呼哀哉”。显然这里有着别处所没有的生者与死者之间的一种直接交流——只有当生者认为死者继续存在而非曾经存在，他才感到具有与之交流的可能性；反过来说，正是通过这种交流，死者得以存在于生者的心中。此亦即《论语·八佾》所云：

“祭如在，祭神如神在。子曰：‘吾不与祭，如不祭。’”

朱熹说“此门人记孔子祭祀之诚意”，诚然如此；但“祭如在”显然有更深的含义。所谓“存在”，从某种意义上讲，就是仍然被对象化；当不再成为对象了，就是完全不存在了。

虽然，不应忽视祭文这一形式的特殊用途——它是供祭祀时诵读的；但无论如何，以弗洛伊德所说“有限不死性”的眼光重读这些祭文，好像不无新的意味。

周作人在《凡人的信仰》中说：

“据物理是神灭，顺人情又可以祭如在，这种明朗的不彻底态度很有意思，是我所觉得最可佩服的中国思想之一节。”

相比之下，我读屈原或宋玉所作《招魂》，从“魂兮归来，东方不可以讬些”、“魂兮归来，南方不可以止些”、“魂兮归来，西方之害，流沙千里些”、“魂兮归来，北方不可以止些”、“魂兮归来，君无上天些”、“魂兮归来，君无下此幽都些”，一直说到“魂兮归来，入修门些”、“魂兮归来，反故居些”、“魂兮归来，何远为些”，乃至再重复“魂兮归来，反故居些”，特别恳切，可以说是把心里话都给道尽了，但又好像把握不住似的；回过头去看开篇的“若必筮予之，恐后之谢，不能复用巫阳焉”，觉得这里所流露的，更多还是失去死者后生者自己无所依傍的心情。

世上那些“通灵”的方法，如扶乩与水晶球占卜术等等，我从未亲身体验过，只在书中读到或在电影里见到。在我看来，这与上述祭文在某一点上是相通的，即通过与死者之间的交流，确认一种不存在之后的存在。

生死之间，有着一条不可逾越的界线。凡此种种，都是试图突破这一界线。

进一步说，死者不在了，对生者来说，交流的对象没有了。他所能交流的，是他心中的那个死者形象。

周作人在《鬼的生长》中对此有中肯和富于人情的意见：

“我不信鬼，而喜欢知道鬼的事情，此是一大矛盾也。虽然，我不信人死为鬼，却相信鬼后有人，我不懂什么是二气之良能，但鬼为生人喜惧愿望之投影则当不谬也。陶公千古旷达人，其《归园田居》云：‘人生似幻化，终当归空无，’《神释》云：‘应尽便须尽，无复更多虑，’在《拟挽歌辞》中则云：‘欲语口无音，欲视眼无光，昔在高堂寝，今宿荒草乡。’陶公于生死岂尚有迷恋，其如此说于文词上固亦大有情致，但以生前的感觉推想死后况味，正亦人情之常，出于自然者也。常人更执着于生存，对于自己及所亲之翳然而灭，不能信亦不愿信其灭也，故种种设想，以为必继续存在，其存在之状况则因人民地方以至各自的好恶而稍稍殊异，无所作为而自然流露，我们听人说鬼实即等于听其谈心矣，盖有鬼论者忧患的人生之雅片烟，人对于最大的悲哀与恐怖之无可奈何的慰藉，‘风流士女可以续未了之缘，壮烈英雄则曰二十年后又是一条好汉’，相信唯物论的便有祸了，如精神倔强的人麻醉药不灵，只好醒着割肉。关公刮骨固属英武，然实亦冤苦，非凡人所能堪受，则其乞救于吗啡者多，无足怪也。”

《论语》有云：

“子曰：‘父在，观其志；父没，观其行；三年无改于父之道，可谓孝矣。’”（《学而》）

“子曰：‘三年无改于父之道，可谓孝矣。’”（《里仁》）

“曾子曰：‘吾闻诸夫子：孟庄子之孝也，其他可能也，其不改父之臣与父之政，是难能也。’”（《子张》）

孔子将“孝”的范围由父母的生前拓展至其死后，将“孝”的对象由生者延伸及于死者。“不改父之臣与父之政”自有政治上的考量，但孔子对“孝”的理解显然更多带有人情的因素。我读孔子的话，感觉到生者期冀死者不要马上离开，希望彼此继续相伴一些时日。期以三年，则仿佛从容告别，死者渐行渐远，终于不见。

《论语·阳货》云：

“宰我问：‘三年之丧，期已久矣。君子三年不为礼，礼必坏；三年不为乐，乐必崩。旧谷既没，新谷既升，钻燧改火，期可已矣。’子曰：‘食夫稻，衣夫锦，于女安乎？’曰：‘安。’‘女安，则为之。夫君子之居丧，食旨不甘，闻乐不乐，居处不安，故不为也。今女安，则为之。’宰我出。子曰：‘予之不仁也。子生三年，然后免于父母之怀。夫三年之丧，天下之通丧也。予也，有三年之爱于其父母乎？’”

按照孔子所说，“夫三年之丧，天下之通丧也”，乃是根据

“子生三年，然后免于父母之怀”。但我揣想“丁忧守制”以后才成为一种规矩，以约束生者不要太快放弃死者，遗忘死者；最初大概还是人情使然。就像孔子讲“三年无改于父之道”，与其说是旨在提倡，不如说是有所感慨。

我所留意的是孔子在与宰我的对话中一再强调“安”，甚至连后者所担心的礼坏乐崩亦在所不顾。生者与死者之间的关系本来就是单方面的。对于生者，真正也只有“安”这么一点约束。“女安，则为之”，这也许很容易，也许很不容易。

我读《史记·孔子世家》至这一节，颇受感动：

“孔子葬鲁城北泗上，弟子皆服三年。三年心丧毕，相诀而去，则哭，各复尽哀；或复留。唯子赣庐于冢上，凡六年，然后去。”

追思故人，本来就是因情而异，无须一律；此亦如送行路上，或多走几里，或停下脚步，亦各尽情谊而已。

如今丧事多是从速办理，难免有赶紧了事之嫌。《红楼梦》第一百二十回云：“且说贾政扶贾母灵柩，贾蓉送了秦氏凤姐鸳鸯的棺木到了金陵，先安了葬。贾蓉自送黛玉的灵也去安葬。贾政料理坟墓的事。”推算各位的死亡时间相差甚久，如秦可卿死在第十三回，当时“择准停灵七七四十九日，三日后开丧送讣闻”，实际上停灵的时间要长得多。我对包括停灵在内的旧日丧事办法全无经验，只是感觉过去的人在这方面好像更从容一些，也郑重一些；现在则只剩下殡仪馆里常见的“一路走好”这么一句空话了。

前些时听两位台湾的朋友说，他们那里除夕、清明仍有祭祖仪式。后来有海南的朋友在微信上说，她的老家也是年年如此。但对于一九四九年以后迁入城市的人及其后代来说，这一传统久已断绝。革命在这方面的效果和影响，似乎还不为大家所留意。

关于祭祖的风俗，我仅仅是通过阅读而略知一二。周作人曾作《两种祭规》一文，有云：“案头放着两部书，草草一看似乎是很无聊的东西，但是我却觉得很有意思，翻阅了几回之后，决心来写一篇小文，作为介绍。这是两种祭规。”即萧山汪氏的《大宗祠祭规》和山阴平氏的《瀫祭值年祭簿》，读之可知旧日祭祀的内容和过程。直到终篇，周氏也没讲“意思”究竟何在。我想，还是体现在祭祀仪式里的人情罢。

《论语·八佾》云：

“林放问礼之本。子曰：‘大哉问。礼，与其奢也，宁俭；丧，与其易也，宁戚。’”

乃以生者的真实情感为“礼之本”。《子张》则将当下的“丧”与长久的“祭”分开来说：

“子张曰：‘士见危致命，见得思义，祭思敬，丧思哀，其可已矣。’”

子张之说当本诸《八佾》中这番话：

“子曰：‘居上不宽，为礼不敬，临丧不哀，吾何以观之哉？’”

《檀弓》则云：

“子路曰：‘吾闻诸夫子：丧礼，与其哀不足而礼有余也，不若礼不足而哀有余也。祭礼，与其敬不足而礼有余也，不若礼不足而敬有余也。”

较之孔子答林放问，说得更周全也更彻底：“哀”与“敬”通过祭祀仪式而体现，但此种情感重于仪式本身。

实际上，当祖先遥远到超出后代的直接记忆——最多也就是两三代罢——之外，就完全抽象化、概念化了。孔门所以不复言“哀”，而改曰“敬”，极得人情真谛。但正如张爱玲在《对照记》中所说：

“我没赶上看见他们，所以跟他们的关系仅只是属于彼此，一种沉默的无条件的支持，看似无用，无效，却是我最需要的。他们只静静地躺在我的血液里，等我死的时候再死一次。

“我爱他们。”

现在的中国人，往往很少知道自己三代以上的先辈是干什么的，可能也与曾经发生过革命不无关系。此所以我到日本，看到商店或旅馆的招牌上常常写着“六代目”、“八代目”、“十代目”甚至更多，不免深有感触，觉得其中隐约有种家族的力量延续下来。

奈保尔在《作家看人》中说：

“我知道自己父母的情况，但是再往前就不清楚了。我家祖上的事含混模糊。父亲还是个婴儿时，我的祖父就去世了。传给我的家史仅此而已；现在我们追忆的只是一个家族传说，有些内容夸张浪漫，或者完全是编造的，因此不能信以为真。”

追溯起来，我的父亲这一系，我所见只到父亲为止；母亲这一系，所见到外祖父母为止，此前的先人都隐没在黑暗之中了，我不清楚他们活了多久，干过什么事情，甚至连他们的名字都不知道。没有什么“家族传说”。

我的侄女六岁时，我的父亲即她的祖父去世了，不知道她是否还记得；她二十二岁时，我的母亲即她的祖母去世了，相关记忆或许能够保持长久一点。待到将来她有下一代，这些也都将是黑暗一团、不辨面目了。

重又想起《檀弓》所记曾子临死易箦之事。曾子临死之际，他的目光不仅看着自己仍然活着的世界，也朝向自己死后的世界。而他经童子提醒，非得换掉季孙所赐的竹席不可，肯定希望这一“吾得正而毙焉”的态度能够被后人记住。

世间所有的遗言、遗愿，无论什么内容，都是人们逾越生死的尝试或企图，都是期待在自己已经不存在了的世界里继续保持一种存在。

不存在之后的存在，说得上是人类的一种永恒的愿望。人活一世，很大意义上就是为了把生延长到生结束之后，就是为了死后不被遗忘。

我回忆母亲，想象母亲，本身就是对她的死亡的一种反抗，因为死亡的目的正在于使一个人消失。

这甚至成为我继续活下去的必要性之一：因为我可以记忆、想象，因为我可以作为记忆和想象的载体——我以我的存在延续母亲的不存在之后的存在。

母亲不在了，她的记忆和想象随之丧失；只剩下我对她的记忆和想象。待到我也不在了，则连这也丧失了。人类的历史就是这种不断丧失的过程。

母亲去世后，有朋友曾建议我搬离与她一起生活过多年的地方。我很感谢朋友的好意，但是又想：我们面对死者，有如坐在海滩上守望退潮，没有必要急急转身而去。

后来我对另一位朋友说，坊间有本书名叫“拒绝遗忘”，其实遗忘是拒绝不了的，最多只能讲“抗拒遗忘”。假如有“造物”的话，那么他的总的态度是要生者遗忘。大家劝我别陷在母亲死亡的阴影里，真要离开那阴影还不容易，时间自然会使我走出这一步。我只是希望慢点离开而已。我的确惧怕遗忘，因为它将断绝我与母亲之间的唯一联系。（末了这句，也许应该说：在我心中活着的母亲，惧怕为我所遗忘；而就在我的这种体验、我与她的这种联系之中，她继续活着。）

我怀念母亲，保留关于她的记忆，想象她的存在，偶尔还梦见她——依靠这些，她与一个她已不存在的世界保持着联系。但我也感到，这种联系实在太微弱了，甚至比“气若游丝”、“奄奄一息”还要微弱得多。

前面曾提到过两个词：“音容宛在”与“风范犹存”，它们的含义并不相同。母亲在我心中，可能终将由前者转变成后者。一切具体的都终将变为抽象的。“假如”也终将有一天会不再被提出。我终将彻底接受母亲已死这一事实。

我只不过是在这一切到来之前，与母亲一起享受一点“昔日的荣光”罢了。

也可以从“主体”与“客体”的区别上来考虑生与死。死是一个人的“主体”——那种有意识的，能感知的，具有主观能动性的……——的丧失；而其作为“客体”，可能在某种程度和某种意义上仍然存在。这种存在开始是具体的，以后到了一定阶段——所有接触过他的人也都不在了——就变成抽象的、概念的了，乃至完全消失。

附带要说到的是，不存在之后的存在，还可以诉诸别种方式，至少包括：一，借助于造像或影像，如雕塑、绘画、照相、录像、电影、录音等——正如徐渭《画鹤赋》所云：“形骸易泯，不胜留影之难，楮墨如工，返寿终身之玩。”二，借助于文学和艺术等创造物。

借助于创造物以实现不存在之后的存在，关键还不在于“留名”——如果仅仅留下一个名字，实际已经被抽象化、概念化了——而在于一个人的态度、思想、感觉、感受、感情，以其所留下的作品为媒介，具体地为另外一个时空里的人所感知。此即《庄子·齐物论》所说，“万世之后，而一遇大圣知其解者，是旦暮遇之也。”而在这种感知之中，那个已经不存在的人仍然存在。

但即使是这两种方式，仍然有失传的可能，——在信息时代，失传更可能为埋没所取代。即使不失传，当创造物不再有人理会，或虽然获“遇”而不再被“解”，那么也是枉然，也就不存在了。

雅斯贝尔斯在《哲学思维学堂》中说：

“凭借继续在他人记忆中存在；凭借在家族中的永生；凭借青史留名的业绩；凭借彪炳历代的光荣——凭借这些都会令人有慰藉之感，但都是徒劳的。因为，不仅我之在、他人之在会有终结之日，就是人类以及人类所创造、所实现的一切，皆有尽时。”

或许，我们所期望的未必有那么长久罢。

# 附　记梦

半夜醒来，久睡不着，快天亮时才又入眠，梦见抚摸母亲的手臂，清楚地感受到她的体温，皮肤不很润泽，睡梦中想，是脱水药用得太多了。

昨晚又梦见母亲，握她的手。

夜里梦见买了两张电影票，好像是个老的美国黑白电影，打算邀母亲一同去看。猛然醒来，夜色尚黑，真切地感到天人永隔。

昨夜做的梦是关于母亲的：在医院中，一间病房里有许多病人，母亲的病床在一侧，与一位看护同躺在一张床上，如去年春天在天坛医院神经内科病房住院时那样。母亲的病历找不到了，各项检查需要重做——特别想到CEA。我去找主任，即是望京医院肿瘤科那位，问有无必要一一重做，但又特别对他说，我的前提是让母亲能活下来。这时有护士高声喊道，家属不能看病历。

夜里梦见在医院的走廊遇到小沙，手里端着一个小便器，却是男性用的那种。我问，妈妈怎样。他说，还行。我走进病房，看见母亲醒了，但随即我也就醒了。每次梦见母亲都是马上就醒，好像知道这不是真的。

一夜不知醒了多少次，又做了多少梦——都是关于母亲的：和她一起在电影院门口等候；在公共汽车上坐在一起；还有一个是与她讨论她的病，她说，其实吃点药就行了。我说，可惜没早发现。醒来想到这样的谈话实际上永远不可能进行了。

夜里梦见母亲讲豌豆如何烧法，声音很大，非常清晰。其实她平时不大声说话的。睡得甚浅，明知是梦，但不愿醒来，欲多留连，得与母亲相处。

夜里梦见母亲的呼唤声，很轻，就像过去她住在隔壁房间时偶尔发出的那样。

夜里时睡时醒，做了好几个梦。在一个梦里，读到一文谈春游与上坟事。在另一个梦里，母亲在路边等我。醒来想到自母亲二〇〇三年搬到三区之后，常与我约好，或在我所住之四〇三楼下等候，往往是在药店后门附近；或在她所住的三一六楼下，点心店门口等候。她也曾站在三区院内的路边，情景思之犹在目前。

梦见母亲去美国领事馆申请签证。晚年没能去一趟美国，是她终生的遗憾。

夜里做了两个跟母亲有关的梦：第一个梦是在一家食品商场，母亲问有没有姜汁饼干卖。服务员说没货了，要去天津调货。母亲说不着急。我却急着问服务员如何与天津联系。他告诉我一个号码。我打了，告诉我另一个号码，只有四个数，我很着急，就醒了。想起母亲曾托虹影从英国带来姜汁饼干，是她小时候去英国时吃过而难忘的，虹影给找到了，她喝下午茶时吃，很高兴。另一个梦是我们一起去了美国，是在纽约的城外，荒野之上，有个大学女同学要开车带我们去海边，还要去城里。母亲却自己另外开一辆小车。我对同学说天气很冷，母亲患了癌症，是否能耐得住。母亲说没关系。这时我醒了。想起母亲曾在二〇〇〇年前后希望赴美，未能成行。

夜里又梦见母亲：我们一起乘一辆大客车，似是远途，半路我下车，母亲追上来，说这是我写的一封信，你要不要看看。

我拿到信封，略有揉搓，贴着邮票，是糊上又撕开的，信写给天津某友人，但姓名我忘记了。我急着打开，共两页，是母亲的笔迹，上来写道，得了这样的病，很难心平气和，接下来议论了些中国出版方面的事，其余不记得了。我看了信，再看母亲，在路边站住，似乎并不急着赶上那辆即将开走的车。

夜里又梦见母亲，均是日常生活情境，唯背景乃为一平房小院。

昨夜梦见母亲躺在医院的病床上，背景是一张巨大的脑部核磁共振片子，清楚地看到了占位病变，但是很小。

昨夜又梦见母亲，是在路上遇见，手里提着很多菜，我赶紧迎上帮她拿。此是实境，过去不止一次发生。梦中母亲常穿那件蓝色上衣，有时戴那顶布帽。

夜里梦见母亲的葬礼，仿佛去年十一月二十四日的情景，但是母亲自己亦是参加者之一。此梦怪诞，很快即醒，不复多记忆矣。

夜里的梦是昨晚小过请我吃日本饭的延续，母亲躺在床上，说有点吃多了，其实这是我自己昨晚和今晨的感觉。斯亦奇矣。

夜里梦见在小院里，像是西颂年胡同五十一号还没有搭建那些小厨房的时候，很宽敞，母亲躺在一张竹躺椅上。我看见她，就想，死了又有什么呢，这不是人还在么。那种欣喜与庆幸的心情，到醒来还能体会。

夜里梦见母亲，是躺在病床上，我说，你身体要是好点，我陪你出去走走。她说，我可以啊。她的病床是由多把椅子搭成的，我说这椅子也该换换了。

夜里梦见去见父亲，向他报告母亲的死讯，忽然醒悟父亲先已去世。

夜里梦见我要母亲来看我在日本买的玩意，突然想到母亲已经不在，遂醒。

夜里又做了关于母亲的梦，醒来，还默记了一遍，又睡，再醒来已不记得，惘然若失。

夜里梦见母亲对我说，告诉你爸爸，回来多买些菜。

很早醒了，好容易又睡着，梦见母亲，她穿着那条有点麻的感觉的裤子，我问，怎么腿上长了一个包。她答，是啊。我问，都瘦完了罢。她答，瘦，瘦……她的语气是隐忍的，好像慨然接受命运似的。我不记得真实生活中她是否是这态度。但我想起她最后在家，因为不能进食，瘦得背后的脊椎骨都清楚地显露出来。

夜里梦见和母亲一起在一个公共汽车站转车，但是需要在一些架子上跳上跳下，手里拿着包，忽然东西掉了出来，是一些很漂亮的布片。

夜里梦见和母亲一起走在街上，我为什么事闹脾气，她一个人先走了，我忽然想起她有病，赶紧叫她走慢点。

夜里做了两个梦：第一个是和母亲住在一个小院，却比红星胡同八号开阔，也有些荒芜，我在那里一连写出五本随笔集，其中有两本是关于电影的，正在谋划出版，忽然想起自己连《雨脚集》还没写够一本呢，遂醒。这是我原来为《旦暮帖》起的名字。第二个梦是母亲对我说，她和毛毛住在一起，多么幸福，我想起第一个梦，也感到幸福，但也就马上醒了。

夜里梦见睡在母亲的房子，半夜醒来，走到客厅，看见母亲、小沙、毛毛一起聚精会神地在看电视。

夜里梦见我跟着母亲穿过一片竹林，只看见她的后背，穿着一件驼色的外衣。

夜里做了至少两个与母亲有关的梦。第一个是在盛夏，天气很热，我和母亲都住平房，却不在一个院里，我爬过梯子到母亲的院里，她正站在那儿仰望夜空，我来到她身边，拉住她的衣袖。她很瘦，袖子飘飘的。我说，您要保重身体啊。她说，我也不知道是怎么回事。我们就一起仰望夜空了，不记得有星星月亮，只记得那是我平生没有见过的如此深远的夜空。第二个是我对毛毛说，今年已经是二〇一二年了，坚持到明年，母亲就活到九十岁了，也就行了。忽然想到母亲在八十七岁已经去世，于是醒了。这个梦太浅，就像我平时想的。

昨夜又梦见母亲，但是醒来记不大清楚了——她去世的一年多里这样记不得的梦有很多。好像是对她说，如果她也留心一点，应该是能够早点发现她患了肺癌的。

夜里梦见我拿着一个柠檬，非常新鲜，轻轻一掰就成了两半，里面的果肉一丝一丝，富于汁水，而母亲在一旁看着。

夜里梦见母亲，但是醒来却不记得梦的内容了，甚感遗憾。

类似这样的情况有很多次。

夜里梦见装修的小张来修理地板，母亲和我都在一旁蹲着，看着他操持锯或钻之类工具。

夜里梦见母亲，她已病重，但仍坐在那儿，我对她说，马上新的一年就开始了。但当时心里想，这恐怕是母亲的最后一年了。她对我凄然一笑，显然不大相信自己会好转。我努力要扶她起来，但怎么也扶不动。这个梦好像要补足最后因她失语，而没能与她交谈的缺憾。也许是昨天在所住的旅馆水上馆走廊里看见一幅画而引起的，画上题着“九十七岁作”，我想母亲整整比这少活了十年。

午睡，梦见母亲，大哭，醒了却无眼泪。

昨夜的梦：我在香港一家饭馆里看一本画报，是那种很差的饭馆。堂倌来说，这里不许看这个，我收起画报拿出一本书看，堂倌又说，这里不许看这个。我又收起，想点碗面吃。问要哪种，我说随便罢。这时母亲风尘仆仆地进来，说刚去见了曾主任。我问钱——好像是看病用的钱——批下来了么，她说，还没有。我就醒了。曾主任是母亲的领导，对她很照顾，但先于她就去世了。

夜里梦见与母亲同乘一列火车，要用发票交换车票，找出来的都是收据，接着就醒了。

昨晚睡得很早。梦见马家辉来到家里，是红星胡同南屋那间，抽了很多烟。母亲也在。他走后，我赶紧开换风机——像是空调挂在墙上，按一下按钮就开了。然后我对母亲说，一向对您关注不够。说这话时我站在她背后，看着她的头。接着就醒了，当时才是两点。

夜里睡得不好，做了好多个零碎的梦，不止一个与母亲有关，但是醒了就忘了。对梦的遗忘使我又有一种丧失感。只模糊记得一个：母亲已在医院昏迷不醒，但我却收到了她的一封短信，只有两行，各两字，但忘了是什么字了，只记得旁边她的那个签名。

夜里睡得不好，很多零碎的梦，梦到母亲、父亲。隐约记得关于父亲的梦，他要我搬到重庆去住。是他的口音，稍带一点口吃，就像他活着时说话那样。醒了我想，这种记忆大概是融化在血液里了罢，否则过了那么久，怎么还会在梦里呈现。

这个梦是最接近“托梦”——虽然我不相信有这种事——

的了：是在王府井金鱼胡同西口，母亲和我一起往东走，我说，我要写一本关于您的书。她说，我知道你要写一本这样的书。我说，我不想写一本传记，我想写您和我的关系。她不说话。我问，您说应该怎么写呢。她不回答。我又说，您说应该写什么呢。我们一起走，忽然到了东直门南小街——梦到这里有点超现实了——只见路两边都成了废墟，门楣窗户都作黑色，就像电影里那种大灾难后的景象。我说这是过去的裁缝铺，这是修洋铁壶的铺子，一一指给母亲看。慢慢儿就醒了。

夜里梦见东东回来了，又要离开，小沙和毛毛要我对他说声再见，但我迟迟不愿说。他走了，我才追出去，对他说母亲已经不在了，我们在一起住罢。

昨夜的梦里，我建议母亲一起去一个地方——是在四川长江边上，但那地名是不确的，醒来已经忘了。她说，已经随学校一起去过了。

昨夜做了两个与母亲有关的梦，醒来还记得；再睡，再醒，忘了一个，另一个是：我躺在床上睡觉，身体蜷缩着，母亲拍我的背，说，干吗这个姿势呢。我回过头来看她，满眼是泪，我说，您不知道我心里有多苦啊。在这个梦中，母亲既是哀悼的对象，又是倾诉的对象。

夜里做了两个与母亲有关的梦，但醒来都记不太清楚了，一个梦里还有杨大妈，另一个梦里，我把一些仪器似的东西摆放在母亲床头。

夜里梦见母亲在睡觉，我把她叫醒了。

夜里梦见开始写关于母亲的书了。

夜里梦见母亲，醒了还记得，但到了想把它写下来却什么也记不得了。很多的梦都是这样，仿佛她曾经回来，却又走得毫无踪迹。

夜里梦见家里装修，做了一个坡度很陡的木制斜坡，我担心母亲走过不太安全，要小张修改为台阶，且有扶手。醒来我想，对于故者最大的遗憾，是什么也不能为她做了。

夜里梦见做了一个布人放在床上代替母亲，小沙、毛毛都站在床边，是我们在日本飛驒地区常见的那种红布做成的布人，所穿黑衣上有“飛驒”二字。

夜里梦见去了一个路线很复杂的系列花园似的地方，中途我想，回去要告诉母亲。

夜里梦见我得知了母亲的病况，要告诉她，看见她的背影，花白头发，穿着那件晚年常穿的蓝色上衣。待到走近前去，就醒了。

夜里梦见母亲，是在一间很高很大的房间里，好像是说这是我们的新居，史航也来访了。醒来想，我认识史航是在母亲去世半年以后。

夜里做了好几个关于母亲的梦，只有一个还记得：打算一起到南极洲北面一块陆地——我们对着一个大的地球仪，上面画出那个实际上并不存在的地方——去旅游，那里是个很热的地方。

梦见我看母亲的通讯录，突然哭了，想到，死亡扼杀了她活的愿望。

夜里接连做了好几个梦，都梦见母亲，醒了只记得一个，好像是在一处类似劳改营的地方，母亲、我、还有一个不相识的女人挤在一个上下铺的下铺，那房间很长，两排上下铺，Morin 躺在另一处上铺，探起身子朝这边张望。

又梦见母亲，也是好几个梦，只记得一个：母亲回到家里，大家像平常生活在一起时一样，我想，她要是能活到二〇一三年就好了，但同时又想，她已经死了两年，中间这个空儿怎么办呢。

夜里梦见母亲，平常家居的样子，谢其章、赵国忠两位来家里抄写东西，我担心母亲劳累，说，就不留客人吃饭了。

夜梦见母亲，是一个很混乱的梦，好像有一份什么人写的什么稿子，母亲说，你还要检查一遍罢。

夜里梦见了母亲，今天是她的祭日，我的梦大约正做在两年前她辞世之际。是在西颂年五十一号，沿着三面墙摆了好几张床，就像曾经有过的那样，分别躺着包头来的什么客人，毛毛，还有母亲。但是她躺在一张单人床上，就像她晚年睡的那张床，而不是从前那张大床。我走到床边，用手摸母亲的脸，从右边面颊抚摸到颏下，再到左边面颊，感觉是那么真切，温暖、滑润，富有质感和弹性，也许这就是本来意义上的“肌肤之亲”罢。但随即想到，母亲不是已经不在了么。我就醒了。

夜里做了两个与母亲有关的梦：一个是家里来了个背包客

样子的人，面貌仿佛是萨苏，母亲问他，在美国怎么乘长途汽车，那人说，只会几句英语。我就想，我一句日语也不会，在日本也能转乘长途汽车。第二个只记得一点，是与母亲一起去一个朋友家，有一盏灯，朋友说这有一百二三十瓦；母亲说，我可是连一瓦也不够了。

梦见我和陈子善、李长声，还有一个忘了名字的人一起谈论藏书之事，好像李不知怎么获得了鲁迅的部分藏书，母亲就在一旁看着我们。

夜里梦见父亲和母亲都在家里，平常生活情景。突然想到，他们不是都不在了么。遂醒。

夜里做了一个很长的梦，先是陪母亲住在医院，后来又陪她去旅游，好像是在红海的船上。醒来感到很满足，昨天回家路上走过原来正时家居所在地，想到过去常与母亲来这里，忽然感到母亲真的离我有点遥远了。母亲身后我的生活，各种她不可能知道的内容，这些把她给推远了。昨夜的梦冲淡了将正视她的不存在的担忧。

昨晚梦见母亲，对她说，您已经病了四十五个月了。醒来算了一下：从二〇〇七年八月发病，到二〇一〇年十一月去世，实是三十九个月。

夜里梦见和母亲在家里，朱老师来了，母亲去开的门，我说，她真的不行了，您早该来的。母亲在给我织一件毛衣，我说，您用毛线织个自己的名字在上面罢。

夜里几次梦见母亲：第一个梦，我对她说，妈妈，你知道我特别爱你么。她先是摇摇头，又点点头。第二个梦，我们在说话，母亲戴着耳机在听收音机，我想，她很寂寞啊。第三个梦或许是单独的，或许与第二个梦是一个梦，梦见她睡在床上，头蒙在被子里，我把被子翻开，她在听收音机呢。

夜里梦见和母亲一起去外婆家，坐在院子里，后来我说，我先走了。就沿着南小街往北走，走到朝内大街，却是已经修了过街天桥了。快到二十四路车站，看见母亲和姐姐在那儿等车。

夜里梦见和母亲一起在日本旅行，好像是从岛原到熊本的渡船上。我去了日本这么多次，终于梦见与母亲同行了。

昨天夜里梦见和母亲一起去申请签证，好像是日本的，但是记不清了。

夜里做梦：在日本，夜里，仰望天空，星座历历在目：大熊星座，小熊星座，北斗七星，还有银河。我想，既然小时喜欢天文，当年为什么不去学天文呢。好像比弄文学，人生更能落到实处。我把头转向一侧——母亲躺在一张躺椅上，原来我们是在一处海滩，我问她，我若是学天文，是不是更好呢。

做梦：母亲在病中，她也发微博，却不留神都删了。其实母亲是不懂用电脑、上网之类事的。她对我说，那有一百三十多条，差不多是一本书啊。我凑近她的床边，说，母亲，我们一起写本书罢。这时忽然想到她已经不在，就醒了。留意到这样的梦延续到了母亲身后。

夜里又梦见母亲，仿佛是和她一起坐在窗边，往外看着，只是感到很温馨的气氛，别的记不住了。母亲渐渐地远离我，变成我的一个梦了。

夜里梦见我在缝什么东西，有根针掉在地上了，母亲要帮我捡起来。我说，不用。她说，你别着急，慢慢说。

昨夜的梦记不完整了，只记得想到母亲还有两三年可活，应该对她更好一点，多听她说说话，尽量满足她的心愿，但是忽然想起她去世已经两三年了，就醒了。

夜里梦见和母亲一起去奈良，京都，却是乘的我们这里的公共汽车，而车窗外所见也是金鱼胡同路边的景色。唉，母亲还是去不了那里，即使在我梦中。

夜里梦见母亲，她写了一首半新半旧体的诗，我说，您为什么不写点散文似的东西呢，我可以引进我的书里。然后我看着她的脸说，请让我看清楚了。她就转过脸对着我。醒来我清楚地记着梦里她的相貌。然而我也清楚记得这与她真实的相貌有些出入。这似乎足以动摇我所谓“不存在之后的存在”：当这“存在”出自我们的印象、想象以及梦——梦可以说是这些心理活动的反映或写照——时，也许与曾经的存在还是有些区别的，也就是说，并不那么牢靠。

夜里梦见和史航在一条小街边某个小饭馆的桌子旁坐下，点菜，好像点了红烧带鱼之类。时为傍晚。我忽然想起，得赶紧结束，母亲还在家里等我吃晚饭呢。

梦见和母亲在家里，院中有假山流水，颇漂亮。但是屋里地板却没有铺平，凸起很大一块。

夜里不止一次梦见母亲，醒了，努力记住梦的内容，又睡，再醒来，还是忘记了。只模糊记得一个：她躺在床上，盖着白的被单，脸露在外面，睁着眼睛。我问她，您好点了么。她点点头。我不能确定这是昨夜的梦，还是前夜的梦，因为前晚我也梦见她了。

梦见与母亲一起在英国领事馆申请签证，Morin 是工作人员。一个女人出来说，母亲提出去过英国的记录查不到了，办起来有点难；我就容易些，但需要邀请信。我说已经有人给写邀请信了，就不麻烦 Morin 了，主要是母亲能办成就行。我们就在那里等着。母亲小时的确去过英国，在她晚年我们也曾商议过要去那里一趟，但 Morin 是法国人，此事与他无关。

夜里梦见母亲，好像是乘什么车，买什么票，但醒来完全记不真切了，为之怅然。

夜里梦见我带几位朋友回家，又好像是相约要去广州，但家门锁着，敲门不应——是从前住的西颂年胡同五十一号那种镶着玻璃的平房的门。我说，母亲出去了，不在家。

夜里梦见春节过后，赶上母亲去世周年祭日——这个日子是错的——我只是哭个不停，一直在哭，直到醒来。然而眼中并无滴泪流出。

夜里梦见母亲，醒来几乎什么也记不起来了，努力追忆，仿佛是陪她在一个外国小城漫步，那里有古老漂亮的房子，有小河，有石桥，非常像前不久我刚去过的乌尔姆的渔师和鞣皮师傅街。母亲晚年我们几番计划出游，均未实现，结果我一生从来没有陪她到北京之外一次，想来遗憾至极。假如成行，大概就是这回梦里的情景罢。

夜里梦见和母亲一起在一个大天棚下，旁边电影学院一九八二届的学生正在聚餐，我就问张晓敏和林芳兵为什么还没有到。醒来——其实是半醒半睡之间——我想，好像打算问的是曾在积水潭医院见过两三面，后来被开除了的张静，亦未可知。

梦见我回到家里，是平房，屋里生着炉子，还是很冷。母亲躺在床上，盖着不厚的被子。我把炉盖打开，把蜂窝煤一块块夹出，最底下的一块已烧完，把它去掉，再把烧着的煤夹回去。这样的事，多少年前我们每天清晨都要做。

夜里梦见母亲和小沙、毛毛等坐在一张大桌子旁边。奇怪的是，我凑到很近去看，只有母亲的脸是真实的，别人的脸都不是本人的，而是另外一些脸。

夜里梦见我躺在床上，大声说了一句话，母亲走过来问怎么了，我把手里的书示意给她，说，是这里写的。这个梦中记得真切的是母亲正是老年的样子，头发已经花白，穿着那件驼色的棉袄。

两次梦见母亲，都很简短，一个是小云来看她，带的好像是小燕的儿子，我握着那孩子的手，很宽厚的感觉。我们一起陪母亲走出小院的门——是那种旧式门楼，不是我们原来院门的样子。门外是一条宽敞的街，空中拉满电车用的电源线，小沙和小司已经走到远处。另一个是在很像西颂年胡同五十一号的地方，很清楚地听见小燕在门外说话。我对母亲说，真抱歉，把您从楼房又接回这平房来了。

昨晚，前晚，都梦见母亲。但是醒来就忘了，只模糊记得一点残片，但还不能肯定是梦里真实内容，抑或事后想象出来。梦是如此虚无缥缈，不可把握。

梦见晚上与母亲一起回家，门上挂的是 LV 那种金色小锁，却没有锁上。我们紧张地进屋，什么人也没有，家里很大，一间又一间屋子。我们从来没有住过这样的地方。

梦见与一对香港夫妇吃饭，好像是马家辉介绍的，他们坐在对面，母亲坐在我的右边。桌上有两盘菜，都是那种绿叶蔬菜。

梦见在一条胡同里遇见母亲，特别像我们曾经住过但现已拆除的西颂年胡同。母亲说一个人待在家里有点烦了，我说陪您出去玩玩好么。

梦见我乘公共汽车，好像就行驶在白天刚去过的广顺南大街上，忽然在车上看见了母亲，面目特别清晰，我即使在梦中也颇感惊奇。我拉住她的手说，您回来啦。她说，是啊。我说，您上哪儿去了。她好像有点儿难于回答似的。我就醒了。

梦见我问母亲，您好么——这是我过去经常问她的话。她苦笑一下，未回答。

梦见家里有很多人，我推开一扇门，房间是长条形的，一面墙上有一排窗户，朝向外间。母亲躺在靠窗的一张很窄的床——像是由多张凳子连成——上。我说，您怎么换床了。她说，刚换好就被你发现了。

梦见我们的住房形状窄长，完全不是现在或过去住过的格局。要打个隔断，为母亲安排一间屋子。母亲也在参与商量如何设计。

梦见我把自己的书——很清楚地记得就是刚写成的《惜别》——打印装订成一册，上面有多处母亲用红笔添加或修改的笔迹。我一字一句地看，当时看得很真切，醒来却忘记写了些什么了。只记得与“文革”的经历相关，而这却是我的书中没写到的。

梦见我回到家里，母亲把我出门这些天积下的一大摞报纸交给我，我开始一张张翻看。这完全是过去生活的实景，就像回忆一般。做这梦是在从日本回国的前一天晚上。

梦见在家里的窗口面对一轮夕阳，赶紧喊母亲一起来看。也许是前不久我在室户岬见到夕阳留下的印象，但梦里的夕阳比我所看过的要大得多，简直有点超现实的意味。

大概五点钟，醒了。读了几页书，想再睡会儿，忽然听见母亲呼唤“方方，方方”。

再次醒来已是八点多了，知道那不是幻觉，是梦。但母亲的声音记得很真切，是她生前早晨起来遇见什么事情呼唤我的那种声调。母亲祖籍江苏无锡，虽然生在天津，小时候却从未接触过当地人，所以没有天津口音，后来在北京住久了，说的是带一点点北京味的普通话。

夜里梦见我在公司上班，因故必须留宿不能回家。这时母亲去世的消息传来，心中悲痛至极而且特别内疚。

大前晚梦见父亲，前晚梦见母亲，梦都很长，可惜昨天未及记下。昨夜又梦见母亲，醒来，为避免忘记，把这些梦一遍遍地回忆。又睡着了，梦里我在回忆自己的梦。今晨醒来，却什么也记不住了。

夜里梦见母亲，我们在天津火车站前，她告诉我她的大叔叔住在哪里，大叔公住在哪里……一共大概指点了五六处，但我不记得都是谁了。当时我的面前仿佛展现了一张天津的鸟瞰图似的，这显然是超现实的。

夜里梦见：我在想，父亲因病去世了，母亲虽然身患绝症，但总算活到九十一岁了。但忽然悟得母亲已经去世，遂醒。母亲上个月三十日冥寿九十一岁。

夜里做了好几个梦，有两个梦梦见母亲，其中一个还记得：家里房子很大，装修得也很华丽，母亲很满意。还有一个梦梦见张爱玲，是一间小屋，我推开门，里面漆黑一团，她坐在黑暗中，不见面目。我说很喜欢她的小说，提到《色，戒》和《留情》，她很健谈。然后她就坐在屋外的桌旁，这时我看清楚了，就是她晚年照片上的样子。

梦见母亲。我问她，《惜别》您看了么？她说，还没有。我说，您给我写封信吧。她说，写什么呢。我说，写您对世界、对人生的看法。她说，我想想。这样的梦太浅，简直不像是梦。

夜里梦见与母亲到不知什么地方旅游，地面是透明的，其下可见川流沟壑。

梦见母亲突然去世了，我保存的一份周作人手稿，母亲生前给装好了框子，挂在墙上，但是有待母亲为我做的事情还有很多，为这种突如其来，无可挽回的损失而特别悲伤。——事实是，母亲去世是在患病三年之后。

这几天都梦见了母亲，都是普通生活内容，母亲也只是这生活中的一员，醒来只记得做了这样的梦，具体梦见什么却记不住了。

梦见我回医院工作，被评上副高职称。回来问母亲，满意不。她说所期待的比这要高。近来每晚都梦见母亲，仿佛是必然的一种与她见面的方式。

夜里梦见母亲在炒菜，不是在家里厨房，而是饭馆的那种，火苗腾腾的样子。父亲和我站在门口看，父亲说，比起几个孩子，还是你妈菜烧得更好。中间有段间隔，又梦见与母亲同行，我说，您的房子住着不舒服，我想另外给您买所房子。

梦见我家是路边的两间平房，有着大玻璃窗。我听见外面有人喊，我回来了。我打开门，看见母亲站在门前，穿着一件有暗花的衬衫，是七八十年代的打扮，也是那时的容貌。我感到有点意外，但随即拉着她的手说，您快回来罢，别再走了。然后就醒了。是一种忻幸的心情。

夜里梦见母亲躺在床上，已经去世。我正难受时，她忽然睁开眼睛。我说，我为您担心啊。她说，我只想平平安安地过日子。

梦见在红星胡同家中，母亲出外，过一周就要回来，我打算在她回来之前把屋子收拾一下。这梦里那房间完全是原来的实际样子，但周围环境却是改变了的：是在一条有石栏的河边，仿佛临近一个码头。

梦见母亲和毛毛一起回来，走到窗前，窗台上摆满了花，就像红星胡同八号那样；我对她说，这些花怎么养法，您得写下来啊。

夜里做了两个梦，第一个梦里与父亲讨论谷崎与川端文学之美，我提到写过关于谷崎的文章，又就写了一部分就停笔了的关于《雪国》的文章说了很多，可惜醒来都忘记了。第二个梦里，母亲说她在无锡的老宅还保留着，只是房子很小。

夜里梦见毛毛说，母亲住在英国——事实上是美国——她的家里，生活虽不富裕，但活得很好。

（二〇一五年五月二十三日日记：拟自此以后不再记录关于母亲的梦了，尽管我还会继续梦到她。）

第五部分

# 向死而生

母亲去世的第二天上午，大哥和我一起回到医院，他去病房办理一些手续，我在院子里等他。忽然听见不远处两个陌生人在聊天，“今天天气不错。”“是啊，是个晴天。”我抬头看看，简直是碧空如洗。不知道赶到这天天气好了，还是接连几日尽皆如此。我想起在小津安二郎导演的《东京物语》里，当妻子死后，周吉对儿媳纪子也说过“多么美的早晨啊”的话。

后来我去日本白滨的三段壁，那是著名的自杀地，我在悬崖上看见一块“口红的遗书诗碑”，上边刻着当年情死者的手迹：“白浜の海は、今日も荒れてゐる。”（白滨的海，今日依然波涛汹涌。）后署“一九五〇・六・一〇 定一 貞子”。

对这行将赴死的两个人来说，他们的爱情与死亡何其重大；大自然却对此无动于衷，还是原来的样子。这使我想起《老子》说的“天地不仁，以万物为刍狗”——天地不具情感，且无所偏私。

一些人死了，一些人活着，一些人不幸，一些人幸福，如此而已。

我们是在这样的背景下失去亲人，也是在这样的背景下怀念死者。

孔子所谓“仁”有两个意思，一是希望人活得好些；二是希望人不要活得太坏，乃至不能活了。《庄子》所云，“昔者舜问于尧曰：‘天王之用心何如？’尧曰：‘吾不敖无告，不废穷民，苦死者，嘉孺子而哀妇人。此吾所以用心已。’”是说遇着“无告”以下各类，需要特别关怀一下。由此反观《老子》之“天地不仁”、“天道无亲”，未免把上面两层意思混淆在一起反对了。《老子》自是标榜一视同仁，但我们并没有要求个别地好，所要求的只是不要个别地太坏。

墨子讲“兼爱”，是在与《老子》截然相反的方向上反对孔子的“仁”——《老子》可以说是“兼不爱”，完全仿同大自然对待人的态度。在我看来，《老子》太冷，墨子又过于理想主义，还是孔子所提倡的能够落实，或者说我们可以退到这个地方：对于爱你，你也爱他的人，尽量让他活得好一点罢。

周作人在《寻路的人》中说：

“我曾在西四牌楼看见一辆汽车载了一个强盗往天桥去处决，我心里想，这太残酷了，为什么不照例用敞车送的呢？为什么不使他缓缓的看沿路的景色，听人家的谈论，走过应走的路程，再到应到的地点，却一阵风的把他送走了呢？这真是太残酷了。”

这里的“强盗”是个象征——象征我们所有终将死去的人。

此文所体现的眼光正与“天地不仁，以万物为刍狗”相对立，形容起来，就是“悲天悯人”的“悯人”二字，亦即孔子之“仁”。

生就是向死的过程，不过有人走得短些，有人走得长些罢了。既为生者，无一不死。死是生所注定的。既然如此，那么应该没有什么不能接受的。但我们仍然痛惜他人之死，畏惧自己之死，这是因为我们总是在“一般”中留意“唯一”——唯一的存在，唯一的关系，亦即老子所谓“私”、“仁”。

我们最终得以承认和接受一个人的死，可能仅仅在于无人不死，或者说，在于众人之死。众人都承受的事，一人就能承受。

母亲在的时候，我们曾每晚一部地将小津安二郎后期从《晚春》到《秋刀鱼之味》这十三部电影按拍摄顺序看过一遍。前不久我又都重新看了，留心到不少过去疏忽了的地方。好像非得以生死为代价，才能真正明白就中深意似的。

《东京物语》和《小早川家之秋》都表现了下一代人与上一代人的“死别”。在《东京物语》中，幸吉将父亲周吉从病危的母亲身边叫出来，对他说：“我看能到明天天亮就不错。”周吉回答：“是啊，不行了吗。”幸吉：“妈妈六十八岁了吧？”周吉：“是啊，不行了。”幸吉：“我看就是这样了。”周吉：“是啊，这就完啦。”这是我看过的电影中最令人心碎的一幕——“死”同时被突然强加给妻子和周吉，不管你是否理解这是怎么一回事。

而在《小早川家之秋》中，万兵卫病危，两个女儿和一个女婿守候在身边，医生向他们陈述病情，小女儿则在厨房凿冰以供病人冷敷之用——这情景简直与《东京物语》一模一样，但接下来就不同了：次日万兵卫竟奇异地恢复了健康，几个女儿喜极而泣。虽然万兵卫很快还是死了，但对于亲人们来说，他实际上是死了两次。死最令人难以接受之处，正在于它的一次性——是那么断然，彻底，决绝，无可挽回，无法补救。无论此前生者以为如何具有思想准备，死永远是一个突如其来，令人措手不及，从而造成太多遗憾的事实。而在《小早川家之秋》中，尽管万兵卫第二次死距离第一次死的时间很短——正所谓"回光返照"——但亲人们已经能够相对平静地面对他的死，视之为人生必然的最后一程了。而两次死的距离越短，生者对死者最终的死接受得就越容易——讲一句残酷一点的话，对于生者来说，第一次好比是"热身"，隔得太远也就失去效用了。

在万兵卫两次死之间，女儿文子有机会告诉他："爸爸，我要向您道歉。"万兵卫问："为什么？"文子："我任意地对爸爸说了些难听的话。"万兵卫："我没有放在心上，已经忘记了。"文子："虽然不应该这么说，但如果爸爸有事，我会永远内疚的。"万兵卫："说什么也好，我不会有事的，身为父亲是不会责怪儿女的。"假如万兵卫死在第一次，这些也就成了女儿永远听不到而永远希望听到的话了。

现在我总觉得，母亲当初哪怕多活一天也好；但回想起来，母亲活着时，其实我并未真正感到她的一天如何重要，如何值得珍惜，尤其是在她健康的时候。

我们总是在一个人离开这个世界之后，才想到应该爱他或更爱他。就像弗兰茨·贝克勒等编《向死而生》一书所引莱因霍尔德·施奈德的话：

“我们只有以死为代价，才能发现人，热爱人。”

《死海搏击》中写道：

“回想起我母亲的死，我现在想法极少，遗憾颇多。主要是我感到内疚——生者的逃避立场。我多么希望在她活着的时候，或多或少在所有方面更多地顺她的心意。我多么希望能够压制住我自己的兴趣以促进她的兴趣。这就等于说我多么希望在她健健康康活着的时候，本该在我的生活中将她死亡的事置放在我意识的第一位。当然，我很清楚，这些都是无谓的意愿——是只有真正没有自我的人才可能想象他们能够实现的意愿。其孩子气、假装的圣洁、受虐狂色彩让我心惊胆战，但是，我无法（抑或是不愿意？）完全不理会它们。不管你多么关心一个人，你都无法总好像是他们已经处于弥留之际那样去照顾他们。这又回到杰尔姆·格罗普曼酷爱引用的克尔凯郭尔的话上：理解生活得回顾，过生活要前瞻。问题在于，到那时，通常都为时晚矣。”

我曾说，这段话道尽了“人子死其亲”时的悲哀。《死海搏击》是一本我读了不仅感动，而且与作者在痛苦这一点上有所共鸣的书。里夫一次次把自己推到“不可能”的地步，从而设想种种“可能”，也许只有这样，才能在母亲永远的死和自己余剩的生之间找到一点平衡。而这里认识上的前提是：生命只有一次，故者如此，生者亦如此，失之交臂，就再无相逢之时了。

当我们不知道终点何在时，我们就不能真正了解和理解过程是什么；但等到达终点，这过程又已经结束了。

也许只有先知才能预先站在终点说话。

米兰·昆德拉在《不能承受的生命之轻》中写道：

“一切都是马上经历，仅此一次，不能准备。好像一个演员没有排练就上了舞台。如果生命的初次排练就已经是生命本身，那么生命到底会有什么价值？正因为这样，生命才总是像一张草图。但‘草图’这个词还不确切，因为一张草图是某件事物的雏形，比如一幅画的草稿，而我们生命的草图却不是任何东西的草稿，它是一张成不了画的草图。

“托马斯自言自语：einmal ist keinmal，这是一个德国谚语，是说一次不算数，一次就是从来没有。只能活一次，就和根本没有活过一样。”

据此，人生的不如意，人生的错误，都是必然的；如意与正确只是偶尔赶上而已。

安东·契诃夫的剧本《樱桃园》结束于一位老听差菲尔斯的独白：“生活过去了，好像我没生活过似的。……”这时，“传来一个遥远的声音，仿佛来自天边，那是琴弦绷断的响声，悲伤的余音渐渐消散。随后是肃静，只能听见花园里砍树的响声”。这与昆德拉所说是同一个意思，但我读到这儿感受却更深切，不仅因为这是说在一个人生命结束之际，是为自己一生所唱的挽歌，而且仅仅因为它表述得简单，如友人史航所说“是实在熬不住才说的茫然的话”。人活一次，然后死了，不再活了。这件事根本没有什么道理可讲。置身其中，只是无可奈何。

不过由此得出的结论却未必是消极的：如果没有彼岸，那么此岸就是一切，无论生命短暂、长久，都是唯一的机会，这就更能显示出人的一生的意义。不然，如果有彼岸，则此岸仅仅是向着那里过渡的起点而已。没有完结的起始是虚妄的，也是怪诞的，人可能更承受不了。

死的确可以让我们认识生——与死相比，生是可以触及，可以改变，甚至可以补救的……我们可以尽一己之力做点什么，假如我们想到应该如此的话。

我读《文选》中赋、诗之“哀伤”各篇，诗之“挽歌”各篇，好像往往止步于慨叹故人辞世，遗留一个颓败寂寞的世界，就不再说下去了。再读《元稹集》中“挽歌伤悼诗”、“伤悼诗”两组，他说得上是古来对生死问题最为关注的诗人了，但所写仍与《文选》上述诸篇意趣大致相同。以《遣悲怀三首》为例，如《唐诗余编》所云“第一首生时，第二首亡后，第三首自悲”，但即以第三首而论：“闲坐悲君亦自悲，百年都是几多时。邓攸无子寻知命，潘岳悼亡犹费词。同穴窅冥何所望，他生缘会更难期。惟将终夜长开眼，报答平生未展眉。”好像还是稍稍触及，就绕开了。虽然蘅塘退士编《唐诗三百首》云：“古今悼亡诗充栋，终无能出此三首范围者，勿以浅近忽之。”陈寅恪著《元白诗笺证稿》亦云：“夫微之悼亡诗中其最为世所传诵者，莫若《三遣悲怀》之七律三首。……所以特为佳作者，直以韦氏之不好虚荣，微之之尚未富贵，贫贱夫妻，关系纯洁，因能措意遣词，悉为真实之故。夫唯真实，遂造诣独绝欤。”在我看来，真实诚然，但亦止于此矣。回过头去再读《文选》，倒是陆机作《叹逝赋》中“痗大暮之同寐，何矜晚以怨早”二句，比“闲坐悲君亦自悲，百年都是几多时”要深刻多了。此外，缪袭作《挽歌诗》之“造化虽神明，安能复存我。形容稍歇灭，齿发行当堕。自古皆有然，谁能离此者”，亦颇具理解。死是死者与生者共同的命运，区别但在先后而已。要有陆、缪两位所说的这层意思做底子，“悲君亦自悲”才能落到实处。

《哀痛日记》中说：

“想到、懂得妈姆永远地、完全地故去了（‘完全地’，意味着只能猛然地去思考，而不能在这种思考上停留太久），就是真真切切地（即完全地、同时地）想到我也会永远地、完全地死去。因此，在哀痛（比如我的哀痛）之中，有对于死亡的一种根本的和全新的储备，因为在此之前，这还只是借来的懂得（是笨拙的，来源于 autres、哲学等），而现在，这是我的懂得。比起我的哀痛来说，它不大会带给我更大的痛苦。”[原注：这里，字迹不清：也可以将其读为“arts”（“艺术”），而不读为“autres”（“其他人”）。]

相比之下，我们在悼念死者时，很容易就把自己当成不死者了。说来谁都终归一死。而且不知道我们比死者究竟能多活一时，一日，一月，一年，还是多久。所有的生者都是在死者。与生俱来的一切，我们都得承受，包括死亡。

在哈米特的短篇小说《太多的人曾经活过》中读到一首题为“无题”的诗：

“像我们活着一样 / 太多的人曾经活过 / 我们的生命 / 证明我们确实活着。/ 像我们终有一死一样 / 太多的人已经死了 / 他们的死 / 证明我们行将死亡。”

我们常说“生生不息”，其实也是“死死不息”。

人不能超越死亡，无法知道自己死后的情形如何——当我们知道时我们还活着，当我们死时已经不知道了。

但是，我们可以由别人之死体会自己之死，由别人死后的世界体会自己死后的世界。

其实，只须将“自己之眼”换成“上帝之眼”或“自然之眼”——那眼光正如《老子》所描述的“天地不仁”、“天道无亲”——来看我仍然存在的这个世界，而在这副眼光里将“我的存在”屏蔽掉，那时所呈现的，就是我死亡之后的世界——

一切继续，一切如常。

母亲去世三周年之际，我想：她一共活了八十七岁，从她出生时算起，已经九十年了，如果把这九十年看作一个月的话，那她就是活了二十九天，死了已经一天了。

时间如此迅速地将与我们相关的死者推向遥远，未始不是在提醒我们：作为生者，我们自己的死期大概也不再那么遥远。

在加缪的剧本《卡利古拉》中，主人公说，“别人总以为：一个人那么痛苦，是因为他所爱的人一日之间逝去了。其实，他痛苦的价值要高些：那就是发现悲伤也不能持久，甚至痛苦也丧失了意义。”我读这句话时想到的却是：假如死者有知，对此将会作何感想。

我们能够体会人临死之际的心境，也就能够体会死后的虚无。

《北史·列传第五十二》有云：

“建德中，敻以年老，预戒其子等曰：‘昔士安以籧篨束体，王孙以布囊绕尸，二贤高达，非庸才能继。吾死之日，可敛旧衣，勿更新造。使棺足周尸，牛车载柩，坟高四尺，圹深一丈。其余烦杂，悉无用也。朝晡奠食，于事弥烦，吾不能顿绝汝辈之情，可朔望一奠而已。仍荐蔬素，勿设牲牢。亲友欲以物吊祭者，并不得为受。吾常恐临终恍惚，故以此言预戒汝辈。瞑目之日，勿违吾志也。’”

韦夐站在生死界线的这一端，遥望另一端——那里已经没有了自己。但一点情意还是难以割舍，希望能够把关系继续维持下去。这情意是淡淡的，不强人所难的，对于继续生存的亲人充满理解与体谅。真是至情至文。

母亲曾在给姐姐的信中说：

“即使将来你们也会常常想到我，想到我对你们的一片痴心的，对吗？”

当时她身体还很健康，说来她一向很少讲这种涉及“将来”的话。母亲患病后，又在日记中说：

“想着我的人永远不会忘记我的。”

现在读到这些，就像是听见了她离开这个世界之后的声音。

在伍尔夫著《到灯塔去》第一部的临近结尾处，主人公拉姆齐夫人——到第二部她就死了——有一段内心独白：

“他们还会存在下去，而无论他们存在多久，她继续想到，都会回到这个夜晚，回到这轮明月，回到这海风，回到这幢房子——回到她的身旁。想到无论他们存在多久，她都将被牢牢牵记，萦绕在他们的内心深处，这令她沾沾自得，她对这样的奉承话很容易动心；她将被他们牵挂着，还有这个、这个、这个，她想着，拾级而上，满怀柔情地嘲笑楼梯平台上的沙发（她母亲留下的），那把摇椅（她父亲留下的），还有那张赫布里底群岛地图。所有这些都将在保罗和明塔的生命里复活；'雷勒夫妇'——她试着念了念这个新的称呼；当她把手放在育儿室的门上时，她感到了人与人之间的那种由感情而产生的交流，好像彼此间的隔膜已经薄如蝉翼，实际上（这是一种快慰和幸福的感觉）一切都已汇合成一股流水，那些椅子、桌子、地图，是她的，也是他们的，究竟是谁的已不再重要，即使她不在人世，保罗和明塔也会继续生活下去的。"

生死之事，只有经历了生死之隔，才能明白。隔得愈久，就愈明白。这种明白，也是生死之事的一部分。

然而对我来说，与自己真正相关的死——父亲的死，母亲的死——都已经发生过了，明白又有什么用呢。

清明节。当亲人健在时，一起过的是新年，春节，端午节，中秋节，乃至圣诞节，等等；亲人不在了，清明节就成为我们生活中不能忽略的一天了。

我们去为母亲扫墓。墓地不仅供人凭吊，它还显示着死者的某种存在。母亲的碑文是我所拟定，请母亲一位老朋友的书法家孙女书写的。

林薇女士之墓

一九二三年六月三十日生于天津

二〇一〇年十一月二十二日故于北京

自从母亲去世，我对于书上、报纸上提到的任何一位死者的寿命都变得敏感起来，总是算一下她甚或他比母亲活得长，还是活得短。走进墓地，我也留意别的墓碑上刻着的生卒年月——那要比印在纸上的数字更触目惊心。有的墓碑是父母为儿女所立，死者才只二三十岁；有的是儿女为父母所立，死者也不过四十岁上下。我想，别的死者更悲惨，别的生者也更痛苦罢。——这样比较可能太过自私，但作为一种自我安慰，似乎又难以避免。

我们谈到死者的身世，往往很粗略，甚至一年、几年一笔带过。其实活人的生活，原本是一天一天过的。最终一个人的一生变成了表示生卒年的两个数字，而这种数字最终变得完全没有意义。

生者看待死者的眼光，有时候像上帝看待众生的眼光。

我想起母亲生病后，我陪她去医院做脑部核磁共振或 CT 检查，总能看见刚出生的婴儿，或没多大的幼儿，由大人抱着，也等在那里。大人满面忧愁、悲伤或倦怠之色，我想那些孩子多半是患了癌症。世间最悲惨黑暗之事，或许莫过于此。相比之下，那些成年之后患病、遇祸、暴死、横死的人，总算经历了一点未必幸福但至少健康的人生。

萨默塞特·毛姆在《刀锋》将近结尾处写道：

“使我非常吃惊的是，我忽然恍悟，尽管丝毫没有意思要这样做，我不多不少恰恰写了一部以‘成功’为题材的小说。因为书中和我有关的人物无不如愿以偿：艾略特成为社交界名流；伊莎贝尔在一个活跃而有文化的社会里取得巩固地位，并且有一笔财产做靠山；格雷找到一个稳定而赚钱的职业可以每天从早上九点到下午六点上班；苏珊·鲁维埃得到生活保障；索菲获得死；拉里找到了安身立命之道。”

这番话讲得坦然极了，就像——我又要提到《老子》了——“天地不仁”一样。夹在当中的“索菲获得死”一句，真是只有毛姆才写得出来。我读此书时年纪尚轻，记得当下心头一颤。时至今日，再想他将“死”与“成功”联系在一起，其实也很正常。

当母亲病势日重一日，我看着她渐渐步入死亡却完全束手无策时，脑子里曾经闪过一个念头：还不如我先死了，这样就无须面对她死这个现实了。这当然是非常自私的想法。

孙伏园在《哭鲁迅先生》中说，鲁迅逝世后，他去鲁迅母亲处吊唁，老太太说：“论寿，五十六岁也不算短了；只是我的寿太长了些；譬如我去年死了，今年不是甚么也不知道了么？”赵丕慧译张爱玲著英文作品 *The Book of Change*（《易经》）中也说："……但是表舅妈却永远不会知道，仿佛另一人的死亡是在她自己死亡的一年后，还是一百年后，两者并没有差别。永恒封闭了这短短的数阶。"

死亡所带来的痛苦原来来自于彼此之间死亡的次序。这里，关键不是谁比谁活得更长，而是谁比谁死得更早。

这或许是悲哀，或许是幸运。——反正死就是这么一回事：因为你不存在了，所以世界上的一切都与你无关了。

友人冷冰川来访。他告诉我，上次他到我家来，走的时候天上下着雨，我拿了把伞追出去说，我妈妈说我应该送送你。他说，他听了这话很感动，一直记着。他还说，当时我并未把母亲介绍给他，但他记得是一位老知识分子的模样。

我找出他那次来时送给我的画册《心灵寓言》，查看上面写的日期，已是十三年前的事情了。不过我完全忘记了。虽然对我来说，或许这比自己所有的记忆都更有意义。

母亲不仅养育我，照顾我，帮助我，还教我如何做人。

谷崎润一郎在《〈异端者的悲哀〉前言》中说：

"我在我的艺术作品中，展现了她们（按指作者已经过世的母亲和妹妹）生前未经涂饰的真实，想把她们作为 something 保存下来。"

至少作为一种意愿，这是可以理解的：死者曾经存在，现在不存在了，而世界还是这个世界；生者见证了她们的存在与不存在，希望把这记录下来。

然则《庄子·天道》有云：

“桓公读书于堂上。轮扁斲轮于堂下，释椎凿而上，问桓公曰：‘敢问，公之所读者何言邪？’公曰：‘圣人之言也。’曰：‘圣人在乎？’公曰：‘已死矣。’曰：‘然则君之所读者，古人之糟魄已夫。’桓公曰：‘寡人读书，轮人安得议乎？有说则可，无说则死。’轮扁曰：‘臣也以臣之事观之。斲轮，徐则甘而不固，疾则苦而不入。不徐不疾，得之于手而应于心，口不能言，有数存焉于其间。臣不能以喻臣之子，臣之子亦不能受之于臣，是以行年七十而老斲轮。古之人与其不可传也死矣，然则君之所读者，古人之糟魄已夫。’”

这里本来讲的是道之不可以言传，但却也是对生死问题的深刻理解。一个人死了，借助语言文字这种媒介，所传达、所保存的只是“糟魄”，其所有精微均已“gone with the wind”（随风而去）。即便借助更为具体的视听手段如绘画、摄影、电影、录像、录音等，也仍然如此，亦如《天道》所云：

“视而可见者，形与色也；听而可闻者，名与声也。悲夫，世人以形色名声为足以得彼之情。”

所说的“情”可能多少存在于相知者的心中，但是要想真正著之笔墨恐怕也是不可能的了。不过也许正因为如此，我们未必不能知其不可而为之。就算是对于轮扁的话的一种反抗，有如许多已死者和未死者曾经做过的那样。

第六部分

# 留影

二〇〇九年，北京

一九九九年，北京

一九八六年，香港

一九八五年，北戴河

一九七二年，北京

一九五七年，上海

一九五一年，北京

一九四九年，香港

# 后记

索尔仁尼琴所著长篇小说《癌病房》里有个插曲：卡德明夫妇——妇科医师尼古拉·伊万诺维奇和他的妻子叶连娜·亚历山德罗夫娜蒙冤在劳改营度过十年光阴，又被永久流放到哈萨克南部的乌什－捷列克村，“生活作为种种乐趣所点缀起来的火树银花，是从他们为自己买下一座带宅旁园地的低矮土房子那一天开始的”。这对夫妇对于日常生活有着一种异乎寻常的热爱：“他们要是弄到了一只白面包，就会高兴得不得了！今天俱乐部上映一部好电影——高兴得不得了！书店里有两卷本帕乌斯托夫斯基选集——高兴得不得了！来了专家镶牙——高兴得不得了！……”

我还是三十多年前读的《癌病房》，但对这一节记忆犹新。现在想来，我在《惜别》中所记述的母亲晚年的生活态度与卡德明夫妇颇有相近之处，而母亲也曾经历过长久的磨难。卡德明夫妇布置房间、料理园子、装订书籍、养狗、养猫，都饶有兴致，力求完美；母亲一生的最后一段时光，热衷读书、看电影、烹饪、养花、编织、集邮、收藏小物，每天也过得很充实，很讲究。她身患绝症之后说："我只有二十年生活得很高兴，是否太短了呢？他们害我过了二十五年非人的生活，我想能多过一些舒适的生活。"正因为有这样的背景，母亲和卡德明夫妇那些看似琐碎、过于个人化的行为被赋予了某种特殊意义或特殊价值，也许就不是微不足道的了。

有位朋友读了《惜别》，看出我母亲所说的"生活得很高兴"实在可怜。譬如我写道："她最爱过圣诞节，每年总是早早在客厅里摆出姐姐从美国寄给她的塑料圣诞树，点亮上面的小彩灯，还挂了不少包着彩纸的饰物。"朋友指出，这种塑料制品与我母亲小时候家里有的真的圣诞树无法相比。我在书中写了母亲喜欢逛沃尔玛和宜家，朋友也说，对于生活在国外的人来说这都是些不屑一去的地方。

我回答说，这一层在索尔仁尼琴笔下也写到了。当卡德明夫妇终于有了属于自己的房子，"他们没有任何家具，便请霍姆拉托维奇老头（也是个流放者）给他们在屋角里用土坯砌了个平台。这就成为一张双人床——多宽敞！多方便！这可真叫人高兴！缝了一只大口袋，里边塞满了麦秆——这就是床垫。还请霍姆拉托维奇做一张桌子，而且一定要做成圆的。霍姆拉托维奇有点纳闷：活在世上六十多年了，可从未见过圆桌。干吗要做圆的呢？'这就请您别管了！'尼古拉·伊万诺维奇搓着他那妇科医师白净而灵巧的手说。‘反正一定要圆的！’下一件操心的事儿是设法弄到一盏玻璃的，而不是铁皮的高脚煤气灯，要灯芯一英寸宽的那种，而不要零点七的，此外，要有备用的玻璃罩子。在乌什－捷列克没有这样的灯卖，他们是托好心人从老远的地方辗转带来的。于是，他们的圆桌上也就放上了这样一盏灯，而且还加上了一只自制的灯伞。一九五四年，当大都市里人们竞相购置落地灯柱的时候，当世界上连氢弹都有了的时候，在这乌什－捷列克，自制圆桌上的这盏灯竟把简陋的土屋变成了十八世纪的豪华客厅了！多么阔气啊！”

与卡德明夫妇一样，我母亲晚年所享受的也是一种因陋就简的幸福——“因陋就简”一语当然不无讽刺意义，但这里该被讽刺的对象却不是那些因陋就简地感到幸福并且对此极为珍惜的人。

在我读过的作品中，还有一篇印象深刻：海因里希·伯尔所作短篇小说《我的叔叔弗雷德》。第二次世界大战结束，弗雷德叔叔从战场上归来，决意要在满目疮痍的城市做鲜花买卖谋生。有人认为当下没有谁会买这种显然过于奢侈的东西。然而，“在一个值得纪念的早晨，我们帮弗雷德叔叔把装满鲜花的桶送到电车站，他在那里开张营业。我所见到的黄的和红的郁金香、露水晶莹的丁香至今还浮现在我的脑海中。我也永远不会忘记当时的情景：我的叔叔站立在一片灰蒙蒙的身影和废墟中，他用响亮的嗓门吆喝起来：‘鲜花——’这个时候，他是多么神采奕奕。关于他的生意的兴隆发达，我就毋庸赘述了，简而言之：就像彗星一般。四个星期以后，他已是三打锌桶的业主，两间分号的老板；一个月以后，他已成了纳税人。我感到整个城市都改观了：在许多角落里如今都出现了花摊，鲜花还是供不应求”。

这一情景长久令我感动不已。感动我的是作者刻意未著笔墨的那些买花的市民，他们与我母亲、与卡德明夫妇际遇不尽相同，但是对待生活的态度，或者说对于生活的要求，彼此却有一致之处。伯尔和索尔仁尼琴所写都是小说，但在我实际的人生经验中所得到的印证盖非偶然。我在《惜别》中写道：“对于母亲来说，生存本身就是对于过去境遇的反抗。能够活下来已经是幸运了；争取把剩下的日子活得好一点，则是多少要赋予自己的一生以某种价值，某种意义。”我觉得这番话未必说的只是母亲一个人。

另有朋友读了《惜别》，觉得我对母亲那段始于“抛弃家庭，投身革命”，归为“平反昭雪，落实政策”的经历，未免写得过于简略，建议我另外写部“前传”。我说，这样的事情在我们的上一代人那里说来大同小异，别人已经写过很多了，而至今我还没有想清到底应该如何去写。我只是觉得无论发生过的是悲剧还是荒诞剧，都不应该仅仅限于记录过程而已。我所期待的是，就像塞尚不同于他之前以及同时代的所有画家那样画静物、画人像、画大自然，揭示出我们的上一代人的命运乃至当时整个社会、整个时代中更本质的东西，尽管最终或许仍然要将其归结为一出悲剧或荒诞剧。

我母亲晚年所说类似“孩子们，请你们一定要小心，每迈一步都要深虑，不要任性、心血来潮，走错一步，后患无穷，将后悔一生”的话，大概只有“过来人”自己才清楚真正分量。我想起福楼拜著《包法利夫人》中的爱玛·包法利：“在倾听这在大地之上永恒之中回荡着的带有浪漫色彩的凄迷的哀音时，她是多么入神啊！……她长期处于平静的环境之中，反而滋长了一种对不平静的事物的向往。她爱海洋，只因那里有风暴；她爱绿苗，也只因它长在断壁残垣之间。”然而母亲还说：“我的浪漫主义把自己害得那么惨。”

我在《惜别》中惋惜母亲当初未能像《钢铁是怎样炼成的》中的冬妮亚最终与保尔分手那样，走上一条对自己来说既聪明又正确的道路，冬妮亚对保尔说：“我从来就不喜欢跟别人一个样子；要是你不便带我去，我就不去好了。”回过头去看爱玛，恰恰与此志向相反，背道而驰：包法利夫妇被邀到俄毕萨尔的安戴维里叶侯爵家做客，夜里留宿在那里，“东方现出了鱼肚色。她盯着这座楼房的许多窗子望了很久，想猜出昨夜她注意到的那些人住在哪些房间里。她真想了解他们的生活情况，进入他们的圈子，和他们发生联系”。

其实我母亲及其同时代人的经历，早已在《包法利夫人》中被描述过了，只要我们将这部本来是现实主义的小说看成是象征主义的，把爱玛从所读书籍受到的影响、她去参加的那场舞会、她在舞会上遇到的那位以后为她念念不忘的子爵、她与鲁道尔夫和莱昂的关系、她的倾家荡产与走投无路，乃至她最后的死，都视为对于过去现实的某种隐喻。

福楼拜说：“去扩大饭桶堆（或天才群，反正一个意思）有什么必要，何苦为一大堆小事烦恼，这些事本来就让我觉得可怜，只能耸耸肩。……这上面，我得坦白，我要说的，没超过别人的内容，不见得说得和别人一样好，更不见得说得比别人好。”（一八五一年十一月三日致路易斯·科莱）这未始不是我站在自己的立场回顾上一代人的经历时所持的态度。然而福楼拜还是写出了不朽之作《包法利夫人》——对我来说，它的“不朽”就包括了我可以做上面那一番新的解读，而且简直天衣无缝。

我们的上一代人就是这样既重复了《包法利夫人》的故事，又重复了《癌病房》和《我的叔叔弗雷德》的故事。

二〇一四年十二月十日

图书在版编目（CIP）数据

惜别／止庵著．--北京：北京十月文艺出版社，
2021.3
ISBN 978-7-5302-2068-9

Ⅰ．①惜… Ⅱ．①止… Ⅲ．①散文集－中国－当代
Ⅳ．①I267

中国版本图书馆CIP数据核字（2020）第149898号

惜别
XI BIE
止庵 著

出　　版　北京出版集团
　　　　　北京十月文艺出版社
地　　址　北京北三环中路6号
邮　　编　100120
网　　址　www.bph.com.cn
发　　行　新经典发行有限公司
　　　　　电话（010）68423599
经　　销　新华书店
印　　刷　北京天宇万达印刷有限公司
版　　次　2021年3月第1版
　　　　　2021年7月第3次印刷
开　　本　880毫米×1168毫米　1/32
印　　张　10.25
字　　数　185千字
书　　号　ISBN 978-7-5302-2068-9
定　　价　68.00元
质量监督电话　010-58572393
如有印装质量问题，由本社负责调换